大法医：
人体实验室

【美】比尔·巴斯 乔恩·杰弗逊　著

蔡承志 译

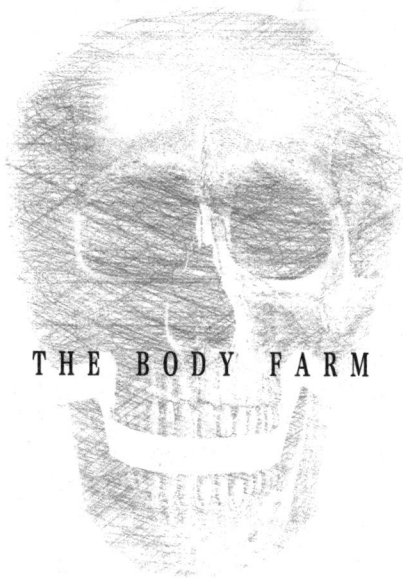

THE BODY FARM

天津出版传媒集团

天津人民出版社

图书在版编目(CIP)数据

大法医：人体实验室 / (美) 巴斯, (美) 杰弗逊著;
蔡承志译. -- 天津：天津人民出版社, 2015.12(2016.1 重印)
书名原文：DEATH'S ACRE: Inside the Legendary
Forensic Lab the Body Farm Where the Dead Do Tell
Tales

ISBN 978-7-201-09705-3

Ⅰ.①大… Ⅱ.①巴… ②杰… ③蔡… Ⅲ.①纪实文
学-美国-现代 Ⅳ.①I712.55

中国版本图书馆 CIP 数据核字(2015)第 223951 号

大法医：人体实验室
DAFAYI RENTI SHIYANSHI

出　　版	天津人民出版社
出 版 人	黄沛
地　　址	天津市和平区西康路 35 号康岳大厦
邮政编码	300051
邮购电话	(022)23332469
网　　址	http://www.tjrmcbs.com
电子信箱	tjrmcbs@126.com
责任编辑	张　璐
装帧设计	白咏明
制版印刷	高教社(天津)印务有限公司
经　　销	新华书店
开　　本	880×1230 毫米　1/32
印　　张	10.25
字　　数	250 千字
版次印次	2015 年 12 月第 1 版　2016 年 1 月第 2 次印刷
定　　价	39.80

献给所有遭谋杀的被害者
所有为他们哀悼的人
以及
为他们仗义执言的所有人士

英文版序
人体农场场主

　　参加法医科学或法医医学会议的人士,不论所参与的是全国性还是国际性的会议,还有要听讲的是哪类讨论主题,多数人耗在寻找演讲厅上的时间,都要超过发表演讲的时间。由于我没有什么方向感,即使在旅馆里面,我也老是要迟到,错过该我放幻灯片、发表演讲的那十五分钟,等我赶到现场,也早就错过分发讲义的时间。

　　要错过早餐聚会就比较难。这种场合都是在餐厅举办,你每天要去那里三次,每次少说要持续一个小时。通常从上午七点半开始,这时大家都很累,说不定还宿醉醺醺,却依旧热切地想看有死者的幻灯片。有被鲨、熊、鳄咬死的,有搭乘民航机坠毁身亡的,或是因为怪诞理由而被肢解的。也有人是自杀死的,而且手法独特前所未闻,好比用上了气动锤或十字弓(在一件惨案中,那个可怜人中箭未死,他把箭从胸膛拔出,再试一次)。

　　那群大无畏专家吃下培根和蛋,对血腥恐怖画面和声音并无所惧,而我也经常和他们在一起记笔记,表现出大无畏的专业举止。最后是那个十分恐怖的清晨,传奇人物比尔·巴斯博士蹒跚进来,一边腋下歪斜地挟着一盒幻灯片,还有一叠笔记在另一边腋下翻飘。他的早餐会演讲题目是"人体农场"。尽管大家都传言，这所世界独一无二的人类分解研究设施名称是我起的，其实不然。第一次和这位谦逊、有趣又聪明的巴斯博士见面的时候，我还没有听说过人体农场。结果他只花了不到一个小时，就让我一辈子对半熟炒蛋、肥腻培根和米谷粥都倒尽了胃口，真是始料未及。

"老天爷！"我说，才第一次聆听他的幻灯片发表会(我想那是在巴尔的摩)，我就被吓呆了。"真不敢相信，他竟然在我们吃饭时放这种东西！"

维吉尼亚州的主任法医师玛瑟拉·菲耶罗博士没有理我，径自在面包卷上涂奶油。巴斯博士则慢慢放映一张张幻灯片，一边说明如果天气非常湿热，尸体是多么快就会变成骨骼，好比夏季时在南方发现的那具尸骸。我环顾四周，看着餐厅中满座的法医学家和法医病理学家，他们全都在各自的面包卷上涂奶油、搅拌咖啡，还有些人在记笔记。

"我的天。"巴斯博士一谈到蛆，我就把盘子推开。"早餐会根本就不该放这个！"

"嘘！"菲耶罗博士用手肘轻轻碰我。

从此以后的许多年间，我完全避开这种有人体农场的早餐会。常有科学家怂恿我前往田纳西州的诺克斯维尔市，去拜访巴斯博士的设施。

"不去。"这时我会说。

"你实在该去。那里不只是有尸体分解、蛆那种东西。那里是在研究我们要怎样断定死后时段，或者死后尸体有没有被移动过，还有在被移动之前，有可能是在什么地方，以及死者是谁和怎样死的。"

大家打趣说,巴斯博士是人体农场的场主。后来我还是去了。早期那几次,顶端安装刺铁丝网的木篱笆旁,都安了一个邮箱,供人类学家摆放记录便条来互通信息。这实在诡异。当我第一次跟着肯定是人体腐尸发出的恶臭进入那处死亡园地时,迎面却看到一个邮箱,箱上红旗高举。

　　"其实那个邮箱并不是要给我们居民使用的,"巴斯博士怯怯地告诉我,似乎担心这样讲会让我以为,散落四处的死人会写信回家探听近况,"事实上,那只是因为我们这里没有电话。"

　　到现在他们还是没有装电话。或许有些科学家像我一样,也带了手机,不过当你戴着沾了蛆的防护手套,或许还套了高筒胶鞋、戴了手术面罩,这时我们多数人都不会掏出手机。当你在人体农场中忙着,不管有什么理由,都很少会想到要打电话给别人。

　　我在工作生涯中,始终强调法医专家会听到死人讲话,好比我创造的凯·史卡佩塔医师这个角色。死者有许多话要讲,只有受过特殊训练、具备特殊天分的特殊人士,才能不顾感官折磨耐心倾听。只有特殊人士才有本事诠释这种语言——几乎没有几个活人在乎这种语言,更别提要听懂了。

　　欢迎来到巴斯博士的人体农场,此时此刻真的有这处农场,就位于田纳西州一家医院后方的丘陵地,坐落在一片疏林当中,里面沾满死亡气息。巴斯博士的死寂客人当中,有许多是基于本身的无私抉择来到此处(通常是在几个月,甚至几年之前就替自己预约,把身体捐献给巴斯博士延续不断的杰出研究)。每天都有损伤破败的尸体回归尘土,由虫鸟和其他掠食型动物带走,而他们只是食物链的一部分,丝毫不令人感到恶心。

一度为人身血肉的遗体所经历的变化现象，有的轻微如阴影偏移，有的极为猛烈，好比躺在锈蚀老车之中，经过烈火烧灼的那具，而你在人体农场到处都能找得到那种旧车。年复一年，死者也随时光化为尘土骸骨，在巴斯博士的耐心诠释下，让我们更熟习这种密语，协助谴责罪人，并为无辜者平反。

——派翠西亚·康薇尔①

目录 | **CONTENTS**

第一章
林白小鹰枯骨之谜

我的掌中捧着十二根细小的骨头:基本上就只剩下这堆遗骨,几则泛黄剪报、几段模糊的新闻影片,还有被称为"世纪大审"事件所带来的痛苦回忆。

"世纪大审"四个字似乎到处被人引用,不过就这个案子而言,那样讲或许是对的。就在思科普斯接受"猴子大审"①之后七年,也就是O.J.辛普森案②之前半个世纪,美国的一起刑事调查案和谋杀审判声名大噪,成为世界各国的头条新闻。现在我要负责判定,究竟是正义获得伸张,还是有人无辜冤死。

那是件绑架幼童撕票案,死者是小查尔斯·林白。这宗案件流传很广,也就是著名的"林白宝贝案"。

查尔斯·林白是个飞行员, 原本只是担任四处巡回表演并递送航空邮件的工作。一九二七年,他驾驶圣路易精神号单引擎小飞机飞越大西洋。他单飞跨海,没有无线电、降落伞,也不

---

①译注:思科普斯是美国科学老师,一九二五年在课堂上讲授演化论,违反基督教观点,后被起诉受审。
②译注:一九九四年美式足球明星O.J.辛普森杀害前妻及其男友一案,后无罪开释。

带六分仪,连续三十三个小时保持清醒维持航向。这趟飞行的消息,在他飞抵法国海岸时就已经传到巴黎,好几千名巴黎人来到小机场跑道列队欢迎。他在远离纽约处触地那一刹那,整个世界为之改观,林白的生活也彻底不同了。他马到成功、名利双收,还被冠上两个绰号:一个是他不喜欢的"幸运小林",另一个是"孤鹰"——反映他这趟单飞行动和他的孤僻本性。

飞入镁光灯中过了五年,他和妻子安妮住在新泽西州一处僻静宅第。当时他们有个二十个月大的儿子,夫妻俩把他命名为小查尔斯,新闻记者称他为"小鹰"。那是热门新闻的全盛时期,老练的记者和发行人都知道,只要是林白的报道——不管是什么消息——几乎万无一失,绝对热卖。因此,当查尔斯·林白的继承人,和他同名的小林白遭人绑架时,媒体立刻为之疯狂。这个案子引来的记者,超过投身报道第二次世界大战的人数。最初要求五万美金赎金,后来提高到七万,消息被登上报纸头条,也拍成了新闻影片。全美国各城镇,到处有人声称发现林白宝贝,而且还活得好好的。不过,绑架案发生后两个月,这些声明全都落空,一切希望完全破灭,就在林白宅第几英里外的树林里,发现了一具幼童的遗体。那具遗体腐化严重,左膝以下部分遗失,左手和右臂也不见了——看来是被动物啃食掉的。

根据遗体的尺寸、衣着,还有残存腿部的严重畸形现象(三根足趾重叠),很快就鉴定确认那是林白宝贝的尸骸。遗体隔天就被火化,心碎的林白又一次只身飞越大西洋,抛洒儿子的骨灰。这次再没有人称他是幸运小林了。

后来警方逮捕了一位名叫布鲁诺·霍普曼的德国移民。霍普曼是位木匠,他显然用自己车库的橡木,制成一架临时木梯,用来爬上林白二楼的育婴室。警方追寻赎金去向,发现大部分都流向霍普曼,这才将他逮捕。他被控绑架和谋杀罪:幼儿的头颅破裂,不过这或许是因跌落而受伤,因为梯子在绑架过程中损坏。尽管有些辩护理由主张,对他不利的证据有部分很可疑,或者可能是伪证,最终霍普曼依旧被定罪。他在一九三六年被执行电椅死刑。

这起罪行发生后五十年,一九八二年六月间,有位律师和我联系,他代表霍普曼的遗孀安娜。死刑执行后这么多年,霍普曼太太依旧努力要洗刷她丈夫的声誉。她只能指望这十二根细小的骨头。那是在遗体火化之后才在犯罪现场发现的,自此以后就由新泽西州警方小心防腐保存。我应霍普曼太太的律师之请,开车前往特伦顿市,看有没有办法能够用这把散落的遗骨证明当初遗体鉴定发生了错误——肇因于期盼能迅速定罪,才造成这次严重误判。她肯定曾经祈祷这堆骨头是属于更小的男童、更大的男童,或者不管是什么年龄的女童所有。不管怎样,只要不是小查尔斯·林白的骨头就好了。

我是她最后的指望,而我这个小镇科学家,这时正在收费站挡住后方车流,请教该怎样前往新泽西州警察总局。

这是段遥远路程,沿途风光旖旎,一路来到特伦顿。不过我可不是在讲新泽西州的收费高速公路。领我来到这里的"道路",一度是指向平静的诉讼辩护事业,却突然偏离,朝着尸体、刑案现场和法庭前进。

我的法医生涯从发生在清晨的一起交通事故开始。那次车祸发生于一九五四年冬季,地点在肯塔基州法兰克福市外。那是个有雾的潮湿早晨,两辆卡车在双线公路上严重对撞。火熄之后,在车中寻获了三具焦尸。两位驾驶的身份都很容易确认,但是第三具遗体就有点儿难办了。

几个月后,出现了事关重大的巧合,《周六邮报晚报》刊出一篇文章,里面谈到二十世纪四〇和五〇年代最著名的"骨头侦探"威尔顿·克鲁格曼博士。克鲁格曼是位体质人类学家,基本上,法医人类学就是由他和史密森学会的两位同僚共同创立。他是法医学界泰斗,声名显赫,因此在第二次世界大战期间,美国政府要他在空军联队待命,等候鉴定希特勒的遗体。结果俄国人赶在美国人前面,抢先进入希特勒的地下碉堡,碉堡已经焚毁,希特勒的遗骨就在里面。因此克鲁格曼始终无缘检视纳粹元首。不过,另外还有许多法医案件,警方和联邦调查局的案子,就已经够他忙的了。

邮报文章引述克鲁格曼的谈话,提到其他几位科学家,都是鉴定人类骨骼遗骸的专家。其中他也提到查尔斯·斯诺博士——一位肯塔基大学的人类学教授,当时我正在那里攻读咨询心理学硕士学位。学校位于列克星敦,斯诺博士和我当时都在那里,距离那次清晨卡车碰撞现场只有三十英里远。尽管我当时还一无所知,我的未来却就要向我迎面撞来。

列克星敦有位律师读了那篇文章,知道以斯诺博士的鉴定能力,或许可以确定那起严重车祸中第三位受害人的身份。他打电话给斯诺博士,博士立刻答应检查遗骸。当时我正在上斯诺博士讲授的人类学课程,修那堂课只是好玩。斯诺接到那位律师的电话,问我有没有兴趣陪他去做一件人身鉴定案例。这是个可以应用所学的机会,截至当时为止,我只在书本上读到的科学技术,正好可以在实务工作案上发挥作用了。他为什么不挑其他学生,却邀我一起前往?或许他赏识我初露的青涩才华,或许他赏识的只是因为我有车,可以载他一起去。不论如何，我把握了这次机会。

尸体在几个月前已经下葬，因此那位律师得先完成必要的书面手续才能获准挖掘。一九五五年四月的温暖春日，斯诺博士和我开车前往一处小墓地，地点在中肯塔基东部的一所乡村小教堂旁边。等我们抵达时，坟墓已经挖开并露出灵柩。春雨绵绵，地下水位升高，几乎涨到地面，灵柩浸泡在水中。灵柩由墓地卡车吊起的时候，每道缝隙都有水倾泻流出。

尸体焚毁腐烂，还泡在水中，这和大学骨学实验室中一尘不染的骨头相去甚远，和我研究过的标本完全不同。传统人类学标本都是洁净、干燥的，法医实物则经常潮湿难闻。不过，这些实例同样让人不由得想要一探究竟：这是个必须解决的科学谜团，等待揭开的生死秘密。

由于颅骨很小，骨盆开口很宽，眉骨很平滑，就算是以我的生涩眼光，也看得出这是女性的骨头。她的年龄就比较难判别了。智齿完全长成，因此她是成年人，但是几岁？颅部的锯齿状接缝（称为骨缝合）大半已经愈合，不过还清晰可辨。由此分析她是三十几或四十几岁的女性。

结果发现，警方已经相当清楚这具尸体的身份。斯诺博士的工作，只不过是要确认或驳斥这项暂定鉴识结果。肯塔基东部有位女士，从这起车祸后就宣告失踪；此外，就在撞车前晚，邻居听到她对旁人说，她要随其中一位卡车司机开车去路易斯维尔，而她和那位男士已经交往很久了。

聘请斯诺博士来帮忙的那位律师，已经取得失踪女士的医学记录，还有牙科 X 光照片。斯诺博士借助这项信息进行比对，很快就确认她的牙齿和补缀物，和 X 光照片的影像吻合。斯诺博士确认她的身份，让那位律师有确凿的法庭证据，得以代表那位女士的遗族提出债权要求。她和司机男友是由于另一辆卡车偏离车道，跨越公路中央分道线，和他们迎面撞上才遇害的。害死他们的卡车，车主是一家全国性食品杂货连锁店（浩瀚大西洋与太平洋茗茶公司），因此律师在法庭上提出相当高的索赔金额。

斯诺博士处理这件案子的顾问费用是二十五块钱，他给我五块钱，酬谢我开车载他到墓地。那位律师从那家茗茶公司收款机里捞出的金额，我猜比这个数字高得多。

那天我并没有因此发财，不过我肯定上了瘾。这真是神奇，焚毁破碎的骨头还可以用来鉴别受害人身份，破解长年悬案，就此盖棺论定。从此以后，我决定要主修法医学。我不再理会诉讼辩护，改念人类学，并着手弥补虚掷的光阴。

一年之后，我在一九五六年获得哈佛大学的博士课程入学许可。哈佛的人类学系是美国公认最好的，我很荣幸能获得许可，但是我却婉拒了。我想学的东西，只有在一个地方才学得到——费城，著名的"骨头侦探"克鲁格曼所掌控的机构。

我在九月抵达费城，进入宾州大学开始修习博士课程。那时我才刚结束一个暑期工作，在史密森学会分析、测量了几百件美洲原住民的骨骼。当时我已经二十七岁了（朝鲜战争期间，我在陆军服役三年），而且才刚成家，妻子安年轻聪明（后来她自己也获得营养学博士学位），还有六个月大的儿子查理。安和我为了省钱，在费城闹区西边几英里处租了一户小公寓。

学期开始之后不久，克鲁格曼博士在自己家摔下楼梯，左腿跌断了。往常他搭费城公交车到学校，不过由于石膏敷到臀部，要他前往公车站，还要爬上公交车，那完全办不到。由于克鲁格曼博士也住在费城西边，我提议在他复原之前，由我开车载他上下班。我还以为两人只要共乘几个月，结果在往后的两年半，都由我开车载他上下班。他的愈合期没有那么长，不过，等到他取下石膏时，我已经找到新的师傅，而且他也改投入另一个学科。

怪的是，克鲁格曼博士在宾州大学开的课程，我只修了一门，不过我们在车内共处的那段时光，全都成为我的私人家教时段，由全世界最好的骨头侦探讲授。那就像是汽车时代版的苏格拉底对话录，不过和柏拉图不同，因为这位伟大教师全程只教我一个人。

克鲁格曼开出我该阅读的书目，我们就在开车往返途中讨论内容。他记忆作者、日期和出版物标题的本领超强，对文章内容也知之甚详。他能够把许多不同来源的知识吸收整合起来，还能用来解答法医问题，这种本事令人赞叹。

克鲁格曼博士不只在车内才对我个别指导，每当他拿到法医鉴定案——难倒郡县法医师或联邦调查局干员的一组骨头——克鲁格曼博士就会叫我进入他的实验室。他会先检查那堆骨头，并列出他的分析结果，不过他绝对不先做任何表示。接着他要我看看骨头，并试着做出结论。随后我们比对彼此的发现，他就会要求我引述有关这个课题的最新文献来佐证我的论述。每当我找到他忽略的项目，克鲁格曼博士总是感到惊讶。这不常发生，不过一旦出现，都会使我容光焕发、得意扬扬。

克鲁格曼博士的教学有效极了，不只是帮我记诵教材，还帮我预作准备，将来上法庭时才能够应付对方律师的质疑。往后几年，我有许多次必须应付这种情况，不过当时我还没料到这点。那时我只知道，克鲁格曼博士用一宗又一宗的案件，一根又一根的骨头，引导我前进，领我踏上奇妙的道路。

分离的时间来得太快了。我在一九六〇年一月离开宾州大学，应聘前往内布拉斯加大学教学九个月，随后到劳伦斯的堪萨斯大学待了十一年。不过我和克鲁格曼博士的交往还不到完全结束的时候。我们始终保持密切联系，在私交和专业上都是如此。到了一九八二年六月，当我抵达新泽西州警察总局的红砖大楼，小跑步登上台阶时，我发现自己又一次踏着克鲁格曼的足迹前进。

克鲁格曼博士在一九七七年，也就是早五年之前，就曾经应新泽西州主任检察官之请，检查过这批骨头。由于不断有人质问林白案的相关疑点，当时州政府考虑要重新展开侦查。不过根据克鲁格曼博士发现的结果，他们决定不再进行。如今我是代表谋杀案定罪犯人的遗孀，重新探究同一项争议。

那时我已经挣得一些名望，在专业上有一定的分量。我在诺克斯维尔的田纳西大学服务，在蒸蒸日上的人类学系担任主任，同时还创办了后来被称为"人体农场"的机构——那是世界上唯一专门研究人类分解腐败的法医学设施。那时我也已经被美国法医学会遴选为会员，还担任该组织的体质人类学组的组长。我已经检查过几千件骨骼，并协助处理过一百多件法医案件。尽管如此，我却依旧感到紧张、渺小，像是侏儒踏着巨人的足迹前进。历来获准检查著名林白案骨头的人类学家之中，我只不过是占了第二名。

我被引入州警大楼的一间地下室。几分钟之后，一位职员拿了个硬纸盒给我，里面装了证据。盒内有五根小玻璃管，其中一根不知道在什么时候破裂了，用透明胶带贴好。这些玻璃管原本是要用来收藏昂贵的雪茄保鲜用的。这些管子都用软木塞封住，保护十二根细小的骨头，以免遗失或破损。这些骨头代表无辜者的早夭惨祸，同时也代表年迈寡妇的最后希望。

其中两根骨头显然是其他动物的：一根是肋骨，长度略超过五厘米，属于与此相当尺寸的鸟类，或许是松鸡或鹑类的；还有一小根椎弓，或许出自同一只鸟。两根骨头上都带了齿痕，或许是狗咬的，藏在森林里那名死亡幼童的双手，说不定就是那只狗，或者若干只狗啃下咬走的。

那十根人骨之中，最大的是左跟骨，也就是左足后跟，直径略超过三厘米。如果是没有受过训练的人，说不定会把它看成是一块碎石。其中四根骨头属于左足部位，两根属于左手，还有四根属于右手的。尽管半个世纪过去，好几根骨头上面还粘着腐败组织、泥土，甚至还有几根毛发。

这些骨头都完整无损，上面没有任何外伤迹象，完全看不出死因征兆。从骨骼上，唯一能看出死因的证据（破裂的小颅骨），在林白出面认尸、确定那就是他的儿子之后，过了几个小时就被火化了。当时我握在手中的，属于死者的双手和一足的十根细小骨头，都是在发现尸体隔天，从森林地表耙出的十篓叶片和细枝中筛拣出来的。警方也曾希望从中找到答案——谋杀凶器、指纹，或者能够指出是谁绑走幼童，以及当时哪里出了错的证据——然而这几根小骨头却是守口如瓶。

五十年后，遗骨依旧三缄其口。骨骼在童年阶段并没有两性差异，因此完全无法判定骨骼的性别。当你检查时，只能测量骨头的尺寸，就大小和发育程度，来和其他已知标本做比对。因此，我带了这个领域最可靠的两本参考书，包括《足、踝骨骼发育射线照相图解》(*Radiographic Atlas of Skeletal Devel-*

opment of the Foot and Ankle）和一本配套图册《手、腕骨骼发育射线照相图解》(*Radiographic Atlas of Skeletal Development of the Hand and Wrist*)。两部著作都是依据严谨研究,针对几百名孩童的手部和足部的 X 光照片编纂而成。根据那些研究的测量结果,玻璃管中的手、足骨头,是略大于十八个月、略小于二十四个月大的男童骨头。我花了不到一个小时就得出结论,和我的恩师克鲁格曼博士早我五年所得的结论相符:从这些骨头本身,完全不能驳斥"这些全都是二十个月大的白种男童遗骸"的推论。这位二十个月大的白种男童叫小查尔斯·林白,也就是小鹰。

当我把骨头分别摆回玻璃管中,压紧软木塞,我讶然发现,竟然只剩下这么少,只残存一丁点骨头来纪念湮灭的璀璨前程——小林白原本有机会实现的光明未来,他和知名的父亲原本要建立的亲子关系,老林白原本会有的自豪得意。如果他能够长大,说不定也会同父亲一般振翅高飞,驾驶飞机、喷射机甚至于宇宙飞船。

我自己也拥有三个健康的儿子,在一九八二年时分别是二十六、二十和十八岁。我实在无法想象,当初林白由于幼子惨遭横祸,他的心灵要承受何种创伤。不过我却完全了解,另一个人丧失所爱时造成的伤害有多大。那人实在不致于横死,也毫不值得,但我也知道这种事情发生得会有多快:由于临时拼凑的木梯断裂,绑架案霎时变为谋杀案。还有一个案件,一位年轻的聪明律师食指扣下扳机,那枚子弹造成一宗血案,穿过另外几条生命,也穿过我的生命。

那是发生在一九三二年三月——这完全是不可思议的巧合,霍普曼正是在那个月份钉好一架粗糙的梯子,带了要命的瑕疵。当年我三岁半，是林白宝贝两倍大的年纪。我的父亲马文住在弗吉尼亚州的斯通敦镇，是位很有出息的年轻律师。他很聪明英俊，和青梅竹马的珍妮结婚(早两年的五朔节，他们同被封为花柱之王和花柱之后)，看来他在政界也会大有发展。当时他一度竞选自治州检察官职位，尽管并没有当选，不过以他三十岁的年纪，往后的机会还很多——当时大家是这样想的。

我们住在李街的一栋两层楼房里，距离镇中心只有几英里，旁边是一片苹果林地。我对当时的记忆很淡，也很模糊。不过有关于我的父亲，有一则记忆却很鲜明——关于父亲和我的。那是个周日早上，他开着我们家的黑色道奇大车，载我一起进城去买报纸(他在 T 型车最热门的时代达到法定年龄，不过他也听他的父亲讲过无数次，福特车是马口铁做的，"而且用的还是最烂、最差劲的马口铁"。)。

道奇车停在街角，有个人站在一堆报纸旁边。父亲从我面前伸手过去摇下车窗，然后给我一角钱，要我付给那个人。也不知道为什么，害怕？害羞？我摇头不愿意做，还腻在我父亲的身上。他露出温和微笑，拿回硬币交给小贩。

我的名字是这位年轻英俊的律师起的，我还保存有他的照片，其中有几张是他抱着我坐在他的膝上，另有几张是他站在我母亲的身边。多数照片中的他都带着微笑。就我记忆所及，我们在那段日子里都很快乐，他尤其快乐。

不过，我的记忆却没有完全记住真相，因为根据我的记忆，并不能解释往后发生的事。那是个周三下午，就在我们去买报纸那个周日之后没多久，我的父亲在他的法律事务所里把门关上，举枪自尽。那是在早春时期，想必果园中的苹果花就要盛开，美国农场价格也终于开始上扬，而我父亲却让子弹射穿他自己的脑袋。

几十年后，我和母亲就只有那么一次简短谈到我父亲自杀的事情。她暗示，父亲之前由于律师业务上的几位客户要求他代为投资，结果在股市崩盘时赔光了。或许他无法面对由他代投资而赔钱的那些人，也或许是他无法面对自己，谁知道呢？如今，和他自杀时的年龄相比，我已经更年长四十岁。回顾既往，我就是忍不住要去想，父亲，你是有机会撑过去的。你只要再多熬一会儿，到头来情况就会好转。然而，也不知道是什么原因，他完全看不出有任何可以熬过去的办法，于是他放弃了。

父亲在我家车道抱着我的照片。有关他的事情，我记得的不多，其中之一是有次我们搭这辆车进城买周日报纸。（弗吉尼亚州斯通敦，约一九三〇年）

就在他扣下扳机的那一刹那，我的父亲就悄悄脱离我的生命，也脱离我们所有人，而且直到今天，他依旧不可捉摸。我仍然怀念他。我想象在我长大之后他可以陪我做的事情。当我

七十年后，我在办公室暂停工作、休息一下。我的办公室位于田纳西大学内伊兰球场的看台底下。我旁边是人骨吊挂展示板，这是我在人类学课程和法医专题研究班的教具。

动身为谋杀案作证，在证人席上应付对方质询的时候，我渴望有父亲引领和律师的专业建议。我已经七十几岁了，不过当我想起当年，自己在街角畏缩，不肯拿钱付给卖报小贩的时候，我还是像个孩子一样哭了。真希望我拿了钱付给那个人！或许那会让我父亲高兴，或许他会微笑，赞许他的小大人有勇气，内心感到一线光明，感到他自己也增添了些许勇气，事关生死的那一丝勇气。

很讽刺不是？在那么青涩的年纪就碰触到死亡，你大概会

认为，我这么早就见识到死亡，于是往后一辈子都要小心回避。然而我却是每天都在处理死亡。几十年来，我一直积极地追寻死亡，我沉浸在死亡里面。

即使到现在，纵然我和父亲之间有岁月鸿沟、生死阻隔，我还是努力要证明自己有勇气。也或许是当我抓起死者的骨头，等于在努力想抓住父亲，那位缥缈依旧、永难寻觅的死者。

回到一九八二年的那天，我在新泽西州警察总局地下室就座，我无法从那五根雪茄管里装的东西看出丝毫讯息；那十根细小的骨头，完全不能让我对陌生的林白宝贝多认识一点儿。没有东西来驳斥法庭上的呈堂证据，没有东西能为霍普曼平反，来实现他遗孀存在心中半个世纪的指望。

安娜·霍普曼就像林白家庭，也像我一样都丧失所爱。挚爱的丈夫，同时也是个谋杀案定罪犯人，他仍然要让她捉摸不透。直到那一天，当她自己也悄悄离开她身边的人，才能终于追上她一度共同生活、所爱的那位男子。

或许在那一天，她才终于能完全掌握他。或许我很快也要脱离身边共同居住、爱我、也应该了解我的人。到那天，在那个时刻，我就会找到我失去已久的父亲。

在此同时，我在众死者中搜寻其他人。从古代印第安人到现代谋杀案受害人，我确实接触到其他人，千千万万个"其他人"。

第二章
抢救印第安大作战

南达科他州平原的天色深蓝，天顶颜色更深，几乎变成紫色。西方积云高耸堆栈，凌乱悬垂的灰色雨幕早在落到地面之前就蒸发消失。我从离地两英里的高空透过机窗向外眺望，可以看到一片壮阔草原滑过视野。草地和矮树丛大半都变成了褐色，密苏里河也是褐色的，颜色还更深，泥水从西北方蜿蜒流入这片景观，然后变得更为浑浊，朝着东南方流出。仅有的一片绿地，我早听说，是点缀河边的一小圈青翠草地，就在我们北边某处，指出古代阿里卡拉村落的遗址。时值一九五七年，一片恢宏新天地在我眼前展现，我也愈来愈感到兴奋。

当引擎转速降低，边疆航空公司的DC3型客机猛然压低机头，开始晃动向下穿越乱流，这时我便开始出现不同的感受：晕机，我这辈子的罩门。天可怜见，在我的早餐呕出来之前，飞机就已经降落，结束飞行。

我们在皮尔降落，那时已经快到中午。少数旅客低头从机身的圆形出口跨出，攀下阶梯，走向一栋白色的航站建筑。我四顾寻找史密森学会的考古学家鲍勃·史帝芬森，他答应要来接我，结果到处都找不到他。其他旅客很快都走光了，我却远离老家，孤单一人待在空荡荡的候机楼内。

机场塔台很像建造在高跷上的树屋。我等了一会儿，爬上塔台询问航管人员，认不认识那位考古学家，并解释史帝芬森博士在镇外工作，他答应来接我前往那个遗址。"啊，他大概是在什么地方被泥巴陷住了。"那位航管人员说明，"昨晚这里下大雨，水一多，周围道路就变得很滑溜。"鲍勃直到当天下午才现身，满身泥巴向我道歉。没错，他被困了三个小时。当时我毫不知情，不过我就要在那里受困（是我自愿的），度过往后十四个暑期。

当初结合了多种因素，我才决定到南达科他州去，其中包括美国陆军工兵团、史密森学会，还有地球的最后一次冰河期（容我补充，那次冰河期在我这个时代之前就结束了）。两万年前，河水冻成厚层冰席，自北向南无情横扫北美大平原。冰河铲除前方的土石山脉，把岩石碾成冲积土，还让地表几百万平方英里的土地改头换面。

现在，同样无情的工程师、考古学家和人类学家团队，也降临到北美草原，动手做几项改变。工程师开始引水灌入，我们其他人则是疯狂开挖，发掘、筛出埋藏的珍宝——属于考古学的珍宝。这场抢救行动险恶异常，对手是水坝初成造就的密苏里河高涨的水位。

密苏里河大概是全世界最被人小看的河川。在美国境内，这条河川次于密西西比河屈居第二，就我看来这完全不公平。可别误会，密西西比河是条大河，从明尼苏达州的伊塔斯卡湖经过二千三百五十英里，流入路易斯安那三角洲。密西西比河是条壮阔水道，通过美国的心脏地带。

事实上，是河川名称令我感到不平。想想，降在明尼苏达的一滴雨水,扑通落入密西西比河的发源地伊塔斯卡湖:从湖泊的岩床出水口(窄得能够涉水通过)开始,那滴水要经过二千三百五十英里,最后才流入墨西哥湾的盐咸浅水区。相形而言,蒙大拿的雨水落入落基山脉东坡的一道山泉,在密苏里河中旅行二千三百英里,才抵达圣路易市的辽阔汇流点,和密西西比河合流。从那里开始,水滴又继续另一段一千四百英里的行程,最后才抵达湾区,总长为三千七百四十英里,只有尼罗河和亚马孙河流得比它更远。因此,至少就以长度来讲,密苏里河应该是主河,密西西比河则是支流。

密苏里河还有另一项惊人特点。就我所知,从整片大陆的规模来讲,这是历来曾经改变心意(或目的地)的最大河川。在上次冰河期之前,密苏里河实际上是向北流入加拿大,注入哈德逊湾的冰冷水域。随后,当冰河犹如巨大推土机往前横扫,让大地改头换面后,密苏里河便寻着一处开口,掉头南流,向墨西哥外海的温暖水域奔去,最后距离原来的出海口约有二千英里之遥。

密苏里河在这段时间,见证了在它广大流域栖身的各种生命所经历的剧烈变化。大概在一亿年前,恐龙遍布蒙大拿和南、北达科他州。随后则是大批温血动物,包括猎豹、骆驼、长毛象(真猛犸象)和庞大的剑齿虎。我们人类出现得比较晚:最早住在北美大平原的人或许来自亚洲,大约在一万两千年前通过陆桥抵达。

几千年期间,这批美洲原住民都过着游牧生活。然后在约两千年前,他们大半开始种植庄稼作物并定居下来。他们聚居成村并建筑泥屋——这是个挖入地下的圆形建筑,上面构筑圆顶木架,接着覆盖泥土、草皮来隔绝北美草原的酷暑与严寒。今天我们称之为"敷土泥屋",平地印第安人则径称之为"家"。

不过泥屋村落不能永续维持。北美草原的树木稀少,大半都是长在河川最低洼的冲积平原,我们称之为"第一阶地"。因此,约经过一代,村落上下游若干英里范围,岸边树木都要被伐光。妇女负责采集燃料和建材,于是她们必须愈走愈远,行走累人的长路才能采到木材。最后她们走累了,不愿再远行,于是部落就要搬迁,向上游或下游移动几十英里,在另一片河杨林地定居下来。经过了一百年,等到冲积平原又长出林木,他们或许就会掉头,回归祖先遗弃的村庄地址。

到了十八世纪,北美平原已经住了好几个印第安部落。其中有四个主要部落,在北方平原上你争我夺抢地盘:包括令人生畏的苏族,他们依旧保持游牧生活,还有已定居生活的曼丹族、希达察族和阿里卡拉族。阿里卡拉人在当今的南达科他州中部,建造了辽阔的泥屋村落,包括几百栋家族住宅和宽广的礼仪集会所。

新一波人潮涌至:白人探险家和皮货商人。刘易斯和克拉克就列名其中,不过他们还远称不上最早的。一八〇四年,当"发现团"在曼丹村庄驻足,他们看到的是金发碧眼的曼丹人——法国探险家和陷阱猎人与当地妇女的后裔。

当刘易斯和克拉克溯溪上行,进入美国刚买下的路易斯安那领地,试图结合阿里卡拉族和曼丹族,加上美国政府三方联盟,共同对抗苏族,但阿里卡拉人却拒绝结盟。而且当探勘队伍继续溯溪前进时,还与他们短暂交手发生小规模冲突。探险队游说曼丹族的结果就好多了:当年"发现团"和曼丹族一起过冬,和男性曼丹人交易、一起狩猎,还分享女性曼丹人的性服务。通常这都是应妇女的丈夫之请,他们认为这样妻子就会从白人身上取得"魔力",然后感染给他们。不幸的是,通常他们都只感染到梅毒。

刘易斯和克拉克探险队在一八〇六年顺流踏上归途,又和阿里卡拉人起冲突。后来刘易斯担任路易斯安那领地的行政长官,期间诸事不顺,他在一八〇九年派遣五百名左右的白人和印第安人,再次沿着密苏里河上溯。他下达命令,只要阿里卡拉人胆敢反抗,就消灭他们。

尽管阿里卡拉人顽强抵抗,却只是虚张声势,最后甚至一蹶不振濒临灭族。阿里卡拉人在刘易斯和克拉克半个世纪的探勘期间,受到苏族和移民攻击,加上天花肆虐,当时已经几近消亡。族人大批死亡,在密苏里河的第二和第三阶地,留下几百户空荡泥屋,还有几千座亡魂墓穴。

一九五七年,阿里卡拉文化的最后遗迹就要被进步洪流淹没,史密森学会派我前往帮忙,要在所剩无几的时间内尽量发掘。

美国国家自然史博物馆坐落于华盛顿特区的大广场区,也是史密森学会在该区的大型博物馆之一。馆中的主楼层有只庞大的非洲象,在宽广的圆形大厅下站岗。大象之上有几个楼层,环绕圆形大厅四、五、六楼周边的阳台上,摆了许多保存橱柜、抽屉和架子,装满了美国原住民的骨骼。

如今,我们对发掘墓穴采集骨头的想法已经大幅度改变了。一九九〇年,由于美国原住民部落向国会游说,促请通过法律禁止采集美国原住民的遗骸。那项法律还规范博物馆和其他机构,只要是目前尚存的美国原住民种族,凡是取自该族的遗骸,都必须还给他们。所根据的哲理很单纯:死者尸骸是神圣的遗物，不是收集品或展示品，必须归还祖居大地并郑重下葬。从精神上看，这完全合理。

不过从科学研究角度看，史密森学会做这类发掘、采集作业，却发挥了重大影响，彰显了人类全体，特别是美国原住民的历史、文化和演进。借由数千名死者的骨头比对工作，科学家才能够精确描绘出北美原住民的相貌：他们的体型、力量，他们的饮食、平均寿命、婴儿死亡率，还有其他丰富的信息。而且在一九五○年代后期和六○年代之初，这些骨头大批涌入史密森学会，数量超过博物馆科学家的处理能耐。

这对我而言是件好事。

我在弗吉尼亚大学就读大三、大四的时候，就已经知道有人类学。当时我主修心理学，必修课程也大部分都修完了，最后还有几堂空档可供选修。我浏览课程表，第一门引起我注意的课就是"人类学（Anthropology）"。这也难怪，因为课程表是依英文字母排列。如果我不是从页首读起，而是由页底开始，或许我最后就会成为动物学家（Zoologist）！

其实弗吉尼亚大学并没有人类学系，只有一位柯里弗德·伊文斯教授，他任教于社会学系。不过伊文斯是位大胆的田野研究人员，也是位擅长启迪思考的老师。当时他才刚从巴西回来，在巴西发掘一处史前村落，于是他在课堂上放幻灯片、讲故事，把古代居民活灵活现地讲述出来。伊文斯开的课，我全都选修了。

一九五六年春季，我就要拿到肯塔基大学的人类学硕士学位，于是写信告诉伊文斯。我想自己大概是他唯一拿到人类学硕士学位的学生，我也认为他大概会很高兴知道这点。当时他已经离开弗吉尼亚大学，在史密森学会担任考古学馆长职务。

伊文斯立刻回信。他对我的印象很深,还告诉我他很高兴听到我学业上的进展。他也告诉我,史密森学会迫切需要人手,协助分析从北美平原大批涌入的美国原住民骨骼材料,并提议要帮我取得那份工作。真是机缘凑巧红运当头。

这大批骨头是美国陆军工兵团作业时挖出来的。工兵团的成立宗旨是要向屡屡泛滥的河川宣战,而且他们执行任务时,还存着报复心态。到了一九四〇年代后期,工程团队已经在密西西比河大半区段完成筑坝拦河工作,接着他们分头整治其他河川。到了五〇年代,他们正在密苏里河作业。

当他们进行到南达科他州中央,作业规模恢宏壮阔。工兵团由皮尔(法文发音是"皮耶尔",南达科他人则称之为皮尔)上游六英里处开始构筑脊状土堆,高度将近二百五十英尺,长度则接近两英里。欧赫水坝是根据苏族一处议事堂命名的,开始建造时已经是美国最大的填土坝,至今依旧独占鳌头。

水坝筑成之后,所拦起的水库占地相当辽阔。预计蓄水范围会向上游延伸约二百二十五英里,最宽的区段横跨达二十英里左右。欧赫湖会成为美国最大的人工湖。蓄水后会淹没几百平方英里的草原,还有无数的美国原住民考古遗址。

工兵团已经拨出水坝建设的部分费用,供考古研究和发掘之用,并签约由史密森学会进行学术工作。这笔资金只是水坝预算的一小部分,只占百分之一的一半,不过由于水坝和预算都极为庞大,因此就典型考古标准而言,"史密森河川流域调查案"(这是这整套计划的名称)具有宏大规模和丰沛资金。当工兵团开始堆土拦河挡水,同时一小队考古学家和契约雇佣人员(大学生和研究生),也来到即将被淹没的地区开始发掘。他们从阿里卡拉族的核心遗址,紧邻水坝的上游区域开始动手,因为这会是最早被水淹没的地区。那里叫作苏利遗址,只因为那里是属于苏利郡范围。阿里卡拉人在密苏里河的第二阶地(紧邻河川冲积平原之上的陆台),建了历来被发现的最大的泥屋村落。

南达科他州拉尔森遗址鸟瞰。这处遗址位于欧赫湖畔,摄于一九七〇年。平行条纹是铲土机铲出的,每条长一百二十英尺左右。铲纹内的暗色圆圈是已经开挖的墓穴。我们从右手边开始挖掘,赶在水位上涨之前一路上坡进行。一年之后,这里便被上涨的河水赶上,整片遗址完全没入水中。

有关该遗址的丰富考古学材料,主要的线索就是连串的圆圈,直径从十八到二十英尺,一直到六十英尺的都有。这些圆圈标示出泥屋的坐落地点,泥屋焚毁或崩塌之后,便在草原上留下浅洼,这是由于泥屋都是从地面斜向下挖几英尺建成。这个地区的雨量贫乏,年均降雨量只达十五英寸,因此汇集在浅洼的溢流水和地下渗水,便在褐色草原上形成小片苍翠绿洲(年降雨量再多个五英寸，这里的平原就不会是草原，而会转变为森林）。较小的绿色圆圈分别代表房屋，总共有几百栋，各住了十五到二十人之多；少数较大的则标示出小区会所或礼仪集会所的地点。

苏利遗址还有阿里卡拉人的许多泥屋村落，同样都曾经多次被人住用，最早一次是在公元一六〇〇年左右。村落附近的树木全都被砍伐之后，村落就被弃置，接着在河岸林木重长之后，又有人在此定居。考古学家对找到的人为产物做定年，根据结果推测那处村落至少曾经被住用三次，随后才在一七五〇年左右被放弃并不再使用。

在地面很难看出泥屋洼处，不过凭感觉就比较容易发现：农夫或考古学家开着吉普车或卡车碾过时，可能会觉得汽车在浅洼处沉陷，接着又爬出来。苏利遗址的浅洼数量极多，开车通过那里就像是在搭乘大型云霄飞车。

由于那处村落占地十分辽阔，也曾经被住用那么久，考古学家当时掘出一批珍贵宝藏：烹调器具、农耕工具、武器、珠宝和骨头。这里有数不清的骨头，只凭史密森学会远在华盛顿的少数体质人类学家，是完全没有能力归类、测量的。

我就是在这时新手上路，踏入这个局面的。我走过圆形建筑底下的那头大象填充标本，登楼开始投入工作，这是我第一次在暑期做骨头编目工作。身为卑微的研究生，没有电话，没有自己钟爱的计划，没有期刊文章要写、要审阅，也没有让高尚科学家分心的其他杂事，我可以从早到晚都分析骨头。于是我在那个暑期，还有在下一个暑期，大半都是在做同样的事。到了一九五七年夏末，计划主持人征召我前往南达科他州。

当时我还从来没有到过密西西比河以西，我也从来没有搭

帕特·威利投入许多年暑期，和我在南达科他州发掘印第安人墓穴。他刚开始时还是中学生，是我主日学班上的学生。帕特为攻读博士学位，随我前往诺克斯维尔。目前他在加州奇哥，是加州州立大学的人类学教授。

阿里卡拉人墓穴常呈圆形，骨骼屈曲摆放。挖墓人是用野牛肩胛骨当作锄头来挖穴，圆穴较小，省力得多。

过飞机，因此前往南达科他州的那趟旅程，让我大开眼界。有些学问随着老骨头埋藏在土中，要等我去发现；另有些则是由年轻学生向我讲授。这些人都在密苏里河各层阶地，忍受暑热、尘埃埋头苦干。还有些教训则是由蚂蚁、响尾蛇来传授，它们在平原钻穴，和我们比邻而居。这些学问教训，每一项都在往后多年发挥重大功能，当我开始研究近代谋杀案，分析个中情节,从古老尸骸身上学来的这些秘密,对我都非常有用。

当我在一九五七年八月抵达南达科他州时,暑期已经快要结束。那项计划会在两周之内结束,好让教授和学生都能回到学校。史帝芬森也希望我能够在那短短两周期间,协助解答一项在他过去两年都不得其解的难题:阿里卡拉人把死者葬在哪里?

根据当时所发掘的泥屋数量,他知道那处村落的人口可达数百,而且他们在那里已经住了几十年。然而截至当时,史帝芬森团队努力发掘,却只发现几十具遗骸。那么其他的在哪里?

有些印第安种族,包括苏族,都会架设高台,把尸体摆在台上,不加遮掩任其腐化。骨头常被郊狼(凯欧狼)、秃鹫和其他腐食型动物取食,四散各处,因此很难找到古代苏族人的骨骼。不过,阿里卡拉人似乎始终都会埋葬死者。挖掘墓穴是妇女的工作,用野牛的肩胛骨制成的锄头掘成。使用原始工具很难掘土,因此她们尽量把墓穴挖得很小、很紧密,才能够胜任这项工作。她们挖出约三英尺深的圆坑,如果死者是孩童或妇女,尺寸还要更小,接着便把尸体摆成屈曲或胎儿姿势,膝盖贴着胸部,双臂交叉。然后她们往坑内填土,上覆枝条、圆木或灌木来阻挡腐食型动物取食,最上面再用土壤、草皮覆盖。

在那第二个暑期的八月,史帝芬森感到十分挫折。不只是他们找到的遗骸数量和村落的人口数并不相符,而且如果我们要借此来学习、了解阿里卡拉人的生死诸事,遗骸数量也不够,能了解的不多。以史帝芬森的聪明才智,他当然料想得到,附近某处一定有阿里卡拉人的坟墓区。不过,倘若我们不能快点儿找到,往后就没有机会了。

考古挖掘是按照网格图形来进行：遗址以五英尺方格区隔划分，每次发掘一格，就在范围内移除非常浅层的土壤。每格都有编号来识别。因此，在各个方格之间进行发掘作业的时候，便可以精确记录人为产物或遗骸的出土地点，记下出土方格编号，还有在方格内的位置，包括平面位置和深度。这种做法条理分明、非常精确，却慢得让人咬牙切齿，有时候要花一周左右的时间才能完成一格。因此整个暑期的发掘工作，只能涵盖四十到五十平方英尺的面积。史帝芬森让我负责带领十位学生，还催促我在月底之前，必须找到阿里卡拉族死者。

八月的南达科他州热得像处炼狱，有待发掘的草原面积也实在辽阔，要想迅速完成工作，必须找一支小部队来进行。结果来了一支非常大的部队，不过工作人员都非常小：他们是几十亿只在草原地带钻穴居住的蚂蚁。

北美大平原的土壤称为黄土（loess）。英文字源为德文（lurss），意思是"松散的"（loose）。黄土的质地细致如面粉，尘暴区的沙尘成分就是黄土。当然，那是黄土干燥时的状态，只要加水，特性就会大幅度变化。潮湿黄土很可能就是宇宙间最黏的物质，而且如果潮湿黄土底下就是潮湿页岩（这可能是地球上第二黏的物质），情况就变得十分有趣了。这时就会彻底违反诸般物理定律，摩擦力会完全消失（因此也完全没有牵引现象），也因此在那第一天，可怜的史帝芬森才会迟到那么久才来接我。

黄土最适合让蚂蚁来挖掘。黄土的质地柔软容易挖穿，但最后还是会黏在一起，因此当工蚁在土中钻出穴道，它会相当有信心，挖出的穴道绝对不会很快就崩塌。

就我们勤劳的蚂蚁来看，没人碰过的黄土还不是最好的，更好的是被动过、挖松的黄土,好比挖掘墓穴和填土过程就会产生这种现象。帅啊!这里很好挖啊,蚂蚁钻入墓穴的时候会这样想。不过等一下,这多出来的东西是什么啊?如果东西太大搬不动,它就会改道绕过去。不过,倘若它能够把东西拖出来,它就会把它拉出地表,丢在外面。

一个掘地人眼中的垃圾,另一个却把它当成宝贝。我抵达南达科他州之后,前几天花了很多时间,半蹲着在大草原的矮草和灌木丛中走动。那里的蚁丘大半只是被弃置的黄土堆,另外还有些小卵石散落丘上。不过,后来我也开始看到其他物体。仔细端详,我看到那些东西是细小的指骨、风化的足骨,其中最抢眼的则是闪烁着灿烂色彩,用来当作珠宝的蓝色玻璃珠!还有两个世纪之前,商人和平地印第安人做交易的货币。朝正下方挖个一英尺,我们在好几个蚁丘下发现破损的木材,这是盖在墓穴上用的。中大奖了!从村落向外扇状分布,我们找出看来最有希望的标示,蚁群所安住的密集巢穴,接着照着描绘出平面图。我们开始从村庄遗址向外画出试挖方格,或成行或成列排列,不再是比邻排列并以五英尺方格区隔。有的方格还从前几个方格,向外跨过二十英尺,甚至远离三十英尺。

最后那阵疯狂推进差点把工作人员累死。不过完成之后,我们就知道自己发现了阿里卡拉人的宽广墓地。我们在排成好几串的几十个试挖方格中都发现了墓穴,据此判断那里肯定有几百个墓葬穴位。

不过我们已经没有时间了。墓穴发掘工作要等到来年夏季才能进行。

我很感激南达科他州的勤劳蚂蚁,至今还很感谢它们。不过,对蜿蜒爬行的响尾蛇,我就不敢恭维了。事实上,当一九五九年暑期迫近，如果说有什么东西会让我害怕，那就是想到那群讨厌的响尾蛇。

北美草原是蛇类的理想栖所，那里到处都有鼠、兔、鸟和其他的小型猎物。蛇类和蚂蚁同样觉得那里的土壤很容易钻穿。因此住在那里的美西草原响尾蛇，族群密度高得令人不安。接着还有栖所面积缩减的压力：当欧赫湖在一九五七年开始蓄水，沿河低洼地带也开始没入水中。当响尾蛇扭动身体爬上较高处的陆地，也就是一伙粗心大意的人类学家活动的阶地，学者在草丛中爬动、探身进入墓穴、从坑中向外伸手，盲目摸索找一把小铲子或刷子时，猜猜看会发生什么事？

北美草原的响尾蛇体型不大，在同类中算是小的。它们和衲脊响尾蛇不同，衲脊蛇类能够长到六英尺或更长，身体粗厚就像挖墓人的腕部，北美草原的响尾蛇体长则很少超过三英尺。不过，这种蛇类脾气暴躁，是好斗的小恶魔，它们比较习惯先发动攻击再说。我断定那种策略对我们也十分管用。

身为科学家，我知道响尾蛇占有重要的生态席位：它们是食物链的重要环节，也是北美草原最为重要的掠食型动物，必须有蛇，鼠类等啮齿类动物才不会横行肆虐。我在理智层次完全能够理解这点，不过在本能和情绪层次上，我实在是怕极了这些该死的东西。或许我不该坦承这点，不过我始终相信，只有死掉的响尾蛇才是好响尾蛇。当我和活的蛇面对面，我经常会抱持一种态度："这片草原不够大，容不下我们两个。"我很快就赢得"西部第一快铲手"的美名。

人类学工作团队有一项清晨仪式，那就是把铲子磨利。用锋利的铲子挖土，速度远快过使用钝铲。锋利的铲子切过蛇身的速度也快得多。每天早上，我们会轮流用一柄锉刀，把自己的铲子磨利，把被石块撞出的刻痕磨平，接着把前缘磨得像剃刀般锋利。铲子是否真正锋利的测试做法是：能不能用铲子在你的前臂刮毛？我不见得每天都花时间涂肥皂泡刮胡子，不过每天早上我的前臂一定是刮得光溜，平滑得像是婴儿的屁股。如果当初我每用铲子了结一条草原响尾蛇就在铲柄上刻一道痕迹，最后就会只剩满柄刻痕，没地方握了。

爱蛇人士听到我这种不留活口政策，肯定都要丧胆，不过重要的是要能综观全局。首先，水库蓄水日高，栖所逐渐丧失，反正响尾蛇的族群也远超过残存栖所能够供养的数量。第二，也是对我最重要的一点，我奉命照顾和我合作的人类学学生，要负责他们的安全。前后算在一起，我在南达科他州花了十四个暑期做发掘工作，这段时期涵括我的多次生涯变迁，从费城的博士生到内布拉斯加大学的客座讲师，再成为堪萨斯大学的终生聘任教授，这段时期共约有一百五十位学生在平原上替我工作。在这些年间，还真有不少草原响尾蛇死于异类间的接触，而我的学生没有一人遇害。

可叹，真有其他几位学生遭蛇吻死亡。

北美草原的天气是出名的变化多端，这在夏季还特别猛烈。长在大地的禾草会释出大量湿气。当艳阳高照，水蒸气便腾升直到凝结，有时候会大团凝结形成棉花糖云层，有时候则聚成耸立高达四英里的黑色雷雨云顶。

有四位学生隶属一位考古学家的研究团队，他们从偏远的村落遗址搭船回来，结果被暴风雨赶上。他们早就看到风暴来袭，想要抢先归队，然而草原风暴来袭的时候，速度可以快得像是愤怒的响尾蛇，而且同样无情。狂风猛吹扑击，河水波涛汹涌如海浪，他们的船只翻覆，四人全遭灭顶。他们的船上有救生用具，但是年轻人总觉得自己是金刚不坏之身，没有人穿上。等到船只被吹翻时就太迟了。

有时学生会对我的安全意识扮鬼脸，不过我始终相信谨慎为要，小心驶得万年船：我从来不曾受过重伤，我的学生也没有人受过重伤。

一九五八年暑期，我们已经回到密苏里河的第二阶地，发掘了几十个阿里卡拉人墓穴。按照考古学的部分标准，这种成果可以算是很棒的了。而且就以这处我们多年来一再回来的遗址而言，收获确实算是丰硕。不过，就苏利遗址而言(还有密苏里流域上游二百二十五英里范围内的其他所有遗址而言)，我们知道能用的时间已经极少了。欧赫水坝的水闸刚刚关上，各处的水位都开始上升，我们必须加紧进行才是。

十年前，我还在学校念大学部，那时我每个暑假都在我继父的采石场工作，操作推土机和倾卸车。那种暑期工作太棒了，就像是很大的大孩子，拿着庞大的童卡牌玩具戏耍。

我对速度一向不特别感兴趣，高速汽车对我几乎毫无吸引力。不过谈到"力量"，哦，那就完全不同了。给我一辆装了大型柴油引擎的卡车，配上粗壮的古董传动装置，那我就开心了。

我暑假在采石场打工都要引来讨论抨击，因为我是老板的儿子。有些批评用意良善，有些就不是了。特别是一位老哥，四十来岁，细瘦恶毒的家伙。他似乎是特别有意要让我难堪。有一天，我顺着两栋建筑之间的窄路开车，迎面遇到他从另一端开着平板车过来。

碰到这种会车状况，采石场的用路规则相当清楚明白：装载货物的卡车永远可以先行。我的卡车载了十五吨岩石，他的平板车是空的。那里没有错车空间,也没有地方可供掉头。照理他必须倒车。

结果他就是不肯。我等着,他坐在那里对我狞笑;我按喇叭,他只是笑得更狰狞。

我整个暑期设法要善待这个家伙,不过这显然是一点儿用都没有。最后事情终于爆发了。我把变速器排到一档,松脚搭上离合器。我的卡车的保险杆触及平板车前端,这时他的双眼圆睁,但还是没有倒车。于是我猛踩油门,这部大型倾卸卡车猛向前冲,推动平板车倒退。

最初我并没有注意到,倾卸车的保险杆位置较高,超过平板车保险杆将近一英尺。不过这很快就造成明显后果,平板车的水箱护罩垮掉,散热器爆裂,而且从车前端喷出好几道蒸汽。哦,惨了!我心里这样想,不过既然已经撞坏了,我还是继续前进,把他推开别挡住我的去路。

后来我被继父责骂一顿,不过从此以后,采石场的前辈全都对我另眼看待,而那个恶毒混蛋也不敢再来惹我了。从此我就看重力量更甚于速度。

然而,在南达科他州,我们需要速度,才能指望在密苏里河水位升高之前,抢先完成工作。我在往后两个暑期,都为这个问题焦躁烦恼。最后我想出一种可行的解答:或许速度的关键是在力量。

一九六〇年六月某个凉爽早晨,一辆卡车拉着平板拖车,上下跳动晃荡着开到苏利遗址,车上载了一辆推土机和一具压路机。之前我向国家科学基金会申请补助,租用动力驱动设备来发掘,而且他们同意让我试试看(想必心中是百味杂陈),就当成是一次实验。

当时我要仰赖土壤的一种特性：阿里卡拉人墓穴的泥土曾被人碰过，颜色较深，看来也比较松散；周围没被碰过的黄土较为致密，颜色也较浅，因此有经验的人很容易看出墓穴的圆形外圈。至少当我们用手谨慎移除顶层土壤的时候，就是这样判别的。如果我们是用重型挖土机械来刮除顶层一英尺表土，这套办法还是灵光的吗？那时我们还能够看出覆盖墓葬地点的木材，和独特的圆形外圈吗？重型机具的刀叶和车轮，会不会把一切东西全部搅乱，变成一大团泥土和碎骨？要是果真如此，那就要哭笑不得，成为我的罪过报应，因为我来南达科他州的其中一项目的，就是要保护骨头，可不是要把它们辗碎。

我们根据蚂蚁的指引和先前的发掘结果，在最可能发现墓葬地点的范围开始工作。驾驶沿直线开过，距离八英尺，深度则只有两英寸。除了草皮和细致的黄土之外，什么都没有。

接着多开个几趟，还是一无所获。我认定这个主意真是有欠考虑，才正要叫暂停，然后我就看到了：刮土机和推土机的路线后方，就在神奇的十二英寸深度，出现了一圈颜色明显较深的松散土壤。我发出呐喊，连阿里卡拉族战士听了都要感到豪气万丈。

那年夏季，我们借助动力驱动设备，发掘了三百多座阿里卡拉墓穴，十倍于前一年我们用手发掘的数量。

到这个时候，我们已经是南达科他的夏季常客。最初我们在遗址扎营露宿，在最初几年之后，我们就开始租屋让工作人员居住，加上另一栋给巴斯一家人，包括我、安、查理，还有一位新成员，威廉·巴斯四世——乳名比利。我的工作团队始终由十位学生组成，再加上一位厨师。他艰辛万分让我们全都能吃饱(有时候似乎什么食材都没有,只靠政府剩余物资"花生酱"来过日子。至今过了四十年,花生酱还是会让我倒胃口)。

当时屋内的家具很少,所有人都睡在陆军帆布床上,那是用绿色或深褐色帆布,绷在摇晃的木架上搭成。我很早就注意到帆布床有个问题:床老是坏掉。好吧,如果几百万士兵都能在这种行军床上睡觉,也不会把它压坏,那么这几个学生也应该办得到。答案很快就浮现,那就是"性":行军床的接合位置很脆弱,受不了两具身体一起动作所产生的压力。因此我宣达一项指令,这是我规定暑期工作人员必须遵守的两项基本准则中的第一项:"不准在行军床上做爱。"从此再也没有床被压坏。

第二项规定也同样单纯,不过严重得多:不准犯法被捕——超速、喝酒、打架、妨害安宁,甚至在人行道上吐痰等原因都包括在内。只要你被捕,你就得退出。河川水位提高带给我们的压力已经够重了,无力处理招惹当地人引起的难题。我只有一次必须执行二号规定,而且谢天谢地,我从来不曾撞见有人违反一号规定。

即使有推土重机生力军,发掘工作依旧非常累人。这时我们所处理的面积已经宽广得多,不过必须用手移动的土壤依旧很多。为了提高队员士气,我举办了各种游戏和比赛,比如指出就要被水淹没的树木枝杈,看谁能够用铲子抛土击中最多次。或许这看起来很愚蠢,却能维持高昂士气。那几个暑期都很辛苦、炎热,不过也很好玩。

那段日子也揭露了科学真相。当我们挖出的墓穴数量达到几百座,便开始有一幅惊人景象从北美大平原的土中浮现。北美大平原考古研究史上,我们首次拥有大批有记录的全族骨骸标本,从初生到老年的都有。我们发现阿里卡拉人的生活异常艰困、凶险,通常还非常短促。我们发现了许多小墓穴,数量多得惊人,里面是婴儿和幼童的遗骸。我们逐一计数,统计结果显示,整个族群几乎有半数都是在两岁之前死亡;到了六岁,死亡率还达到百分之五十五。接着出现有趣的现象,死亡率纾缓了,六岁到十二岁之间死亡的人非常少。显然只要活过童年早期,就很可能活到青春期。接着,从十六岁左右开始,生命又开始充满危机。女性开始生小孩,男性开始猎捕水牛、对外征战。那种生活非常凶险,危机四伏。

阿里卡拉人采取定居生活,不过他们的邻族,常与他们敌对的苏族却居无定所,还经常发动攻击。许多男性的骨骼都带有箭伤造成的深疤,特别在胸部和骨盆部位。我们发现许多箭头射进骨头深处,这些伤痕通常都会致命,不过有时候骨骼已经在燧石箭尖周围愈合,这告诉我们,这位战士在体内带着苏族的箭头活了好几年。

有些颅骨(包括男女)被击碎,看得出战斗石棒的蛮横效果。另外有些颅骨带了割痕,通常是在前额发线处最为明显,这里是割下头皮的第一道切口部位。有些头皮被割的受害人,在颅骨中还带有小片燧石。有几件事例则让人不寒而栗,证据显示颅部已经愈合:被割下头皮的人,最后活下来讲述这段痛苦经历。

我们在苏利并没有找到子弹。那处村落在一七五〇年左右最后一次被人遗弃,白人和他们的武器在当时还是遥远的奇闻逸事。不过在短短五十年间,阿里卡拉人的生活就要天翻地覆,白人为他们带来灾难。

苏利遗址是最辽阔的阿里卡拉人村落遗址,上游两百英里处还有个莱文沃思遗址，那里的状况却最为悲惨。一八〇〇年左右，阿里卡拉族就是在那里聚居，最后一次挺身对抗苏族、白人和他们永远看不到的致命敌人。十二群阿里卡拉人从不同地方来到这里聚集，团结求保平安。他们在当今的北达科他州界南缘，密苏里河的第一阶地上建立了两个村落，相距几百码，只以一条清流小溪区隔。

刘易斯和克拉克就是在那里和阿里卡拉人接触，还发生了小规模冲突。也就是在那里，无耻的皮毛公司代理商对原住民发动一场惨无人道的生物战，他们从圣路易带来毯子，还故意沾上天花病毒，印第安人毫无警觉，免疫系统无力对抗。结果就在一八二三年八月九日，美国陆军上校亨利·莱文沃思率领部队执行任务。将近三百名美国陆军、密苏里民兵和苏族战士，用步枪、弓箭、棍棒和炮艇，对阿里卡拉老少村民发动攻击。八月十四日夜间，残存的阿里卡拉人完全消失，只留下那两处残破的村落。

到了一九六五年暑期，欧赫湖的水位升到将近海平面上一千五百二十五英尺，超过河川自然水位一百多英尺。莱文沃思遗址的两座阿里卡拉人村落，也已经没入水中消失不见。还好我们很幸运，两处主要墓地是在村落上方的阶地，位于将近五十英尺高处，因此我们还有时间发掘，不过压力依旧异常沉重。

然而，在一九六六年七月期间，水位显然已经赶上我们的进度，部分墓葬地点坑中都已经积水，其中还有些是我们当时正在挖掘的(所以"水葬"就有了新的定义)。到了那个阶段，我们已经在莱文沃思遗址找到将近三百座阿里卡拉墓穴，完成发掘工作。我们继续工作向上坡前进，河水紧跟在后，这时却不再有发现了。我们用动力驱动设备削出绵长路径，距离核心墓地愈来愈远；我们甚至还借助手工挖掘老式技术，结果我们什么都找不到。一九六六年七月十八日，我们放弃莱文沃思遗址，让给河川，就好像阿里卡拉人在一百四十三年之前的做法一样。

多年之后，有位印第安人，在一次报纸采访中称我为"印第安坟墓的头号窃匪"，我想这的确是事实。在那十四个暑期，我在北美大平原发掘的印第安墓葬穴位，大概有四千到五千处。就我所知，那个数字在全世界是独占鳌头。

然而，我在那十四年间，却从来没有和任何美洲印第安人发生冲突。这其中有两项原因。第一，我的妻子安是位营养学家。她在那些暑期，都在南达科他州的立石保留区工作，改善区内苏族印第安人的营养状况。安的博士论文是以苏族的糖尿病高罹患率为主题，当地族人和她友善交往。我身为安的丈夫，也沾光博得信任。第二，当时我是在帮助现代苏族人士，解决他们和古代阿里卡拉人的宿怨，也就是在帮忙做他们族人所说的"战功总清算"。

不过，随着六〇年代迈入尾声，情况已经明显出现变化。欧赫湖蓄水将满，史密森河川流域调查案逐渐减缓进度。学会在水库开始蓄水之前，确定了几百处考古发掘点，至此只有少数经过发掘。时间、资金和人力都不够，只能做这么多了。

不过，我们不只是和高升的水位赛跑，我们也在新文化的强势浪潮中逆游。一九六〇年代后期是民权、越战的时代，也是各种社会剧变的时代。美国原住民开始提出主张，争取文化、传承归属，以及先人遗物产权。科学和文化价值的剧烈冲突，显然已经开始酝酿。鲍勃·迪伦的民歌，唱出六〇年代的时代变迁和高涨浪涛，并借歌曲提出忠告："你最好开始游泳，否则就要像石块般沉没。"鉴于密苏里河的泥水逐渐涌到我的踝部，我断定也该开始游泳离开。

就在那个转折点，田纳西大学开始和我联系，同时法医人类学也向我召唤。我的"印第安坟墓的头号窃匪"生涯结束了，真正的本行(法医科学家)才刚要开始发展。

第三章
初见教学伙伴

　　凭延续四十年的人际关系，你可以很深刻地了解一个人。不过，所有人最终都会带着某些无人能知的秘密进入坟墓。

　　早在一九六二年秋季，学期才刚开始，我就和我的长期"教学伙伴"首次见面。当时我才刚拿到博士学位，暑期都在南达科他州做发掘工作，其他时间就在劳伦斯的堪萨斯大学教书。我未来的伙伴是具不怎么新鲜的尸体，才刚从莱文沃思市外，密苏里河附近的路边运回来。那具尸体是三位猎鸽人和一头捕鸟猎犬找到的，发现地点是在低洼冲积平原，当地人称那里为"底处"。底处偶尔会淹水，沉积土呈砂质，质地柔软。那宗谋杀案发生在夏季，很容易挖土的季节。

　　身为法医人类学家，我所看到的尸体通常早就不再保持原始状态。那些尸体都已经膨胀、枯干、烧毁、长虫、腐坏、锯开、被咬噬、液化、木乃伊化或被肢解，有些还已经变成遗骸，只剩下一把枯骨——光秃秃的，却满满都是诉说他们如何经历死亡的数据。

　　肉体腐朽，骨头长存。肉体会遗忘、宽恕旧有创伤；骨头会愈合，却永志不忘。童年时期跌伤、酒吧恶斗、手枪托柄重击太阳穴、刀尖从肋骨间猛刺,骨头抓住这种时刻,记载这些经历,向受过训练的人揭露真相,这群专门人才看得出丰富的视觉记录,听得出死者吐出的喃喃低语。

最近我来到田纳西大学医学中心的停尸间,看到一个金属托盘上摆放的身影,望之令我心碎。那是具婴儿的骨骼,才三个月大,被毒打的惨状是我平生仅见。一只手臂和一条腿断了,细小的肋骨也几乎全断。其中最骇人的是,身上不但有临终之际的骨折新伤(也就是约在死亡时间前后所受的伤害),还有多道分处不同愈合阶段的骨折伤痕。这个可怜的孩子惨遭虐待,几乎是一出生就开始受害。然而他细小破碎的身体,还是不断想自行愈合。只要有片刻机会,他就可以恢复健康,因为有时身体的复原能力相当惊人。然而有些人的残忍程度也是同样惊人。当我获悉他的母亲后来被控谋杀,如今正等候审判时,我感到高兴,同时也感到哀伤。

我在一九六二年之初检视的那位成年受害人,也就是后来成为我教学伙伴的那位,当时还没有变成枯骨。倘若真的只剩枯骨,检视作业就会愉快得多。遗体装在硬纸盒中散发恶臭,用细绳绑在黑色轿车的行李箱盖上。纸盒是堪萨斯州调查局的两位干员绑的,他们不希望汽车行李箱沾染臭味,也不希望双手沾染臭味。"我不要碰那个,"其中一个人说,"你要自己搬。"因此我外出到停车场,剪断细绳,把盒子搬到大学附设自然史博物馆侧边的庭院中,我的办公室就在博物馆里面。我把盒子摆在草地上,搬出里面的塑料袋,解开袋口,然后把遗体烂肉一块块取出。

我的人类学学生,几个比较勇敢的在周围聚集。秋季学期在几个小时之前才刚开始,前一天是劳动节,隔天校园就已经生气勃勃。尽管"研究刚出土的被害人"这事充满阴森气息，却是个罕见的学习机会，不只是研习人类学的学生求之不得，就连教授也没有多少人交过这种好运。

我告诉学生，当你处理法医个案，检视尸体的时候，最重要的工作是要确认死者身份。如果有可能，你也希望能借此判定死因（严格来说，只有法医师才能裁定死因，我们人类学家把刀伤和枪伤等现象称为"死法"）。

不过，在你鉴识出某人的身份和死亡方式之前（不见得每次都能判别），你必须先从四大要项着手：性别、种族、年龄和身长。

每当我检视人类遗骸，我都会先把尸体或骨头摆好，按照解剖构造顺序面朝上摆放。就这宗案子而言，这并没有花多久：堪萨斯州调查局只带来三个部位，包括一根股骨、一块下颌骨，还有 个颅骨。在一九六二年的时候，人类学家很少获邀前往刑案现场协助挖掘或复原遗骸，挖掘工作通常是由警方勉力为之（有时候做得很仔细，多数做得很笨拙），接着就带着颅骨（好比本案的状况），也可能是一根断裂或带伤痕的肋骨，来请教他们想不通的疑点。那就好像你去找修车技师，要他诊断你的引擎为什么会逆火，却只拿车上的化油器或交流发电机给他看，而没有让他去检视整辆车。不过当时事情就是这样办的。所幸我在那几年期间，和警方建立了密切工作关系，因此渐渐地，每次一有尸体被发现，我便会应邀前往刑案现场去复原遗骸。

那群学生弯腰细看（有些人屏住呼吸，不去闻那股臭味），我们研究那根股骨，上面还有许多组织。根据股骨头（嵌入髋关节窝的"球"状端）的角度，还有下端的关节面，也就是股骨和胫骨相接而构成膝盖的部位，我可以看出我们手中的是右股骨。我把股骨摆在草地上，和想象的髋骨邻接。我在心里想象出，其间还有一块骨盆、一根脊柱、两只手臂，还有胸廓。头部和下颌骨就摆在那根想象脊柱的顶端。

脸部已经遗失。那颗颅骨从草地横目仰望我们，外表油污，头部两侧和后面都带有腐烂皮肤和肌肉碎块。对我这种研究骨头的人（还要等好多年，法医人类学家一词才会出现）而言，脸部没有肉，其实会让工作更好做。

原因如下：尸体的皮肤会造成误判。倘若尸体膨胀了，脸部组织就会跟着肿胀，这样一来就更难判断其性别了。如果生殖器官不见了（由于肢解、分解、腐败或动物取食等原因），或柔软组织严重分解，那么骨头的外形本身则可以提供最可靠的信息。

这颗颅骨很小，暗示那是个孩子或女人。口部很窄，下巴尖突，这也都是女人的特征。额头纤细优美（平滑或呈流线型），特别是眉上的前额和棱脊部位：我告诉学生，这是教科书上的标准女人颅骨。

"你们大概都看过卡通里的尼安德塔穴居人，身体又大又笨重，"我说，"那种人的眉骨都很厚实，所以啦，如果有人，另一个穴居人，拿长毛象的股骨打他的头，也打不痛他。"他们听了都笑了。经过这么些年，我发现幽默可以帮助学生学习，因此我在解释事情的时候，都会找机会插科打诨来帮助学生增强印象。"这并不是说，我们男人在过去两万年间都没有进化，不过和现代女性相比，现代男性的颅骨，看起来和尼安德塔人的颅骨像得多了。"

我拿起颅骨托在手中，让他们看得更清楚（也闻得更清楚,这点很遗憾),我指给他们看双眼上方的眉骨。女人的颅骨,棱脊没有男性的那么厚实,女人颅骨的额头下方,眼眶(或眼窝)部位边缘细薄削尖。最后,我把那颗头转过来,让他们看颅骨底部(枕骨),也就是男性出现骨质凸起的部位,称为枕外粗隆。这个颅骨没有,显然这并不是个雄伟男子。

"不过你要怎样才有把握分辨,"我问学生,"这究竟是成年女性还是十二岁的男孩?"

其中一位学生大胆猜测:"牙齿?"

"对啦,"我说,"牙齿。"

我们的神秘受害人牙齿已经长全。共有三十颗,包括上颌的两颗第三臼齿,也就是智慧齿,不过下颌并没有智慧齿。当我们人类不再啃咬动物骨头,同时也经历了一项演化改变,那就是逐渐失去第三臼齿。有些人从来不曾长出智慧齿,这种牙齿就像是永远不发芽的种子。我说明这点,所以啦,如果找到的颅骨,还没有长出第三臼齿,不见得就表示那个人还没有成年;如果已经长出第三臼齿,我强调这点,基本上就可以肯定,那个人至少已经十八岁了。那么,就这个例子而言,我相当肯定我们手中的是位成年女性。

我补充,最好的确认方式,就是检视骨盆。可惜我们手中没有。

成人的骨盆构造复杂,这是结合三块凹凸不平的骨头所构成:包括位于脊柱根部的荐骨,还有两块髋骨,也就是左、右无名骨(这个"无名"一词的意思是"无以名之"或"不可名状",用来评注那种古怪的外形。从正面看,两块髋骨各呈喇叭形开展,就像发怒大象的双耳;这两片骨质喇叭状双耳的下方有两个结节,各有贯穿的开口,就像中空的眼窝;前方是两根叉形骨，就像大幅扭曲生长的长牙彼此会聚）。

荐骨的作用是分散体重，把重量从一根柱子(脊柱)，经由左右无名骨分散到两根柱子(两腿)。不过，无名骨本身构造复杂，这有点儿类似颅部，颅骨同样是由多块骨头愈合构成。

在青春期之前，无名骨分别由三块骨头所组成：肠骨、坐骨和耻骨。肠骨是髋骨中最高、最宽的部位，紧接腰部以下，那种类似象耳的喇叭状开展部位，就是肠骨的隆脊。如果你坐在硬木椅上扭动屁股，你就可以感觉到自己是坐在骨头上，那种骨骼构造就是坐骨(有些人透过那一大团肥腻组织，很难察觉里面有什么骨头，不过坐骨还是在里面)。横跨下腹部前方的那片骨头就是耻骨，位于肚脐下方四英寸左右的地方。

骨盆在青春期会产生多种有趣的变化，包括骨骼构造方面。女性要产子，为了让婴儿通过，髋骨遂逐渐加宽，耻骨也变长并更朝前倾斜，于是更明显拱起构成产道。

由于男性的骨盆狭窄得多，髋骨下方的股骨便大致上是笔直向下生长。成年女性的股骨，在臀部下方略为向内倾斜。也难怪骨盆和股骨的这种几何差异，便转变为男女在坐、站和行走时的不同姿势，构成可以做学术观察，还有审美鉴赏的项目。

那么，就以我们新近出土的谋杀案受害人而言，如果有骨盆，就可以轻松确认那颗颅骨是女性的。

若能找到骨盆，我们也可以更明确了解受害人的年龄。从颅骨的骨缝合处可以看出年龄，同样地，左、右耻骨在身体中线的接合处(称为"耻骨联合"或"耻骨缝合")，也是测定年龄的绝佳码尺。从青少年后期开始直到五十岁左右，耻骨联合部位的骨质表面，将逐步经历一套固定的变化，这套历程在八十多年前开始有人研究、记载。女性的耻骨联合部位,在将近二十岁时还有凹凸波状起伏,到了二十几到三十几岁期间,就变得平滑。到了四十岁左右,表面便开始腐蚀,变为海绵状多孔外观。参照考虑骨骼的其他特征,好比牙齿、颅部的骨缝合处(颅骨缝合)和锁骨末端与骨干的愈合程度,人类学家便可以凭耻骨联合部位来估计年龄,结果异常准确,通常和受害人的实际年龄只相差一两岁。

至于判别种族,我们所需的一切信息,全都在颅骨里面。我再次要学生注意那位女士的口部。她的牙齿大幅向外突伸,她的颌骨容纳牙根的部位也是如此。这种特征称为颌突①,就算是生嫩的人类学家,也马上可以看出这是黑人种颅骨的一项标志。

有种简单做法可以测试颌突,我告诉他们,并用我手中的颅骨示范给他们看。拿一支铅笔,一端压在你的上唇和鼻根部之间,固定那端当作枢纽支点,把铅笔向下转动。如果铅笔碰到双唇和牙齿,却碰不到下巴,你的颅骨就是颌突型的,或许是属于黑人种型式。如果铅笔能够同时碰触鼻孔根部和下巴尖端,你的颅骨就是平坦型的,或许是属于高加索人种型式。

我们的颅骨通过了铅笔测试,明白显示那是颌突型。她的颌骨形态特征,是教科书上的标准黑人种构造。牙齿本身也进一步确认这点:她的臼齿顶面粗糙、凹凸不平,人类学家说这是"具皱缩的",至于高加索人种的牙齿尖端(齿尖)就比较平滑。

这里谈一点种族话题:近几年来,"种族有别"这个概念开始受到攻击。当代有个思想学派主张,种族只是文化形成的一

①这个术语 prognathism 源自古希腊文,字面意义为"突颌"。

种结果,并非身体或遗传上的客观特征。就一方面而言,这可以用来重新思索、质疑我们对种族的意义所抱持的各种观点。然而就另一方面,我在将近半个世纪期间,检视的颅骨不计其数,而它们的特征可以从外表辨别、能用数值测量,还能够以统计图示,这些分野始终都相当一致,可以分归三大人种:黑人种、高加索人种和蒙古人种①。由于世界各民族逐渐融合,传统的种族分野和标记有可能会逐渐模糊,甚至完全消失。不过在这段时间,我还是要坚守种族之异,因为这类分野能够帮我鉴识死者,并协助警方侦破谋杀案。

　　学生在这个炎热下午吸收了足够知识, 也吸够了臭味,我把颅骨和股骨摆回塑料袋中,盖上盒子并搬到我的车子那边。我可不像堪萨斯州调查局的两位干员,我把盒子摆入行李箱。我不太愿意把遗骸摆在乘客座位,倒是愿意把它们搬入厨房,在安的火炉上文火慢炖。

　　为了校准我估计的年龄,并测定那位女士的身长,我必须移除骨头上的残余组织。把颅骨和股骨留在户外也行,就由昆虫和腐食型动物来把那堆骨头啃噬干净,不过这样的进程过于缓慢,而且股骨或下颌骨也可能遗失,被吃腐食的红头美洲鹫或郊狼叼走。除了这个方式,要清洁骨头,只有一种好办法,就是把它们摆在有盖大蒸锅里,用文火炖煮个大半天,然后拿把牙刷把柔软组织刷干净(提醒你,不是我用来刷牙的那把)。

　　安是位营养学家,她非常在意烹饪好坏,对厨房也非常讲究。不消说,她可不乐意在回到家门的时候闻到煮肉恶臭,还

①就人类学角度而言,蒙古人种是指亚洲人、爱斯基摩人和美洲原住民的祖先族群,和俗称为蒙古症的唐氏症完全无关。

发现她的汤锅里，正装了分解中的人类颅骨和股骨摆在炉火上炖煮。她已经不止一次撞见这种状况。堪萨斯大学的人类学系，有部分是位于自然史博物馆内，其中包括我的办公室。这栋已经有把年纪的老建筑，并没有提供去除骨骸上腐肉及柔软组织的场所。安本人也是位科学家，她了解我必须想尽办法完成工作。维系婚姻必须妥协，我们也琢磨出几种虽非正统，却也可行的对策：她容忍我偶尔使用她的火炉来处理遗骸，不过她的锅子，不管是煮的炒的都完全免谈——那要我自己准备。

俗话说得好："守着锅子水难开。"没人看守的锅子倒是很快就会沸腾溢出，至少里面装了人骨和烂肉时就会这样。我才离开火炉岗位一会儿，只上了一趟厕所，回来时就看到锅缘冒着水泡，人脑汤和其他恶臭成分全都溢出，流到安的火炉，渗入每一道凹槽。自此那个火炉就完全变了样。从那天开始，只要一点燃炉火，那种恶臭就会冒出来，充满整个厨房。我发挥惊人的科学演绎能力，迅速推出结论，每天听人提醒我那次使用火炉不当，或许并无益于婚姻和谐，于是在转瞬之间，安就如愿拥有新的火炉。

同时，我也把骨头洗刷干净摆到室外，让九月初的阳光把它晒干。那颗颅骨的柔软组织完全被刷掉了，闪现光滑的象牙光泽，这也是黑人种颅骨的特色，他们的骨头比高加索人种的颅骨更为致密。至于口部，这时已经没有组织来扭曲颅骨的轮廓，颌突现象更为明显。鼻孔宽敞，上颌骨具有垂直的"鼻沟道"，这和高加索人种鼻根部的水平鼻基或"鼻屏"明显不同（黑人种颅骨的鼻孔宽敞、畅通无阻，这是演化来加速气体交换，气候炎热时可以冷却空气。高加索人种的鼻孔狭窄，具有鼻屏，这是演化来迟滞欧洲的寒冷空气流入肺部)。

因此,这时我就知道这些骨头是属于黑人种女性,也知道她已经成年。不过,她是十八岁或八十岁,我得借助颅骨缝合来得到解答。

多数人都认为颅部是一整块圆顶的骨头,如果你用手抚摸自己的头顶,肯定会觉得那是完整的骨头。不过,其实头盖拱顶是由七块骨头构成的复杂组合:包括额骨、一对颅顶骨(构成颅骨的左右上侧和后侧)、两块颞骨(位于两侧低处)、蝶骨(构成颅底和两侧之部分)以及枕骨,也就是颅骨的厚重背侧和基部,位于第一颈椎之上,并引导脊髓进入颈部(参见本书附录:颅骨标示图解,"人类骨骼图示")。

颅部的七块骨头接合部分称为骨缝合。这个名称是指其外观:骨缝合处都呈锯齿状(或之字形),就像是缝合科学怪人所形成的那种不整齐缝线。我们出生的时候,这些接合部位其实都是软骨构成的,随着年龄增长,软骨便会骨化(变成硬骨),同时骨缝合也变得平滑,许多人到了老年阶段,骨缝合几乎完全消失。

这位女士的冠状缝合(横跨头顶的那道)已经开始愈合,这表示她生前应该至少有二十八岁,因为那道接合处通常要到最后才会愈合。不过由于那道骨缝合只有部分愈合,显示她或许是三十出头,我估计她最多只有三十四岁左右。

至此一切顺利。我查出了四要项中的三项:性别、种族和年龄,只剩下身长。几个世纪以来,艺术家和科学家都注意到,尽管人类的身高或身长的差异极大,身体比例(好比腿长和身体总长的比例)却全都相当一致。达芬奇的笔记本里有一幅著名的图解,在一个圆圈和一个方形里面画出一位裸体男性。他画出四只手臂(一对左右平伸,另一对举高,指尖和头顶等高)以及四条腿(一对双脚并拢,另一对双腿分开数英尺)。那幅图解底下是他的注册商标:镜像图手稿。达芬奇在那幅底稿中,添注了建筑师维楚维斯详述的人体比例观察结果:"人的双臂外伸,长度等于他的身高;双肩最大宽度,相当于那人身长的四分之一。从肘到手部先端,就为那人身长的五分之一;同时由肘到腋窝弯角处,就为那人身长的八分之一。手掌长,就为那人身长的十分之一。"①

一九五〇年代期间,人类学家密德利·卓特尔和统计学家戈丁·格雷瑟尔采用这种由来已久的比例观点,接着还深入进行骨骼研究来校准数值。卓特尔和格雷瑟尔测量了几百具骨骼,发展出一套公式,能够根据身体任何"长骨"的长度来推断身长。所谓的长骨包括手臂骨(肱骨、桡骨和尺骨)和腿骨(股骨、胫骨和腓骨)。由股骨(大腿骨)测量值所推估的结果最准,因此堪萨斯州调查局才会拿股骨给我,大概吧。

我把骨头摆上骨骼测量板(一种木制滑动装置,看来就像是用码尺相连的一组书夹)。测量结果为长四十七点二厘米。接着我把数字代入卓特尔和格雷瑟尔的黑人种女性公式:$47.2 \times 2.28 + 59.76$。求得数值为一百六十七点三八,这就是她的身长厘米数,换算成英制为五英尺六英寸左右,最大误差为二点五厘米。

这时四要项都查清楚了:性别为女性,种族为黑人种,年龄

①作者注:引述自 VITRUVIUS – ON ARCHITECTURE, Vol. 1, Loeb Classical Library Vol. L251, 由发行人与 Loeb Classical Library 托管理事会授权引用。英文版译者法兰克·格兰杰, 麻州剑桥:哈佛大学出版社, 一九三一。Loeb Classical Library 为哈佛学院院长暨院士之注册商标。

为三十到三十四岁,身高为五英尺六英寸。下一个问题就比较难找到肯定的答案:她是谁?如果颅骨上的牙齿很完整,通常都有机会能够确定身份。关键是要拿先前做过的牙科 X 光照片,和尸体的牙齿补缀物或牙桥等其他独有特征做比对,看两者的形状、构造或齿列型式是否吻合。当然,要办到这点,你就必须先掌握失踪人口,列出年龄层、性别和种族别与我们手中的尸体相符的个案,拿到他们的牙科 X 光照片。这不见得都有办法找到,不过你实在料想不到,牙医竟然经常都能够提供必要的记录来鉴识身份。

不过本案却有一项问题:从这位女士的牙齿,看不出有牙科诊疗的迹象。天知道,她还真的有必要去看牙医:她的下颌有两颗牙齿出现大型蛀孔,上颌有五颗也是如此,其他牙齿多数都有较小的蛀孔。更糟的是,她的上颌有颗智齿已经发炎脓肿。牙齿照顾不周,表示她或许很穷,她有办法这样长期将就使用牙齿,而且还受得了脓肿疼痛,这暗示她生前还颇为坚强。她的齿列还有另一项惊人特征:当我把她的下颌骨安上颅骨时,却不太能够让下颌与上颌对齐;下颌骨向右偏斜四分之一英寸左右,因此她咬合时会略为错开,不过已经够明显,每次她咧嘴微笑时应该都看得出来。

没有经过牙医诊治、没有牙科记录或照片,我没办法确认尸体的身份。不过,我能够推断出可能的身份。堪萨斯州艾奇森距离尸体发现地点约二十英里,据报那里有位女士在八月十日失踪,那是在尸体发现日期之前三个星期左右。她叫作玛丽·露易丝·唐宁。玛丽是黑人种女性,年龄三十二岁,身高五英尺六英寸。我不能斩钉截铁百分之百肯定手里的颅骨和股骨就是她的,不过根据我的检查结果,却完全没有可疑之处。

事实上，到现在我还是愿意拿那台新火炉当赌注，打赌答案就是玛丽·露易丝。

九月八日星期六，我打好报告书，寄给堪萨斯州调查局侦办本案的项目组长，副本寄到首府托皮卡给堪萨斯州调查局局长。报告书以单行间距打成，总共还不到两页。

到头来，我对堪萨斯州调查局实在提不出多少数据，只知道她的性别、种族、年龄、身长，还有牙齿保健不良。从颅骨和股骨，完全看不出她是怎么死的。不过，堪萨斯州调查局要办的事情，显然比我做的要多得多，而且在我的检查结果和报告出炉之后，他们都很有把握，所找到的确实就是玛丽。她被藏在河岸"底处"的偏远地带，因此他们假定玛丽是被谋杀的。

不过也就是这样了。是谁杀她，原因和现场，还有时间，这些都成为秘密，只有凶手和玛丽两个人知道，而这两人都不开口。

我把报告书寄出，再看了她的颅骨一眼。透过她的颧骨和下颌骨，偏离颅骨中央线约一英寸半的两侧位置，那里有四个匀称的细孔，当初她的颅颜神经就是由脑部从细孔伸出。那位女士生前，这束细长的电化学纤维，负责将她内心的忧伤转换成皱眉的表情，也把她最纯真的欢乐转换为微笑。她有咬合错位的现象，因此笑脸会略为偏斜。她生前是某人的女儿、妻子，也当了母亲。如今她变成一个案例，永远无法侦破的案例。

她在八月的一天失踪，完全没有吸引当地报纸报道。她的遗体在九月被发现，消息也只占了两英寸大字段。玛丽在生前、死后，似乎都注定只是个边缘人，被人忽视、不受关照、无足轻重。

然而，玛丽和我在一起已经四十年了。我曾经驻足的教室,玛丽几乎都去过。她和我一起旅行参加专题研究课和大型会议,走遍全美国:弗吉尼亚州匡提科的联邦调查局学院、联邦烟酒枪械管理局设在六个州的训练地点、美国陆军在夏威夷檀香山的中央鉴识实验室。玛丽生前大概不曾远离艾奇森,也没有什么值得称颂的成就,死后却走遍美国大半地区,教育了几千名学生,还协助训练了几百名法医人类学家、刑事凶杀调查人员、刑事实验室技师还有法医。

玛丽谋杀案大概是永远都破不了了。不过,幸亏有她的贡献,其他的谋杀案终将侦破,或许已经有些是因此而破案。在我看来,这让她成为卓越的女性,法医界的英雄。

就这点无可挑剔。

第四章
扼杀稚童恶叔叔

一九七〇年十二月，一位副警长来到劳伦斯的堪萨斯大学，进入自然史博物馆，出现在我的办公室门口。再晚六个月，我就离开堪萨斯州，那位副警长也找不到我了。当时我已经接受新职，要前往诺克斯维尔的田纳西大学工作，我们计划在来年五月搬家。

副警长找到我时，我还坐在书桌前，过去十年之间，我就是在那里度过秋、冬和春季。堪萨斯大学在那个时期，已经建立了全美数一数二的体质人类学课程。师资包括三位年轻又深具创意的体质人类学家，我们以法医专业渐渐享有盛名。当时我已经完成几十宗法医案件，分别来自不同的执法机构，从小地方警局到堪萨斯州调查局都有，州调查局的副局长哈洛·奈依已经成为我的好朋友。

当时哈洛在执法界算得上是位名人。他是追查两名前科犯的灵魂人物，那两人在一九五九年谋杀了堪萨斯西部一家四口。那宗案子称为克拉特尔灭门血案，而这桩堪萨斯州调查局追查凶手的事迹，还促成了一本空前一流的经典刑案著作，就是杜鲁门·卡波第于一九六五年出版的《冷血》。

卡波第描述奈依当时染上流行性感冒,他花了六周时间缉捕凶手,期间感冒都没有根治,不过他还是逮到狄克·希考克和佩里·史密斯两名前科犯。尽管哈洛患病发烧,他还是努力不懈,加上奉派侦办此案的堪萨斯州调查局其他干员,总共四人通力合作。他追踪史密斯来到拉斯维加斯的一处廉价寄宿公寓,史密斯在犯下谋杀案之前曾经在这里短期逗留。更重要的是,公寓的女经理告诉他,史密斯在那里寄放了一个盒子,日后会回来拿。两名凶手在犯案之后到过几个地方,其中一处是墨西哥市,哈洛在那里找到一副双筒望远镜和一台晶体管收音机,是两名凶手从克拉特尔家偷来的,典当了几块钱。这些在审讯时都成为重要的证物,因为借此可以证明,两人曾经到过那家人的住宅。

哈洛在谋杀案的现场也有重大收获,查到另一项关键证据。两组很特别的靴印,印痕太模糊了,肉眼很难看出,却出现在哈洛的照片上,那是在克拉特尔家的地下室拍到的。两名凶手被捕的时候,他们穿的靴子和这两组印痕完全相符,这要归功于哈洛和堪萨斯州调查局其他干员查案严谨,两名犯人都被判一级谋杀罪并被吊死。

哈洛不太喜欢卡波第有关那宗案件的报道,他认为那段叙述太轻忽事实。他也不太喜欢卡波第那个人。哈洛有次到卡波第住的旅馆,到他房间去接受访问。卡波第应门的时候,穿了一件带花边的女用晨袍。哈洛处事一板一眼,见此想必是大受震撼。不过他守口如瓶,直到几年之后,作家乔治·普利姆顿在撰写卡波第传记的时候,哈洛才把这段情节透露给普利姆顿知道。

尽管我们在当时都并不知情，不过后来哈洛也帮忙提供灵感，促使我创办了人体农场。回溯一九六四年的一个春日，他打电话提出一个怪问题：问我能不能从检查骨骼来估计死了多久？结果这件骨骼是一头牛的。偷牛贼或杀牛匪徒偶尔会把死亡、伤残的牛尸丢在大草原上。由于堪萨斯的牛只数量超过人口数，堪萨斯州调查局花在侦办偷牛案上的时间还相当长。就本案而言，小偷并没有把牛偷走，却只是在杀牛现场料理牛群，把肉取走，留下骨头。

　　接到他的电话之后过了几天，我请教了大学的考古学家，并写信回复哈洛。"我们并不知道有任何做法，能够用来判断牛只被杀了多久。"我写道，"我可以告诉你牛只在死时是多大年纪，不过我无法告诉你那头牛被杀了多久。"

　　不过他的请求却让我开始思索。"我倒是有项建议。"我继续写，"你也料想得到，就我们所知，这方面还没有做过任何研究。如果有农场主人感兴趣，愿意杀死一头牛，让它陈尸地面，我们就可以做一项实验，了解尸肉要过多久才会腐化，还可以开始累积这方面的信息。然而，分解速率在夏季和冬季期间并不相同，恐怕我们得牺牲至少两头或更多牛，才能获得完整数据。"哈洛对我的建议始终没有响应。我猜那相当于学术版的女用晨袍，就像卡波第应门时的穿着，或许有点儿超过他的品位。不过回头来讲，我也没有急着去追问。其实我在往后将近四十年之间，完全忘了有这回事；最近我在满是灰尘的档案中找到那封信，藏在干裂的 X 光照片后面。

　　尽管我把那项简短的科学建议归档后便完全遗忘，却下意识在某处种下了一颗种子，过了十五年左右，那颗种子就要发芽，并结出学术果实。不过并不是由死牛萌发，而是滋长自人类的尸体:人体农场的死尸。

不过这已经超前了我的故事。人体农场还要很久之后才会出现,这时还只是一九七〇年十二月。劳伦斯东南方二十五英里处的邻镇欧拉斯来了一位探员,带着一个硬纸板证据盒进入我的办公室,里面是一副令人悲痛的小型骨骼遗骸。我一眼就看出,那堆骨头是属于一个小孩的,或许不会超过两三岁。那位探员是杰里·富特副警长。他告诉我,那堆骨头是在一周之前,一位猎鹑者在草原上找到的。骨头大半遗失,我猜那是由于骨头被动物捡走四散各处,或者是被吃掉。所幸颅骨还相当完整,只有部分牙齿不见。

我在办公室内做了初步检查,并就观察结果解释给富特探员听。我之前就已经察觉,多数警官都迫切想要尽量多学习调查相关技术,他们都很希望听我说明,检查遗体或骨骼有哪些发现,即使只是早期阶段也好。

当我研究这件细小的颅骨,从风化程度就能够看出,它在户外已经过了好几个月。此外我还注意到,左侧已经脱色接近全白,这暗示颅骨是右侧贴地,左侧暴露日晒雨淋。我在右侧找到几缕纤细金发,粘在前额部位,颅骨底部和颈椎部位也都另有些发丝。我之前从颅骨造型,马上就有个想法,头发证实了这点:这个孩子或许是高加索人种。

牙齿大半脱落,不过这个孩子的齿列显然已经快要长全,包括依旧附着的第一臼齿。这点显示那个孩子大概至少有二十四个月大。不过,犬齿根部却还没有完全成形,这代表孩子生前还不到三十六个月。三岁的年龄:就多数孩子而言,这是唱儿歌、玩填充绒布动物、躲猫猫、握蜡笔的年龄。就这个孩子而言,却是死亡的年龄,还或许是被谋杀的。

那是男孩还是女孩？到了青春期，身份不明的骨骼相当容易判定性别，主要是根据骨盆：女性的骨盆构造较为宽阔，耻骨也明显较长，这样才能生育子女。不过在幼童早期，男女的骨盆几乎毫无差别。不管是在哪个年龄，年轻女孩都略小于男孩，不过，除非你明确知道年龄(这样一来，你大概也早就知道身份了)，否则你就没有根据来判定性别。

富特探员告诉我，他已经相当肯定，知道那个孩子是谁。八个月之前有人报案，两岁半的莉萨·伊莲·席尔佛斯失踪。一九七〇年四月二十二日，莉萨的双亲去看电影，由二十一岁的叔叔杰拉尔德·席尔佛斯在家看护莉萨和小婴儿妹妹。杰拉尔德告诉警察，他睡着了，等他小睡醒过来，莉萨就不见了。警方和邻居四处搜寻，却完全找不到孩子的踪迹。

杰拉尔德接受侦讯，随后几乎毫不耽搁，就由警车载他离开堪萨斯前往加州。富特探员在莉萨失踪之后进行例行背景查核，他发现加州在通缉年轻的杰拉尔德，杰拉尔德被控二级强盗和驾车肇事逃逸罪嫌。我可不希望由这种叔叔来看护我的孩子。不过，这不见得就代表他犯了谋杀案。事实上，根据我书桌上盒子里所装的东西，我们连那堆骨头是不是莉萨的，都没办法完全肯定。不只很难从骨骼来判定性别，也找不到可以拿来做比对的愈合伤痕，因此无法根据莉萨的医疗 X 光照片记录来证实身份，除此之外也没有牙科记录可查。她活得太短，甚至还不到找牙医做初诊的年纪。五十根骨头就在我的眼前，结果我却毫无斩获。我当下就为富特探员写下简短报告陈述结果，并希望他在侦办本案的过程中能够交上好运。

几个月后，富特看来是碰上了绝佳机运。杰拉尔德在加州的两位同监犯人告密，说是听到杰拉尔德吹嘘，夸言强暴并杀害了自己的侄女。堪萨斯大陪审团决定起诉杰拉尔德，于是他被带回欧拉斯接受审讯。当初审时间迫近，富特探员打电话找我，声音惊惶。由于我们还不能确认那具骨骸就是莉萨，杰拉尔德的律师很容易就可以驳斥检察当局的论据。没错，是有具骨骸，却没有确切理由让陪审团相信那就是莉萨，或她是被亲叔叔强暴、谋杀。

富特几乎在恳求：有没有其他办法可想？只要能确认身份就好！"你有没有莉萨的照片？"我问，期望或许能由照片看出她脸部构造的特色，并用来和她的颅骨对照。是的，他有，他答应寄给我。

信件寄来了，我撕开信封。照片上是一位漂亮、快乐的金发小女孩，对着照相机得意地微笑。我注意到她的牙齿。也不知道为什么，我说不上来，我在那灿烂微笑中看到一线希望。我拨电话给富特探员。

"告诉我骨骸的发现地点，讲详细点儿。"我说。找到遗骸的猎鹑人，当时是在一条窄浅溪中涉水，溪水流经一片牧草地，富特告诉我，那儿离欧拉斯镇十英里左右。"我们必须找到她其他牙齿，"我说，"只有臼齿不行。"

富特探员的语气很犹豫。他说，他们找了好几个小时，才找到骨骼的这些部位。他觉得他们不可能错过任何东西。不过，我投入人类学生涯到这个阶段，已经发掘了几千具骨骸，也已经有相当本事，知道该怎样搜找骨头和牙齿。的确，多数骨骼都是取自印第安墓穴，不曾受过干扰。不过也有例外的状况，虽然比例很小，数量却很可观（至少有好几百件）。那些骨头散落四处，起因则包括：动物、暴风雨或河流冲刷，或由于人为侵扰。那些发生散落的案例，许多都具有某种模式可循，我希望这个案例也是如此。"那些牙齿应该都还在遗体发现位置，"我告诉他，"我们回去那里找牙齿。"

当时已经是四月中旬，从那位猎鹑人在溪中意外撞见那个小颅骨，已经过了五个月。我们颠簸越过草原，停在溪流堤岸，我希望从秋季以来还没有外力侵扰溪床。只要有群牛只在泥中四处搅踏，我们几乎就不可能再找到其他任何东西。所幸没有任何迹象显示那里有牛，而且那年春季相当温暖、干燥，因此溪水只有几英寸深。我又乐观起来。

就算不是火箭科学家也料想得到，骨头在溪流中很容易被冲刷漂向下游。通常较小、较轻的骨头，被冲刷的距离会超过颅骨或长骨。实际状况还要稍微复杂一点，骨头愈往下游冲刷，同时也会向两侧偏移更远。如果你用图示来说明这种状况，散落模式就倾向呈现细瘦的水滴形，而尖端朝向上游。溪流愈宽，水流愈快，水滴范围就变得愈大。

我从颅骨和其他多数骨头的发现位置开始，向下游走了五十码左右，接着我逆流向上溯溪行进。从预期的散落边界着手，这样我就比较不会踏断骨头，或将其压到泥中更深的位置。向上游进行还有项目的，我边走边在溪床上摸索，所搅起的泥水就会被水冲走，并且会和我的行进方向相反，也不会干扰我前进。一旦你想到这点，其实道理很简单。不过事实会让你惊讶，没有受过训练的搜寻人员经常胡乱涉水，结果从各个方向把溪水搅混。

从颅骨发现位置向下游十码左右，我开始在溪中淤泥里摸到小卵石。不过那可不是卵石，那些都是细小的骨头——手骨、足骨和脊柱骨；还有牙齿，总共十四颗！只有两颗下门齿还没有找到。我觉得自己挖到了主矿脉。在我返回劳伦斯的办公室途中，我一路期盼从这些骨头里能够找到重大发现，明确述说："我是——我生前是——莉萨·席尔佛斯。"

至少，我肯定那些牙齿能够协助校准我的估计值，让我更确定那位死难幼童的年龄。哈佛有群牙科研究人员，已经仔细完成绘制各个阶段的乳齿齿列图示，还包括了几种不同的类型。我拿一颗犬齿、一颗第一臼齿和一颗第二臼齿拍了 X 光照片，并拿这些照片和哈佛研究的照片做比对，得到估计年龄为二点一岁。根据另一项研究的码尺，下颚第一永久臼齿暗示年龄是介于二点九到三点九岁之间。然而，另一项牙科码尺却显示年龄为二点五到三岁之间。

当然，真正的牙科法医学关键数据，是要找到牙科诊疗结果，用来和牙科记录做比对。不幸的是，由于莉萨从来没有去给牙医诊治，我们并没有牙科记录。就另一方面而言，由于我手中的牙齿没有一颗做过补缀，因此也没有排除这就是莉萨。

这时我已经盯着这些牙齿看了好几个小时。我闭上双眼，还是可以看得到每颗牙齿的轮廓。尽管我非常肯定，从科学角度考虑已经是巨细靡遗，我依旧紧盯不放，把它们握在手中不断翻转，也在我心中反复斟酌。让我始终放心不下的是那几颗门牙。从门牙上头，我似乎就要有所领悟，却又想不起那是什么。或许是我太过专注了。如果你曾经盯着看过星星，你大概就会注意到，用周边视野可以看到较黯淡的星体，比使用中央视野更为清楚。因此，如果你想找出一颗暗星，诀窍就是将眼光略为偏离你所认定的位置。

就本案而言，我必须重新调整焦距，设法移动视野，这样我就会看到正眼凝视时看不出来的东西。因此我后退一步，不去细看每颗牙齿，而是把它们分别嵌入颅骨上下颌骨的牙窝之中，接着我拿颅骨和照片反复比对，观察照片中莉萨活生生的微笑。就在这时，我看到之前我所遗漏的两件事。首先，上颚两颗正中门牙，也就是正中前齿之间有细缝。我把牙齿安入齿窝时，就已经注意到这点，在照片中也看得到。

第二点则是更为抢眼。这时我已经把牙齿全部安装妥当，四颗上门牙的一角全都有缺口。那四颗门牙是天生如此，并非缺损。那是遗传异常现象，或许这正好就是关键，可以借此确认这具骨骸的身份。当我回头望向照片，我感到一阵激动震颤。我打电话给富特探员。"我们可以确认那就是莉萨·席尔佛斯。"我这样对他讲。

那是在四月。往后两个月内，情况出现了很大的变化。

就我而言，最大的变化就是我在五月底搬到田纳西州。在堪萨斯度过的这几年，是一段大幅成长的时光。我的暑期生活都是在田野间度过，日子过得很艰辛，却又令人振奋。学年期间则享有双重乐趣，包括警方和堪萨斯州调查局提供的法医个案，还有精彩的日常课堂教学活动。把我摆在一群人面前，不管是大学部新鲜人、人类学博士班专题研讨课程、联邦调查局新进受训学员或一群年长市民，那就好像是为我注入一剂猛药，释出大量肾上腺素。我傻里傻气四处巡回，到处去讲骨骼的用途。我讲的笑话经常有点不正经，常为我惹来一顿排头，每学期至少一次。不过绝大多数学生似乎都有注意到，也喜欢我的教学风格。我在堪萨斯大学每年秋季开的"人类学简介"，上课学生人数都要暴增到一千多人。为了容纳学生人潮，院长必须为我们调教室，从普通讲堂改到学校的大会堂上课。

不过，人类学系内部却是暗潮汹涌的。我在一九六〇年就来到堪萨斯州，当时的人类学师资完全是由考古学家和文化人类学家所组成,接着很快就接连聘请了三位体质人类学家。不久之后,我们三人就以法医工作成果享誉全国,而且修习人类学学科的学生,大半也是由我们负责教导。于是文化人类学家很快开始对我们不满。张力绷得太紧,三位体质人类学家都开始另找出路。

我是其中最早跳槽的。早在我们三人进入堪萨斯大学着手奋斗的时候,田纳西大学就希望建立起具有全国水平的人类学课程。后来他们提供机会,请我担任主任,另外还让我遴选聘请两位师资,这个机会实在是好得难以回绝。

不到一年,另外两位体质人类学家也都离开找到了更好的栖木,或至少寻得更有水平的学院,于是堪萨斯历经十年培植的核心专才就这样流失了。

我在一九七一年六月一日抵达诺克斯维尔,当时那里并不像个梦中的职位。截至当时为止,那少数几位人类学家都是在大学的小型考古学博物馆栖身。如果我们想要发展学系,还要创立研究所课程,那么我们就会需要很多空间,宽广的空间。唯一可用的空间才刚启用:一栋阴森森的建筑,就藏在内伊兰球场的观众席下方。那座球场非常庞大,规模在全美排行第三,是田纳西大学的圣地,隶属于大学橄榄球东南联盟。

那栋阴暗的建筑是在一九四〇年代增建的,原本是供大学的橄榄球队选手以及其他项目的运动员使用。当建筑太过老旧、太过破败,不适合运动员使用时,大学便新建一栋运动员宿舍,并把非运动员(学生)迁入、进驻到观众席下方的房间。当我来到田纳西大学时,那处空间已经太老旧,破败到连非运动员都不适合使用,学校便大方地把那里送给教职员。我的教职员。

不过,重要的不是你用来工作的空间,真正重要的是你在空间里做的工作。在第二次世界大战期间,抢先发展出原子弹的曼哈顿计划,刚开始时也是栖身于橄榄球场底下。那是在芝加哥大学的斯塔格体育场看台下方,一队物理学家,由恩瑞可·费米领军,造出一个粗陋的核分裂反应炉,累积炉中的铀燃料达到临界质量,接着便启动连锁反应,借此改变了世界。

我们在诺克斯维尔刚起步时有八间办公室,其中一间办公室地板上摆了一台电话机,此外就完全空无一物。没有书桌,没有椅子,没有书架,没有档案柜。从我抵达那时开始,我们就开始疯狂搜寻、乞讨或借用家具、设备和日常用品。自此我们从未停手。我们的成长始终超过我们的预算,目前人类学系已经从当初的八间办公室,成长到一百五十间左右。如今那批办公室,还比一九七一年六月的时候更为老旧、破败,不过,就在观众席下方,那里还是保有人类学专才的临界质量,连锁反应依旧强劲运转。

莉萨失踪之后不久,她的叔叔杰拉尔德便因几年前犯下的强盗罪和驾车肇事逃逸罪嫌,被移送加州屈赛受审,结果他被判进入"杜尔职业矫治所"服刑,刑期为"不定期间"。

堪萨斯警方从一开始就不断怀疑杰拉尔德的托词。莉萨从来不曾离家乱走,而且她也不太可能在夜间父母不在的时候出门。警方也知道,诱拐孩童的案例,多半牵涉到被害人的亲属或熟人。当他们继续侦查,也愈来愈肯定杰拉尔德有罪。后来他在杜尔的两位室友告诉探员,杰拉尔德承认他强暴杀害那位幼童,警方便知道案子可以成立。

审讯从六月十六日开始,堪萨斯欧拉斯的检察官马克·班奈特安排要我在六月十八日上午作证。"如果你搭飞机来,我就安排叫人去接机,请告诉我航班号码和抵达时间。"他写信告诉我。我回信告诉他,我必须开车,因为我要取回上次塞不进搬家货车、没有搬走的几个箱子,趁这次把那几箱私人物品载回诺克斯维尔。

那时我才刚搬到田纳西州的诺克斯维尔,几乎还没有时间开箱取出东西,在我的新寓所安顿下来。然后我就这样坐进汽车,长途开回堪萨斯。我开着新买的"蓝色掠夺者"野马敞篷车(我找到新工作,薪水还大幅增加,这是我给自己的奖赏),沿着四十号州际高速公路向西方开去,沿途我有充分时间来思索那件惨案。

我在十七日下午抵达,开车开了十二个小时,觉得很累,还担心证词会造成的结果,心情很紧张。我复习我的报告,还在心里演练使用通俗讲法来解释科学数据,可别让堪萨斯陪审团的普通人感到局促不安。

隔天上午,我准时宣誓作证。班奈特引导我陈述我的发现,还简短说明断定年龄的各种做法,接着就集中阐述门牙间隙和前齿上的缺口,强调那和莉萨的照片完全吻合。

辩护律师并没有对我得出的鉴识结果提出质疑,让我大松一口气。不过,他倒是针对检方论述中的几项明显弱点提出异议,这点不出我所预料:我能不能确认死因?我不能。有没有暴力或外伤迹象?没有,没有这类迹象。我能不能确定莉萨曾经被强暴?我不能。我知道她是谁,我也知道她在溪中泡了很久,而且我知道那是人间悲剧,是无可挽回的憾事,不过我只知道这些。

审讯持续一周。等到结束的时候,我已经回到诺克斯维尔,又开了许多箱子,取出家庭用品,还想尽办法四处寻找更多办公家具。班奈特寄了一则报道给我,那是堪萨斯市星报的头版新闻:"侄女死亡案席尔佛斯无罪获释"。辩方抨击那两名囚犯,质疑指证杰拉尔德曾经坦承强暴、杀害莉萨的两名证人并不可靠。辩方证人也指出,那两人都是同性恋者。

莉萨的父亲厄尔在审讯之后,称赞杰拉尔德的辩护律师。"他的表现非常好。"厄尔告诉当地报纸记者,"他始终每周工作七天,每晚都忙到九点或十点。"莉萨的祖父查尔斯表示,他希望杰拉尔德在杜尔服完刑期之后,能够回到堪萨斯。"加州不是展开新生的地方。"他说。

莉萨的遗骸在审讯之后不久下葬。如果她还活着,如今也已经三十五岁左右了。或许她会有自己的孩子。说不定是个女孩,长了纤细金发,正中四颗牙齿带了缺口,齿间有道细缝,衬托一脸灿烂笑容。

第五章
无头尸体笑开怀

当天肯定是因为没有什么新闻可以报道，否则真无法解释媒体为什么争相报道我那次轻微失算。

事实上，那几个星期都很安宁，至少一开始是如此。整件事情是从诺克斯维尔沉静的一周开始发展，时间是在原本就应该平静的圣诞节和元旦之间。大学停课放圣诞假期，我的学生多数都已经回去和家人团聚。我的大儿子查理当时二十一岁，已经回到田纳西过节。查理是亚利桑那大学的研一学生，主修人类学(有可能读别科吗？)，专攻法医学(这是在他领悟到自己可不想终生都靠教授薪水过活之前就做的决定)。

一九七七年十二月二十九日，周四下午，我接到威廉森郡警局局长办公室来电。由于我是田纳西州的特约法医人类学家，还获颁警徽、担任田纳西州调查局顾问，全州的执法官员都有我家里的电话号码。结果是不论日夜，电话随时都可能响起，而且在最不方便的时刻，最可能有人打电话要求我去检查尸体。

这次打电话的是杰夫·朗恩，他是富兰克林镇的探长，该镇位于纳什维尔市南方三十英里左右。当时富兰克林镇还很小，只有几千人，却出了许多乡村音乐明星，纳什维尔的医师也在那里购置养马场和宅第，因此那处小镇相当富裕，民众的教育水平也很高。

其中最富裕、教育程度最高的是格里菲思夫妇，班·格里菲思是内科医师，他的妻子叫作玛丽。格里菲思夫妇才买下一处完成于南北战争之前的产业，称为"两河宅第"，也才刚要开始整修房子。根据朗恩探长的说法，就在圣诞节前一天早上，格里菲思太太带一位朋友看房子和土地，这时她突然注意到有东西不对劲。

房子后方有片狭窄的家族墓园，这处宅第的原有业主，赛依家族有八个人在十九世纪和二十世纪初期在那里下葬。格里菲思太太注意到，其中标志最醒目的坟墓受到侵扰。那块墓碑的年代已经有一百多年，铭文写道：威廉·赛依中校之墓，南部联邦军队田纳西第二十步兵团，生于一八三八年五月二十四日，死于一八六四年十二月十六日，参加纳什维尔之役阵亡。

墓碑下方的泥土才刚被挖开，深达三四英尺。格里菲思太太认为那是盗墓人干的，或许是在找内战遗物。她在地面或墓穴里面都没有看到灵柩的踪迹，或许他们在挖到灵柩之前就被吓跑了。不过她还是通知弗莱明·威廉斯警长。

不消说，威廉斯警长的手下，全都和我们其他多数人一样，回家团聚共度节庆。警长亲自出勤，很快看了一下，接着就告诉她，既然状况似乎并不急迫，他会在圣诞假期之后再来。他认为，窄小的老墓园中有个墓穴被人挖开，实在没什么好紧张的。

当他在十二月二十九日回来，想法很快就改变了。紧贴最近被翻开的表土底下,他发现一具尸体,看来像是最近被谋害的。讲得更精确些,他发现了大半个死人:那具尸体没有头。

威廉斯警长用无线电通知威廉森郡法医师克莱德·史帝芬斯。警长的手下很快就大批涌入展开工作,史帝芬斯也赶到格里菲思家的后院加入侦办。他们在法医师指导下继续挖掘,而且非常谨慎,以免挖坏在谋杀审讯时有可能用得上的任何证据。

那是具年轻人的尸体,装扮高雅,身着某种晚礼服款式。尽管尸体已经严重熟化,大部分还算完整,而且尸肉还是呈粉红色。大家私下的共识是,不管他是谁,死后都还没有超过几个月。不过他为什么到最近才被人掩埋,或部分埋葬在古老的内战墓穴里面?

法医师认为道理很简单:藏尸体的最好地点就是墓穴,把第二具尸体埋在里面,还有比这更好的地点吗?这是老伎俩,藏东西要藏在常见的地方,这次却完全是种恐怖的转折手法。不过,显然凶手掩埋受害人才做了一半就被吓跑。坟墓盗挖事件是一回事,谋杀案就完全不同了。警长和法医师在坟墓旁边进行紧急会议,断定有必要由专家来协助发掘遗体。因此朗恩探长才打电话给我。

我告诉朗恩探长,我会在隔天上午到司法行政处和他见面,而且我会带一位助理:我的儿子查理。查理在亚利桑那大学的同学都放假滑雪、参加派对,而他就要参与凶杀侦查作业,获得宝贵的田野经验,这对有抱负的人类学家,都可说是令人称羡的圣诞额外赠礼。

我们一早就出发,开着我那辆野马敞篷车,沿着四十号州际高速公路向西驶去。当天天气寒冷干燥,不用说,我们并没有放下顶篷。我买下这辆车过了几个月，查理便在草原一条直线道路上猛转换上左线——查理和我不同，他热爱速度，毕竟当时他才只有十几岁——就在那时，他超车越过的农夫却转向左方。从此以后，那辆野马就不太一样了。

在那个十二月的灰暗早晨是由我驾驶，这不是我不信任查理的驾驶技术，而是由于如果不是由我开车，我就很可能要晕车了。我们花了三个小时开向富兰克林镇，沿途谈到查理在亚利桑那的学业进展。他的主修课程教授沃尔特·伯克比是我在堪萨斯大学指导的第一位研究生，因此我不只是知道了查理的最新进展，还了解了沃尔特的事业近况。那段路很快就走完。

我们在上午十点半左右抵达富兰克林镇，跟着朗恩探长前往两河宅第。那栋两层楼住宅历经一百二十五年，显然亟须翻新整建，不过依旧很惹人瞩目：红砖、黑色百叶遮板、两端各有一根高耸烟囱。前院长满高大栎树和枫树。

到了后面，地面斜向下倾，坡下是哈佩斯河。就在房子和河川之间，地面平缓隆起，那里有群墓碑，看得出那就是赛依家族墓园。赛依中校的墓石正后方有棵栎树，正前方地面有个泥坑。当我们向墓穴走近，我注意到已经有人把草皮小心移开摆在一旁。我猜，不管是谁挖出那个坑，早就计划要彻底灭迹，结果却碰到突发状况——某条狗出声吠叫、门廊照明意外亮起，甚至也可能就是格里菲思太太带客人参观住家和花园，吓得他逃窜离去。

那个坑长宽各约三英尺，深三到四英尺。我向下凝望，看得到露在外面的尸肉和骨头。由查理帮忙，我开始清除被挖开的土壤，掘出尸体。地面潮湿，坑洞泥泞。我们一开始便在墓穴边缘摆放夹板，趴在上面伸入铲子把泥土捣松。除了天气寒冷下雨之外，由于土壤最近才被挖过，因此工作起来还很轻松。随着坑洞愈挖愈深，我爬进里面。过了这么些年，包括我在北美大平原上发掘的印第安墓葬地点，我曾经进入的墓穴已经达到五千座左右。我猜在我死后会持有某种非官方记录："历来曾经进出最多墓穴者的遗体。"

正如朗恩探长在电话中所讲，尸体已经处于腐败后阶段状态。部分关节已经解体，双腿都脱离骨盆，双臂也和躯干分开。不过双膝和双肘还完整，表面也有衣物覆盖，躯干大半部位也是如此。从正式的黑色上衣和打褶白衬衫看来，我揣测被害人生前，或许是在纳什维尔或富兰克林镇的时髦餐厅当侍应生。大概吧，也或许是参加婚礼的男傧相，说不定这家伙举止轻佻，没搞清楚状况就去调戏女傧相或去招惹新娘。

尸体采坐姿，就位于一八六四年下葬的古老灵柩上方。根据我在一九五〇和六〇年代，在北美大平原上发掘几千处美国原住民墓穴的经验，我知道尸体下葬时，如果采屈曲姿势，所需挖掘功夫较少，比水平伸展下葬姿势好挖。这又是个迹象，显示有人急着要隐藏犯罪事实。

当我们愈挖愈深，尸体露出的部位也愈来愈多，我看到古老灵柩顶盖有个洞。那具灵柩显然是以生铁铸成——就殡葬业来讲，那是一八六〇年代的顶级产品。那个破洞长宽约为两英尺和一英尺，或许是由十字镐或铲子挖到酥脆生铁凿出来的。后来，被挖开的潮湿土壤翻落，覆盖在仓促埋藏的受害人周围，骨盆和下脊柱便穿过破洞，落入老旧灵柩。结果我拉出遗骸的时候，便碰到了麻烦。

我小心把尸体部位和衣服碎布挖出来，接着递给查理，他按照解剖顺序把遗骸摆在夹板上。等到我把所有部位完整找全，他就把各个部位、碎布摆入证物袋中并做好标示。除了尸体之外，我还找到两根烟蒂，查理也把烟蒂装好。

我从威廉·赛依中校的灵柩顶上取出遗骸和衣物，摆在穴外地面的夹板上。

　　这些年来，我注意到凶手在犯罪现场，经常抽烟抽得很凶。有一宗谋杀案，那次牵涉到汽车解体买卖业者，他用猎枪射死一名小偷。我在凶手埋伏地点发现整堆小雪茄烟蒂，是他躺卧几个小时期间抽的。那些烟蒂尾端都是塑料制的，他咬得够用力而留下齿印。后来我们用他的牙齿做了齿模，我也幸运得到吻合印痕。我想，在这种状况之下，凶手不断抽烟也不令人意外。凶手经常会非常紧张，而抽烟是种神经质习惯，用以舒缓紧张情绪，不过这也不是顶聪明的做法，因为就算是纸烟，烟蒂也会沾上指纹和唾液中的 DNA，这种证据可以把凶手送进死囚牢房(瘾君子请注意:抽烟会要你的命,这又是另一种夺命方式)。

我继续发掘,坑洞也愈来愈深,等到我把尸体大半挖出,我已经触及内战时期的灵柩顶盖了。我向一位副警长借用手电筒,要查理和那位副警长抓住我的脚踝,头朝下倒吊进入坑中,这样我就可以从破洞向灵柩里面张望。事实上,里面看不到任何东西,只有底部的薄薄一摊黏腻物质。不过回头来讲,经过了一个多世纪,我也不预期会有任何东西残存下来。几年之前,我挖过一处墓园,年代和这处相同,从十九世纪中叶到后期。那座墓园有将近二十处墓穴,我在那整片墓园挖出的骨头碎片,轻轻松松用一手就可以握住。骨头全都粉碎,完全消失在田纳西的潮湿泥土里面。根据我处理内战时期墓葬穴坑的经验,如果这时手电筒光芒还能照出赛依中校的遗骨,那么我就会非常惊讶了。查理和一位副警长嗯哼作声,用力把我从墓穴拉出来。

这时,查理和我都全身湿透,寒冷刺骨。我们脱下泥泞的连身工作服,摆入野马敞篷车的行李箱,也把遗骸和衣物摆进去,衣物已经从尸体脱下并分开装袋。我们出发回诺克斯维尔之前,必须稍微绕道,先前往纳什维尔附近的州立刑事实验室,田纳西州调查局会有一群技术人员在那里详细检视衣物和烟蒂,寻找线索来辨识我们的受害人和杀他的人。

我们在当天傍晚来到刑事实验室,刚好就在下班前一刻。衣物又湿又臭,因此田纳西州调查局人员并没有热情欢迎我们的到来。为了不让整个实验室染上臭味,他们最后决定在有暖气的车库里,把衣物摊开晾干、透气。

查理和我在周五晚间回到诺克斯维尔。我开入车库——

幸好车库和房子并不相连，因此我们不会闻到尸体的气味——接着就进屋淋浴、睡觉，然后在周末观赏大学杯橄榄球比赛。不管是谁出门坐进野马敞篷车里，他都去不了任何地方，因为我把汽车钥匙带在身上。

周一上午，我把遗骸拿到橄榄球场底下的人类学系办公区，把尸块摆进几个大锅，里面装了热水来软化组织，这样才好移除(过了这么多年，我那时已经换了两次火炉，也学会了不要在家里做这件事)。就算骨骼并不完整，还是要花好几天，才能完成整理、清洁和骨头检查步骤。

不只是颅骨遗失，双脚和一只手也不见了。从户外找到的尸体常见这种现象：犬只、郊狼、秃鹫和浣熊都常吃尸体，掠食型动物也最容易扯下手部和脚部拖走。然而，就本案而言，我不知道该怎样解释，因为尸体已经被掩埋，或至少部分埋藏。有趣的是，当我们找到剩下的那一只手，白手套还戴得好好的，这点让我愈加相信，受害人生前或许是位侍应生，在某家高档餐厅工作，或者是在婚礼上担任接待员。

我从一开始就相当肯定，这是位男性。有些部位已经分解进入后期阶段，生殖器部位也是如此。因此，我知道我必须仰赖骨盆，还有其他骨骼指标来判定性别。耻骨很短，呈锐角，这种耻骨几何构造不利于产子。显然我们的神秘尸体是位神秘男子。

锁骨近胸骨端，也就是锁骨和胸骨相连的部位，已经完全愈合，因此显示他生前或许至少为二十五岁。耻骨联合部位(也就是两块耻骨在下腹前侧相触的部位)表面粗糙不平，由此我看出，他生前大概是二十五岁到接近三十岁。为了要核对我的结论，我把六位研究生叫过来(那时学生的假期旅游都结束了,纷纷回校),要他们估计那位男子的年龄。六位都认为那是在二十六岁到二十九岁之间。

股骨头(也就是大腿骨上端的球形头)直径为五十毫米,这也是男性的典型尺寸。左股骨长四百九十毫米,右股骨长四百九十二毫米。采用人类学家卓特尔和统计学家格雷瑟尔在一九五八年所导出的公式,我计算出我们的受害人生前的身高,结果是介于五英尺九英寸到六英尺之间——那是指他的头还在的时候。

骨头经过清洁、检查步骤,从上面完全找不到死因迹象。柔软组织腐化到这种程度,就算有刀伤,我们也看不出来了。骨头本身并没有刀痕,也找不到骨骼外伤迹象。根据腐败状态来判断,我还是估计死后经过了几个月,也可能更久,不过绝对不超过一年。

威廉森郡和纳什维尔警方核对档案,比对过去一年内失踪的人。威廉森郡没有任何人失踪,纳什维尔的失踪人口则没有一人符合这些尸块的身体特征:高加索人种男性、二十五岁以上到三十岁出头、身高约为五英尺十英寸。

区域报纸在圣诞节到元旦期间,都饱受无刺激新闻可报之苦,风闻有这宗谜团,便纷纷开始报道。一月一日有则标题这样写:"富兰克林发现无头尸"。这则新闻透过美联新闻通讯社对外发布,提到那具尸体被发现时,就坐在赛侬中校的灵柩顶上。新闻还描述"晚宴型式的衬衫、马甲和上衣",并引述我估计的死后时段。"看来那位男子已经死亡两个月到一年,"我说,"而一年或许有点太长。"我告诉另一位记者较窄的范围,两到六个月。

一两天,有位认真进取的记者开始在最近的死亡记录中查数据，并发现诺克斯维尔有一位有些雷同：不到两个月之前，诺克斯维尔近郊发现一位被斩首的男子。这两宗案件有没有关联，是不是连环杀手干的？我对他说我不觉得如此。诺克斯维尔的受害人已经被肢解分尸，他的头颈被砍下，双臂和小腿都被斩断，连生殖器都被切掉。富兰克林镇的尸体，至少就我们手里的部分而言，并看不出有刀痕。后来出现的标题宣称：躯干案和其他斩首遗体无关。

接着，在一月三日出现了曲折情节：威廉森郡的一位副警长带着颅骨和下颌骨莅临。法医师和几位副警长又去了墓穴进一步挖掘，并在灵柩里面找到颅骨。法医师向合众国际社的记者表示："我推测他是头朝下，从中校的灵柩破洞塞进去。"当天的头条标题写道：军官墓穴谜上加谜。那则消息开始写道："检警当局指出，在南部联邦军官墓穴中发现之无名遗体，头部、双脚和一只手臂在该军官灵柩中找到。"

死因之谜已经破解：前额部位有处火力强大的枪伤，由左眼上方两英寸左右射入；射出部位（如果还可以说是"射出"的话）是位于头后部位，在颅骨底部附近。我称之为头颅，却不见得完全精确：子弹威力非常强大，已经把那个可怜人的头部射成十七块骨片。我必须先把碎片粘起来，才能确定射入和射出伤口的位置和大小。根据破坏程度来分析，他是被大口径枪支射中，或许是在近距离中枪。我们的神秘男子是惨遭暴力击杀当场横死。

本案的最新难题如下：颅骨和身体其他部位并不相同，几乎完全无肉，外表呈巧克力褐色，和我在南达科他州发掘的古老印第安颅骨非常相像。牙齿都没有补缀，却有许多蛀孔，有些还相当大；他的左下颚第三臼齿就快要化脓。这位绅士的衣着考究，却看不出他曾经踏进牙科诊所，或接受过丝毫牙科诊疗——至少就现代牙科诊疗而言。

我开始产生怀疑，被折腾得很不舒服。

就在那时，电话铃响了，那是纳什维尔州立刑事实验室的技术人员打来的。"巴斯博士，我们在你拿来的衣物上找到奇怪的东西。"他说，"纤维全部都是天然棉和丝绸，完全没有合成材料。"衣物上找不到可以追查的标签，他补充说明，他从来没有看过那种长裤裤管，侧边还都是用带子束紧。那种方头鞋在几年之前还流行过，一个世纪以前也常见那种款式。

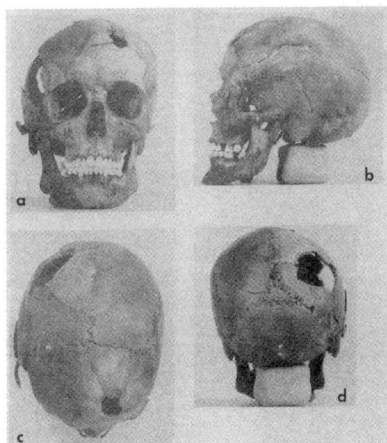

这个破损颅骨是在威廉·赛侬中校的墓穴中发现的。大口径子弹从左眼上方射入颅骨，并从颅后射出。

最后他提出一项问题，我之前就突然料到他有可能会这样问，心中涌起恐慌："你觉得有没有可能，那就是赛侬中校的尸体？"

"我开始觉得那就是。"我承认。我很高兴他看不到我满脸涨红的窘迫表情。"我还有几个问题必须解决——好比在一八六四年那个年代，有没有那双鞋上的那种松紧带？——不过看

来是愈来愈有可能。"

有一则历经时代考验的哲理箴言，称为"奥卡姆剃刀"，认为和事实相符的最单纯解释，通常都是对的。这么些年来，我处理谋杀案时见过的古怪转折也够多了，因此我早就知道，奥卡姆剃刀有时候会切错方向，不过就本案而言，那则箴言似乎对了。如果在我实验室里的尸体正是赛侬中校，那么许多问题就都可以迎刃而解：为什么牙齿蛀孔都没有补过？为什么衣物看来不只是那么正式，还那么罕见？为什么找不到合成纤维、没有标签、没有其他可追查的加工品？

当我们发现坐在灵柩上的那具尸体，看来那是墓穴里多出来的一具死尸，不像是被人从灵柩盖上的一破洞拖出来的。我们假定那是多出来的尸体，接着就很自然进入下一个合理步骤：那肯定是谋杀案被害人，而且还是最近被杀的。然后我们继续，进行下一步演绎推论，解释为什么在灵柩里找不到尸体,这很简单,按照我过去在一处十九世纪墓园发掘的经验,那次也只找到细小的碎片(法医师史帝芬斯用另一种方式来解释为什么没有尸体,他怀疑赛依中校的灵柩,原本就并没有摆入遗体。"那么我就该想到,里面或许还会有皮带扣、钮扣或其他东西,"他向纳什维尔的一位记者说明,"我们却找不到任何东西。")。

至少,我们完全没有找到我们预期的东西。相关人士全都感到尴尬(至少,发言被报纸引述过的所有人士都很窘),这时的状况却是,看来是赛依中校的本尊被藏在常见的地方。那具尸体并不是在最近才被谋害,也不是部分被塞入灵柩里的人士,那是位古代军人,大半身被拉出灵柩,还在盗墓拉扯之中掉落了头部和部分附肢。根据这种新的见解,破碎颅骨也完全解释得通:田纳西第二十步兵团当年逃到山顶,被联邦部队包围、击溃,赛依中校也在那时战死。中校在肉搏恶战时阵亡,他是被枪支抵住额头,中了一发点五八口径米尼弹头而死。

这时,故事情节便从本地犯罪事件,演变为令人津津乐道的特别报道,还透过美联新闻通讯社向全世界各处发布:神秘尸体难倒警方;他们请教一位著名科学家,那位科学家错得离谱;古代军人再次笑开怀。根据我接到的信函和电话,到处都有报纸引用了那则消息。我从前的一位学生,寄了一份报纸给我,那是泰国曼谷的英文报。

几周之后,赛依中校在他的墓穴重行下葬。当地一家殡仪馆捐出崭新灵柩,还有一百多人组成军团,身着全套制服,重演内战情景,为他隆重举行军葬礼。牧师在墓旁祝祷结束时,天空绽放闪电雷鸣,冰雹落在群众身上。这完全是历史重演,一如文献所述情节,中校第一次下葬的时候,他们也碰到类似状况,那是在一百一十三年之前!或许,这次那位联邦军人可以安息了。

这片小小的家庭墓园,位于南北战争时期建造的赛依宅第后方,地点在田纳西州富兰克林镇附近。这里出现的法医谜团,促使我创办了人类学研究场——人体农场。

回过头来讲,我却因此不得安宁。尽管确定尸体就是赛依中校,解答了几项问题,却也引发另一项大问题:我怎么会误判死后时段,天差地别错了一百一十三年?

到最后,那项问题有几项解答。第一项,也是最简单的答案,在我们拿一件组织样本做化学分析时真相大白。结果是那具尸体涂了防腐香油——和今日相比,这在一八六〇年代是难得一见的事,不过对一位军官,社会地位崇高的富裕绅士,这倒是不太令人惊讶。以他们家族的地位,赛依家的男性下葬时,应该是身着最好的服装,也就是那种黑色上衣和打褶衬衫,后来我们也在赛依中校的照片里找到那种服装，那是在一八六〇年代早期拍摄的，据信是他的最后一幅照片。

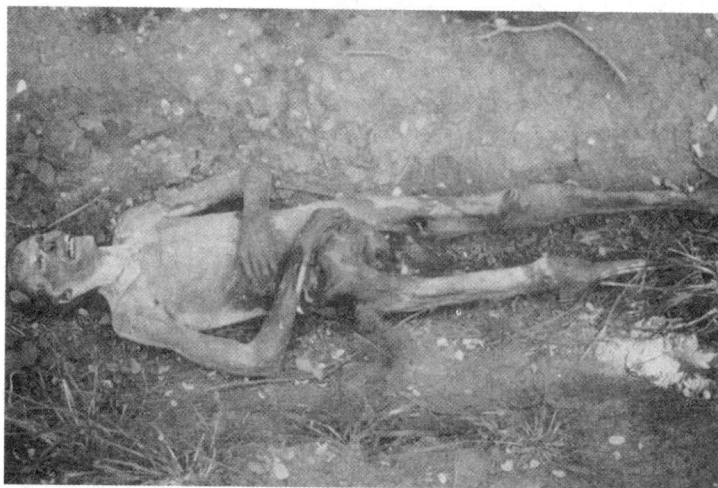

一九八七年，我们研究涂了防腐香油的几具人体的分解现象。图中可见下肢崩解，涂防腐剂的人很不诚实，涂抹下半身时偷工减料。

下一道难题就要靠一点冶金学和化学侦探工作。请记住，灵柩是以生铁铸成，相当结实，隔绝水分长达一个多世纪。灵柩还把棺蝇挡在外面。棺蝇的大小和蚋相当，那是种顽强的蝇类，可以钻入土壤深处，凿穿木制棺材，还能钻透金属灵柩的细小开孔。不过，由于那具灵柩是完全密封，里面的氧气含量很低，不容细菌消化尸体的柔软组织，因此组织才呈粉红色，看来就像是只死了两到六个月。

我不断自问的难题，有部分可以这样解释。另有一项比较深远，也比较令人不安的问题：我的知识完全不充分，有关于人类生命终结便开始的死后进程，我的认知还差得远呢。而且还不只是我：我们全都有认知不足的问题。人类学家、病理学家、法医师和警察——我们对于死后尸体何时会有何种变化，还有如何变化的知识，全都是少得可怜。

由于几位报社记者出手协助，还有我本人饶舌多言，赛依中校揭穿了我无知到什么程度，同时也暴露了法医知识的鸿沟。就我本人而言，我很尴尬；就科学研究而言，这激起我的好奇心；最重要的是，我决心要改变这种状况。

从那时开始，情况就完全不同了，过程也让我完全料想不到。

第六章
勇闯犯罪现场

突然之间,法医学成为电视的播报焦点,个中原因我并不十分了解。夜复一夜不断出现,看来是有数不清的人被谋害。而且每天晚上,这些谋杀案都很快就被巧妙侦破。多数电视节目里面的人,至少就法医科学家而言,几乎都具有神力,天生英明睿智,而且配备的科技工具令人眼花缭乱,你想象得到的,他们通通都有。

我很不愿意承认,不过我似乎并不像电视超级神探那么英明,而且我在法医界的许多同行,尽管我很敬重他们,也全都相形逊色。我们都不是天才,而我们的机巧器具,也不能解决一切疑难杂症,不是所有罪犯都会无所遁形。不过,尽管有时候电视会令人产生不切实际的期许,误以为谋杀侦查都能迅速破案、无所疏漏,但有些节目还是发挥了高度功能,彰显法医科学家的角色,尽管是寻常、实际的角色,却也能发挥影响力,把凶手送上法庭。而且这类节目还有许多内容完全正确:刑案现场侦查绝对是破案关键。

怪的是,我有许多法医人类学同行,大概十人中有九人,从来不曾做过刑案现场侦查。他们都乐意在实验室里,把骨头摆在桌上或用显微镜来检查,却不到实地工作,以免双手或鞋子被粪土、泥巴或血污弄脏。他们就这样保持干爽清洁,却也错失了许多证据,而这说不定可以透露谋杀被害人的遭遇。好比有位受害人詹姆斯·格里泽,我们就是在现场拼凑出他的遭遇,这也是我所见过的最怪诞、骇人的情节。

一月有天早晨冷飕飕的,我接到田纳西州霍金斯郡一位探员的电话,他从司法行政处打来,请我帮忙搜寻一具男尸,他们猜想,大概在一周之前,那位男士在自己的屋里被烧死。我答应帮忙,还叫我的三位优秀研究生,史帝夫·席姆斯、帕特·威利和戴维·亨特,隔天早上一起前往一百英里之外的霍金斯郡。

截至当时,我在田纳西州做刑案现场和死亡现场搜寻工作,已经有十年之久。我也已经发展出一套做法,效果似乎不错。反正那时我接受执法机关请托,帮忙寻找、重建或辨识人体遗骸,我率领一个四人法医应变小组:包括一位教员(当年就是我一人,到现在其他师资也会轮流处理法医个案)还有三位学生,都受过骨学训练,也学过人类骨头鉴别。

那时我不再开自己的车。人类学系已经有辆小货卡,上面随时载有全套必要装备,以供实地作业之需。包括挖掘用的铲子和泥刀;用来过滤泥沙筛出小块骨头和碎骨用的金属筛网;三个运尸袋(摆在露营箱底下),用来装尸体好摆在卡车后车厢运送;证物纸袋,用来采集散落的骨头、弹壳、烟蒂、啤酒瓶、刀,还有我们找到的其他一切证据;几条一百英尺测量用卷尺,用来测量尸体或骨头,以及邻近固定地标,好比树木、电线杆和建筑物的距离有多远;红色或橙色的测量标旗,用来标示每根骨头或每件证据的位置;还有至少两台照相机。

我认为照相机是最重要的设备——这是不可或缺的记录工具，用来拍摄刑案现场、搜寻过程，特别是人体残骸复原作业。就我所知，只有两类科学搜寻作业，最后都必须把你所研究的东西完全摧毁：考古遗址发掘和死亡现场调查。等到你做完工作，现场已经摧毁殆尽，荡然无存。因此，你最好是老老实实详尽记录，确保一切都保留在胶卷上，你再也没有机会回头去核对遗漏的事项。好比当你在墓穴中踩踏或挖过之后，穴中浅土表面的足印都再也找不到了。

堪萨斯州的执法人员，也是该州调查局活生生的传奇人物奈依，为我上了一堂极为重要的刑案现场侦查课程："一路摄进去，一路摄出来。"乍听之下，这就像是银行抢匪动辄滥射的行径，不过奈依是在讲拍照片。"你抵达现场，一踏出车门，就先对房子或汽车或不管是哪种现场拍一张照片，"他说，"当你走近一点，再多拍几张。先对地面拍几张照片再踏上去，对现场的人拍几张照片，拍下现场干员所穿的鞋子。在你移动尸体，甚至碰触之前，先对它拍几张照片。"

奈依在克拉特尔命案的尸体发现当晚，就是这样一路摄入克拉特尔家的农舍，倘若他没有那样做，如果他或相关侦查人员，有人在奈依拍摄地下室照片之前，就踏上那里的积尘地面，那么堪萨斯州调查局人员就永远不会发现保留在胶卷上的那组足迹，随后还发现那就是凶手留下来的靴印。由于奈依是一路摄进去，足迹才被拍下来，后来还循此找出凶手，把他们定罪。

我们很难为人命和刑事正义定价，不过就另一方面来讲，胶卷却是便宜得可以。我在这几十年来，已经在刑案现场拍了无数张照片，我也从来不觉得有任何一次按下快门让我后悔。

如今照相机愈来愈精密,能对红外频率(热量)曝光,摄下高分辨率的数字影像,甚至还能搭配全球定位系统接收器,自动精确定位并记录经纬坐标——摄影术肯定会让刑案现场侦查进一步更清晰对焦。

我的四人法医小组,始终会有一位负责当我们的照相师。我们在霍金斯郡的火烧屋中搜寻时,照相机由我的一位博士生席姆斯使用。席姆斯表现出高度才华,极擅长刑案现场摄影:通常由他拍下的照片,里面所透露的细节,都远超过警局或司法行政处派遣的官方摄影师的照片。当天席姆斯要在非常不利的状况下工作,尽管那时我并不知道,不过他当天严重宿醉,醒来时感到寒气刺骨,全身湿透。前晚他大醉一场,不知道什么时候睡着,结果水床破洞,喷出几十加仑的水流满地板,接着又渗过楼板,从邻居的天花板向下滴落。幸好他的电毯线路防水,否则他恐怕就要烧焦了。结果呢,他病得一塌糊涂,接着在田纳西州东部沿路上山,真是雪上加霜。

我们花了九十分钟左右,才从诺克斯维尔开到霍金斯郡罗杰斯维尔的司法行政处。当时有位副警长,叫作阿尔维斯·威尔莫特,正要前往进行侦查,于是我们便跟着他,开上一条蜿蜒道路,顺着霍尔斯顿河北岔支流前进。

当你离开有四千居民的罗杰斯维尔,一进入郡境只见一片荒野,四顾全无人烟。当我们离开城镇二十五英里左右,转上一条卵石小径,眼前就是处偏远河谷。由于那里人烟稀疏,或是由于居民极不信任外人,因此一栋房子起火的时候,并没有人报案,直到那家人的亲戚从弗吉尼亚州开车来访,才发现那里已经烧成废墟。那处产业林木茂密,顺着陡坡向下延伸,分布到霍尔斯顿河北岔支流东岸的绿色澄澈水滨。我们都踏出车门伸展双腿，席姆斯还特别好好地深吸了几口气。

　　按照威尔莫特警佐的说法，烈焰是在八天前燃起。他们和住得最靠近的邻居访谈，最后也只知道房子大概是在清晨两点左右起火。等到火势自行熄灭，房子只剩下焦黑瓦砾，坍塌成一片方形区域，周边是一堆烧黑的砖块；房子中央附近有较大堆的砖头，看得出那就是原来耸立烟囱的地点。

史帝夫·席姆斯（左）、帕特·威利和我在詹姆斯·格里泽的住宅废墟，打算开始在火灾现场搜寻。该宅位于田纳西州金斯波特郊外，摄于一九八一年一月。

　　就在大概一个月之前，弗吉尼亚州一名叫作詹姆斯·格里泽的男士，才把那栋房子和土地买下来。格里泽来自一处比这里的山更高、人烟更少的地方。他在十二月搬入那栋房子并开始整建。火警发生于一月十五日。六天之后，由于格里泽的父亲一直没有接到儿子的消息，因此过来探视，他一发现房子烧毁，马上就打电话给警长。我们的目标是要确定，格里泽是不是横尸在这片被火吞噬的焦黑废墟里面。

从法医学观点来看,火灾现场综合了各种状况和难题,构成一种有趣的情势。这和一切牵涉到腐烂死尸或骨头的现场一样,重点也是要完整找到、拼凑人类遗骸。不过,在这处火灾现场却很难办到,因为人体在烈焰下会经历剧烈变化。

双臂和双腿会最先烧掉。四肢相当细瘦,周围环绕氧气,就像引火柴一样,很容易点燃,迅速起火燃烧。只要温度达到几百度,皮肤很快就会烧黑,皮下脂肪开始嘶嘶沸腾;才过几分钟,皮肤就裂开,底下的肉也开始燃烧。等到这种状态出现,就会产生让人毛骨悚然的惊人情况。四肢真的开始动了,手脚蜷缩,手臂向肩膀屈曲,双腿略为外张,双膝弯起。这是生物力学和肌肉力量的作用:屈肌(也就是让我们弯曲双臂和双腿的肌肉)的力量超过伸肌(让我们伸直四肢的肌肉)。等到火焰把身体的肌肉和肌腱烧干,这些组织就会收缩,就好像烤肉架上的牛排,而且屈肌的力量也胜过伸肌。

最后所摆出的姿态,就很像是拳击手在赛场上的预备站姿,因此我们称之为“拳击姿势”。这种姿势非常特别,而且只要遗体的四肢可以自由弯曲,就不会有例外情况。火灾被害人全都如此,犹如被吊死的人都呈紫色、舌头都会肿胀一样。就另一方面而言,如果双臂被绑住,或被压在背后,那就无法卷曲。因此,如果找到被烧死的尸体,却见双臂是伸直的,那就是项重大线索,显示被害人受到某种限制或拘束。

另一项真正剧烈的改变发生在头部。基本上,颅骨是个密封的容器,里面装满液体和潮湿的脑部组织。要不了多久,里面所有的湿气都会达到沸点,并在颅内产生压力。火烧得愈旺,压力就愈大。如果有出口来宣泄压力,好比颅骨上有子弹孔，那么压力就会排出，不会造成损害。如果没有的话，颅骨就真的会爆炸，整颗头颅就会爆裂成许多碎块，每块大小都如二十五美分硬币。在火灾现场复原颅骨并做重建工作，是法医人类学家要面对的最厌烦事项之一，而且就算拼凑完成，那颗颅骨依旧很难处理，因为火烧会产生无数裂痕，很难从中看出钝力或锐力性外伤，况且偶尔还会因为找不到有些碎片而出现缺口。

所幸，尸体很难得会完全烧光，这对刑案现场调查人员是件好事。就算是火葬，也会留下相当部分的骨头，接着就必须用机械来研磨成粉。再者，就算是身体中最大、最结实的骨头（腿部的股骨和胫骨，还有臂部的肱骨），受火焚烧也会严重受损。如果是温度相当低的住宅火灾，长骨就会被烧成黑色或焦褐色，不过构造上却能保持得相当完整。至于纵火现场，如果是用汽油当燃料，或用上其他容易着火的助燃剂，温度就可以高达华氏两千度。这种极高温度会让骨头在化学性质和物理构造上，都产生彻底变态。骨头和身体的其他部位全都含碳，在极高温状况下，骨头所含的碳就会被烧光。这种余烬就称为"煅烧骨"，依旧保持原有形状。这就好像珊瑚礁在造礁生物死亡之后，也依旧维持原样。不过煅烧骨的重量很轻并呈灰色，外表满布加热裂痕，而且质地脆弱，你用手握住就会粉碎，踩上去也肯定要粉碎（最近有位律师和我联络，那时他正在为一件谋杀案重审做准备。他告诉我，检方有件关键证物，受害人烧焦颅骨的碎片，原本就经过煅烧而脆弱不已，却意外跌落地板，还被一位法官踩成粉末）。

尽管火焰有这种破坏力量，却还是会留下大量证据，令人惊讶，不过你必须知道该去哪里找，还有该怎样找。其实，我后来还很乐意接受挑战，面对那种科学谜团，在心里重建火灾现场，想象出火烧之前的情景。一堆灰烬，还混杂了纽扣和按扣、扣钩和扣眼、黄铜铆钉和拉链，那是什么？简单，是原本塞满衬衫、胸罩和蓝色牛仔裤的五斗柜。烧焦的枝形吊灯旁边那堆玻璃和瓷器碎片呢？那原本是摆在餐厅里的瓷器碗橱。

要在心里重建烧毁的房子，关键是要小心筛除表层几英寸厚的灰烬，那是天花板和屋顶的残烬，这层底下埋藏了丰富的信息，可以看出原本的情况。好比住宅里的椅子，大半都是木制的，不过通常在每根椅腿的末端都有一块小金属，这可以指出起火的时候椅子是在哪里。书桌会烧掉，不过回形针和订书针会标示出书桌的位置。一堆缝衣针、大头针和剪刀，原本大概是装在缝纫篮中。

我在火灾现场找到的东西里，最贵重的是一串价值一万二千美金的钻石项链。那是一位女士的丈夫送给她的圣诞礼物，她拆了礼物才过了几个月，他们的宅第就起了一场可疑火灾，把她烧死在里面。我是在墙脚找到那串项链，位于一堆灰烬底下，那时项链还由一个别针别起来。这让我想不通，发现地点也让我不解，因此我请教她的家人，希望他们能够解答这两项问题。她的亲属告诉我，她喜欢把珠宝别在窗帘褶皱处，因此当窗帘合拢时，珠宝就会展现出来，窗帘拉开时，珠宝就隐藏不见。当然啰，我正是在窗户正下方找到的。这项解释和我们在现场的发现吻合。

有时候，你在火灾现场找不到的东西，也会告诉你许多事情，和你所找到的东西一样多。有次我在一起火警的现场挖掘，之前警方和一位纵火调查人员已经检查过了，他们没有人注意到任何疑点。当我在那栋住宅工作，复原被烧成灰烬的遗体时,最让我惊讶的是,厨房里没有盘子或瓷器,衣橱里没有衣架,墙上没有照片框或挂钩(照片本身会被烧掉,木框也是如此,不过金属框架,甚至连细小的螺丝钉和钉子,还有木框背后的铁丝并不会被烧掉。这些东西会掉下来堆在墙脚)。在我看来很明显,那栋住宅在起火之前已经被搬空了,只留下几件大型物品,这是典型的纵火指标。不过其中最奇怪的情节,还有我们所能重建的内情却是:那个死人并不是屋主,而是受雇来烧房子的人。显然,当他在泼洒汽油时,雷电正好击中那栋房子(我们听说那时有猛烈的暴风雨),点燃汽油蒸汽引起猛烈爆炸,几乎当场把那个人炸死。那样的机缘凑巧是我平生仅见,难得有人运气那么背的。根据在本案现场采得的证据,显示确实有犯罪事实,不过那是纵火诈取保险金,并非谋杀。

每次我奉召前往火灾现场,我都努力要完整找齐骨骼材料,不过我的努力并不止于此。我还会尽量完整推论,设想起火之前和燃烧期间所发生的事件。我特别注意鉴识首饰、牙齿和骨头,不过我也会一再核对其他证据,同时我也会先斟酌所有的重要项目,随后才会就事发经过导出结论。

在火灾现场,对法医证据破坏力最大的单一事件,并不是火焰本身,而是热心有余、训练不足,还配备了一支耙子的侦查人员。没有受过人类骨学训练,也不知道如何辨认、鉴识焚毁碎骨的侦查员,可以在火灾现场造成浩劫破坏。警方经常干出这种疯狂举止,他们在整个现场四处走动寻找遗体,把火焚余烬推耙成堆或排为长列,每列间隔三英尺左右。想想看,如果你希望了解,遗体在火起之初的原始位置和倒卧方式,而且如果你还希望知道死尸和枪、刀或子弹等物品的距离和相对摆列方式,如果你用了耙子把东西全都捣乱,那还有什么指望？

我有次和一个小组抵达一处火灾现场，搜寻疑似自杀死者的遗体，有位消防队长却告诉我们不必麻烦了。那处农庄现场相当辽阔，有许多建筑，包括一栋住宅、一间农舍，再加上六栋附属建物。消防队和纵火侦查人员，已经用锄耕机清掉部分瓦砾。我认为最有希望的搜寻地点就是住宅，那位消防队长却嘲笑我。"我们已经把那栋房子耙过五遍了。"他说。不过我斟酌之后，觉得反正我们都已经抵达现场，不论如何还是要进去看看，他摇头走开，把我们当成白痴。

我们把搅成一团的东西拿来筛捡，发现了几块男性颅骨。残留的碎骨少得可怜，当你用锄耕机碾压煅烧过的骨头，接着还有一群人挥舞耙子扫过五遍，那你就会相当彻底地把东西都捣成粉末。不过，这点发现就够了，可以指出那位男子是在自己家园里放火，把自己烧死。

就霍金斯郡命案而言，幸好在火灾现场被搅乱之前，司法行政处就有人先打电话给我们。纵火侦查员会到那里和我们会合，不过我们在现场可以先开工。如果在瓦砾堆中有烧毁的骨头，我们就应该找得到，而且骨头也大概都还堆在小范围内。

那栋住宅的东侧，也就是面朝河流的下坡一侧，原来有两层楼高。住宅西侧砌入山丘，只有主楼层突出斜坡。威尔莫特警佐表示，前任屋主说明，卧室是位于楼上的北端，格里泽最可能睡在那里。当然了，这时已经没有楼上了：地板梁椽已经被火烧透，主楼和屋顶也已经烧垮，崩塌在分布于整栋建筑物底下的水泥地面。顺道一提，那片水泥地面帮了我们的忙。平滑结实的地表，周围是几条崩垮砖头排成的长列，这是现场的巨型证据托盘,所有东西都保留在那里。

我们在十点半左右,从住宅下坡面开始动手,一路筛拣细究,向房子中央前进。到了十一点十五分左右,席姆斯的敏锐摄影师眼光(尽管朦胧充血),拉近镜头放大景物,看到一根骨头,从一堆砖头底下突伸出来,那是烟囱的崩塌位置。我们把砖头拿开,发现双腿的骨头,两腿齐全,还有脊柱的大半骨头。有些关节还部分绞合,也就是依旧以韧带和软骨连在一起。不过,许多骨头本身都已经变成碎片。经过煅烧,这堆生命的残余在我的手中咔嚓碰撞,就像破碎瓷杯的细小碎块。这具尸体严重烧毁化为灰烬。

骨头状态显示火场的温度很高。电线的情况同样证实这点:黄铜熔化,滴落在混凝土地面,散乱排成几行。黄铜的熔点为华氏两千度左右,显示烈焰温度比这还高。还有,温度这么高,显然指出现场有助燃剂:实验显示,如果没有汽油或其他的可燃液体,住宅火灾通常不会超过华氏一千六百度。

那堆骨头位于住宅东侧(面朝河川那侧)墙内约一英尺,而且是聚集在一面混凝土实心墙以北几英尺处,房子就是以那堵墙壁区隔为南北两端。我们把骨头取出时,还在一片白色棉质布料上找到一堆烧过的组织,那片碎布是棉质男性紧身内裤残屑,还发现淡绿褐色长裤的两条烧焦裤管。

这时,我们已经相当肯定,找到的是名男性的尸体,非常有可能就是失踪的格里泽。不过,当我们继续在现场搜寻,整个情势却没有变得更明朗,反而更模糊不清,也愈来愈令人不解。

由双腿、骨盆和脊柱的位置,看得出尸体是仰躺着,双腿弯折,或折叠到身体上部,而且双膝弯到肩部上方,位于原本应该是头部的位置,头部却不在那里。我们在周围彻底搜寻,努力想找到头部。我们在约六英尺之外,发现有东西混在另一堆砖头里面,最后找到了几块手臂骨、几根肋骨,还有颅骨和下颌骨。这些骨头就像第一批,同样都排得很怪,而且也严重破损,显然是被火烧成的。

我们发现詹姆斯·格里泽的脊柱下段和左股骨,就埋在他的住宅地下室一堆砖头和灰烬底下。他的上半身和颅骨烧得焦黑,位于房间的另一端,那是被炸药炸到那里的。

但是,为什么这批骨头和下半身三分之二部位相隔六英尺?我在心中斟酌可能的情况,考虑到那栋住宅是两层楼建筑。我曾经好几次在类似的建筑里面,见过烧焦的身体有部分从地板破洞向下坠落,其他部位则落于其他地点,位于另一层瓦砾之上。这个案子是否也出现了这种状况?

我再次观察双腿和骨盆。除了内裤和长裤的布料,骨头下方找不到什么东西,只剩没有烧毁的石膏板清水墙、没有烧掉的地砖，还有房子的水泥地面。头部、手臂和肋骨底下也几乎没有东西。如果身体的一部分烧毁，穿过楼上地板的破洞坠落，其他部位则留在主卧房里面，最后才随整面地板崩塌，那么在我们找到的那几批骨头之中，就应该有一堆的底下会压着相当多的火灾残屑：木制梁桷的烧焦残屑、地板底层材料，还有楼板材料。如果那位男子在半夜两点起火的时候是睡在床上，那么或许还会找到焦黑的卧床弹簧和烧毁的床垫。由于在骨头底下找到的其他东西是那么少，暗示整具尸体原本就是在地下室了，随后主楼地板才烧穿，并崩垮在水泥地面。

不过，如果真是这样，那么尸体的上半部，究竟是为什么会距离下半身那么远？我见过许多头颅在火中受高热爆炸或碎裂的案例，我却从来没见过高热会让头部和躯干上半部飞到房间的另一端。

当我站在那里搔头苦思，左瞧右看两堆骨头，我说（主要就是在自言自语）："要解释这种分离现象，我只能想到一个理由，那就是某种爆炸。"

这句话一出口，威尔莫特警佐就大声表示。"你那样讲还真有意思。那边街坊有一位邻居说，他在起火之前听到一次爆炸。"如果他早点想到，把这一笔调查收获让我知道，那么我就不必这样疑惑不解了。就另一方面而言，如果他早讲了，我也不会这样兴致勃勃构思出这项奇特的理论。我再次检视那批骨头。胸骨表面严重破损，还带有凹痕，脊柱从紧贴颅骨下方部位截断。如果真有猛烈爆炸，那么就应该是从这里把胸部炸开。

残破的身体指出这里发生过暴烈惨剧，那却不是唯一迹象。距离脊柱几英寸位置，就在胸部脊椎和肋骨部位，我们发现了一块矩形铅盘。测得长一英寸左右,宽约三分之二英寸,铅盘的顶部平坦,下表面带有织品印痕。不需要法医才华就可以猜到,在起火之前,还没有发生爆炸之前,曾有一次枪击事件。有把枪支在不超过几英尺之外,瞄准一个人的心脏。

尽管还有些事情令人费解,不过有一点很清楚:除非受害人曾在屋里小心泼洒汽油,把一管炸药绑在自己胸前,点燃导火线,接着再朝自己的心脏开枪,否则这明显就是宗谋杀案,而且犯案凶手还不遗余力地毁尸灭迹。不遗余力,这次却没有成功。

我们群策群力继续工作。亨特和我负责挖掘,威利绘图描述我们的发现并把骨头装袋,席姆斯一张接一张拍照,我们从灰烬里筛拣、挑出骨头和牙齿。在那个寒冷冬日午后,光线开始黯淡,我们踏上归途,要花两个小时才能回到诺克斯维尔。卡车后厢载了约二十个纸袋的火焚遗骸,还有两个疑难问题在我们心中萦绕:这些骨头是否属于格里泽的? 如果是,那么是谁杀了他,还有原因呢?

要回答第一项问题,必须仔细检查骨头和牙齿。我们在现场已经相当确定,那具遗骸是男性的。长骨都相当大,也很结实,尽管颅骨碎裂,枕外粗隆(颅骨底部的隆起部位)还是清楚可见,而且比一般的都厚实,这几乎可以肯定就是男性的征兆。实验室测量结果进一步证实这点:成年男性的股骨头(嵌入髋关节窝的球体),直径通常至少为四十五毫米,我们受害人的股骨头直径则长达五十毫米,几乎达到两英寸。从股骨干周长来看也相当像是男性的,达九十四毫米。女性的股骨周长很少超过八十一毫米。

我们观察脸部构造来断定种族。尽管颅骨已经严重碎裂,上、下颌骨有些部位还算完整，足够用来诠释。上、下颌骨的齿槽部位低平，牙窝和颌部就是在齿槽处相连，牙齿也和颌部垂直，而不是向前突伸。换句话说，这副颌骨是属于白种男性的。

我们的受害人显然是位成人。他的锁骨已经成熟，完全愈合，因此我们知道，他至少已经二十五岁。他的脊柱下段刚开始长出退化性关节炎赘疣，那是种粗糙套板，从脊椎骨边缘突出，这暗示他已经超过三十岁。不过由于赘疣还很窄小，足见他大概还没有超过四十岁。威尔莫特警佐对我们说过，格里泽生前为三十六岁，因此在这个阶段，如果要根据学理来赌他的身份，那最好就押格里泽。不过如果要确认身份，我们还必须在牙科记录交好运。

格里泽搬到田纳西州这处正统派教徒聚居地带之前，曾经在印第安纳州的"铁锈地带"当炼钢工人。当时他在伯利恒钢铁厂工作，而且享有很好的牙科医疗福利，同时他还有一位做事认真的牙医，在印第安纳州拉波特执业。几年之前，格里泽拍过 X 光照片。

下颌骨的密度较高，超过上颌骨，因此从灰烬中取出时也较为完整。不过双颌经过火焚高热，牙齿珐琅质连贴齿根的部位大半都已经粉碎。于是，就大体而言，我们并不能仰赖补缀物，这样一来就必须比对齿根和双颌本身的独有特征，还有构造和几何形式来确认。

我们从格里泽的下颌 X 光照片看出：他的左侧第三臼齿(智齿)并没有完全长出。他的左侧缺第一臼齿，骨头已经开始再吸收，填入中空齿槽。他的右侧第一臼齿和右侧第二臼齿的齿槽也呈中空，并开始填入骨质(他的牙科照顾福利或许是相当优秀，但是他这辈子的牙齿卫生，或至少他的整体牙齿健康却很糟糕)。

格里泽的上颌 X 光照片显示，左侧第一前臼齿的齿根长得很怪，呈 S 形，那颗牙齿的内侧齿面还有补缀物。

所幸，我们的受害人有少数牙齿的齿冠并没有粉碎，而且上颌左侧第一前臼齿的齿冠也还完整。那颗的齿冠有补缀物，根据 X 光照片，那里也正好就是该有补缀物的地方。其他特征(缺几颗臼齿、再吸收的骨头，还有 S 形齿根)全都完全吻合。我打电话给威尔莫特警佐，告诉他我们已经完全确认，受害人就是格里泽。

剩下的两项问题——谁杀了格里泽，以及为什么？就要由威尔莫特警佐和他的同事去解答。他们没有过很久就查清楚了。

格里泽的邻居(就是那群深自关切、胸怀爱心，在爆炸、火警的时候都懒得报案的那群芳邻)有人告诉副警长，格里泽买下这栋房子之后，雇了一个人帮他整建。那名男士叫作史帝芬·威廉斯。他搬入和格里泽同住，还带了女朋友相伴。

格里泽生前有大笔金钱存在银行，他的父亲告诉警方，格里泽的支票账户里约有三万美金，活存账户里还有九千美金。显然他犯了错，告诉威廉斯他有这笔钱，因为检察官声称，格里泽失踪之后几天，威廉斯仿冒格里泽的签名，开支票提领账户里的存款。

格里泽的残破尸体被发现之后不久，就好像谋杀还不够野蛮似的，有一晚还新出现了怪诞转折：威廉斯有个叫安东尼·弗林的熟人，在金斯波特一家叫拉尔夫的小酒馆里喝酒。他喝了太多啤酒，嘴巴封不住，判断力也受损，他讲的话把酒伴都给吓坏了。弗林说威廉斯要他帮忙，叫他带他的杜宾狗到格里泽家,放狗把遗体吃掉。不过或许是狗并不饿,不然就是遗体还不够熟,因为那头狗掉转它的尖鼻子不去吃肉。

于是威廉斯借助炸药。然而爆炸并没有摧毁尸体,只是把它炸成两半。最后,他使出最后法宝,在房子里泼洒汽油并放火烧屋。熊熊烈焰冲向夜空,他肯定认为火焰会帮他完全灭迹,摧毁一切证据,掩饰他所犯下的屠杀罪行。事实上,大火却引起旁人注意。火警是座烽火台,在黑暗森林大放光明,释出的讯息非常清楚:刑案现场,小心侦办。

一九八一年十月,威廉斯因杀害格里泽被判一级谋杀定罪。他的共同被告,养了挑食杜宾狗的弗林则无罪获释。

由于他以骇人方式亵渎格里泽的尸体,威廉斯被判坐电椅处死。按照安排,他应该在一九八二年四月十六日处决。他的律师群迅速就死刑提起上诉。经过连续几次上诉,接着碰上全国死刑犯暂缓处决,行刑延后一年又一年。

一九九九年,威廉斯在牢中对我提起诉讼。他的诉状列出好几名共同被告:几位侦查员、一家电视制片公司,还有 Discovery 频道,因为他们曾在一部法医纪录片中报道格里泽案。我感到震惊,我们的司法制度竟然会允许这种事情:杀人凶手审判定罪之后,过了那么多年,竟然还具状控告发现、报道他谋杀罪行的人。所幸威廉斯他本人主动把我排除,不列为被告。

威廉斯谋杀格里泽,还把他肢解、炸碎、焚烧,从他犯下罪行至今,已经过了二十多年,如今他还在田纳西州监狱中活得好好的。至于那处刑案现场,事过境迁,那里早就被田纳西的森林取回。从一泓绿水仰望,就在陡峭山坡某处,日渐累积的一层叶堆和淤泥,滋养孕育出丛生野草、藤蔓和树苗。在这一切底下,有一片逐渐掩蔽不见的脏污水泥地面,还有大堆砖块。就在这里,真实的刑案现场侦查人员,曾经在此筛落灰烬,找出真相。

第七章
人体农场，开张

如尸经日，头面胖胀，皮发脱落，唇口翻开，两眼迭出，蛆虫咂食。

——宋慈，《洗冤录》

当我发现自己误判赛依中校的死后时段(误差至少有一百一十二年)，我最初的反应是困窘之至。当时我是那么自信，对密切注意这则消息的报社记者宣布见解。然后我就有许多讲出去的话得要收回，但是那些话都已经白纸黑字四处传播，从田纳西州到泰国。

不过，只要我们愿意从中学习，那么体验到威信扫地的滋味，却能启发生命中的最深奥顿悟。没有多久，我的个人尴尬处境，一变而为专业上的好奇心。我之所以对法医案件始终感到浓厚兴趣，其中一项理由就是案子内含的挑战：法医案通常都是惨痛罪案，不过其中也有科学谜团有待破解。我向来不喜欢打猎(把杀害动物当作运动，我对这种想法丝毫不感兴趣)，不过，破解法医奥秘的那种刺激，和捕杀大型猎物的人，埋伏追捕致命掠食动物的激动体验，或许并无轩轾。

不过，这里有什么谜团？在这宗案件里，我要寻求什么解答？我想得愈多，就愈来愈兴奋：我的猎物是死亡本身。要通盘了解赛依中校的遭遇，还有最后我们所有人的遭遇，我就必须尾随死亡，深入阴间领域，观察它的进食习性，描绘出它怎样移动，还有什么时候做什么事。

七百多年前，中国有位名唤宋慈的官员，编纂完成一本法医调查手册。《洗冤录》一书提出各式各样的死后检查和试验做法，项目多得令人叹为观止。内容指出，若死因可疑，就应该在死后初期阶段，也就是几个小时或几天之内，进行这些程序。那本书也生动说明，尸体在死后较长时段经历的变化，陈述尸体经历几周、几月，从肉身转换为枯骨的历程。

然而，从宋慈著书之后的七百五十年间，有关于死后较长时段的变化，却几乎没有其他发现或著作发表。当我在一九七七年检视赛依中校的遗体时，我能够利用的知识或学术文献，并不比宋慈在·二四七年所掌握的高明。

早在我认识赛依中校之前许久，我的脑中深处已经兴起念头，要采用科学做法来研究分解现象。那颗种子在一九六四年就已经种下，当时我写信给堪萨斯州调查局的奈依，提议让我们找位农场业主来帮忙，让我能随兴研究分解现象（"如果你有农场主人感兴趣，愿意杀死一头牛，让它横尸地面……"）。当我在一九七一年搬到诺克斯维尔，担任田纳西大学人类学系的主任，那颗种子还在休眠。搬到田纳西大学，除了上任新教职，也附加带来一个州级行政职位：我接受指派担任田纳西州的"主任"（也是至今唯一的）法医人类学家。甚至当我还在辛苦处理阿里卡拉印第安人的几百箱骨头，分门别类堆放在内伊兰球场底下充满霉味的办公室中，委任函就已经寄到了。这证明了人脉关系有多重要。

再往前一两年，我在堪萨斯大学的一位博士生，鲍勃·吉尔伯特，曾经向全国的法医师征求耻骨。鲍勃主要是在研究男女的骨骼差异，特别是女性耻骨联合的逐步变化。耻骨联合就是两块耻骨从髋骨朝前弓起，在骨盆前方相触的接合部位。年轻成人的耻骨联合部位，表面粗糙崎岖并有沟槽。到了三十五岁上下，耻骨更为致密，质地也较为平滑。过了五十岁，连接处的表面便开始侵蚀。鲍勃的博士论文，重点是要描绘出女性耻骨联合部位的这些细部变化，如此人类学家才能更精确估计年龄。为达此目的，他需要一批耻骨，而且数量要很多。

有些法医师接到他的要求，深受震惊并拒绝所请。不过，田纳西州的主任法医师杰里·弗朗希斯科博士，却对这项研究深感兴趣，并能体认这对法医学的潜在贡献。他寄了一批耻骨给鲍勃，还与我建立深交，参加法医会议时会彼此交换心得。

当我告诉杰里，我就要搬到田纳西州，他问我有没有兴趣加入他的工作团队，担任该州的法医人类学家。那个职位的报酬不高，每案固定支付一百五十元美金，不过工作绝对会很有趣。我深感荣幸，马上答应。不久之后，我还收到一块别致的警徽，成为田纳西州调查局的特约顾问。最后我才察觉，倘若我不是以州政府官员的身份来处理这些案件，我根本就能够按时计酬，收取高昂的顾问费用。可惜，等我想到这点，自己已经太喜欢那个头衔和那块闪亮的警徽，不肯只为了庸俗铜臭就把它放弃。一九九〇年代有宗特别复杂的法医案件，花了我好几百个小时，换算我那一百五十元收入，相当于每小时赚不到一块钱。况且，我还享有站上证人席，惨遭修理的特权。辩护律师很喜欢提起赛依中校案，就算和他们的案件毫不相干，也要借此在陪审团员的心中播下种子让他们起疑。（"巴斯博士，你在处理那宗案件的时候,可不是错估死后时段,差了将近一百一十三年。")

当我在田纳西大学开始第一个学期,还没有安顿妥当,电话、案件和遗体就开始涌进来。不用多久,我就注意到堪萨斯州和田纳西州的遗体有一点不同。堪萨斯州的尸体多半比较干净,日晒泛白的骨骼,就像你在好莱坞西部片里看到的那种。我很快就注意到,田纳西州的典型遗体,经常是一团满身长蛆的烂肉。事实上,在我抵达诺克斯维尔之后,田纳西州执法人员带给我检查的前十具遗骸之中,有半数都是周身长蛆。

这项差异是地理和人口统计特性所造成的:堪萨斯州的面积是田纳西州的两倍,幅员约为八万两千平方英里,相形之下,田纳西州则只有四万两千平方英里,而堪萨斯州的人口数却几乎不到田纳西州的一半。于是从统计上来讲,要在堪萨斯州意外撞见刚死的遗体,几率只有在田纳西这个"志愿军州"绊到一具死尸几率的四分之一(其实差异还要比这个更大,因为田纳西人比较会英年早逝,这要归咎于凶杀率较堪萨斯多出两倍高,这项问题要由另一个领域的人去解答)。既然在田纳西州横死各处等候发觉的死尸要多得多(通常是在森林中设陷捕猎者发现的),和堪萨斯州相比,理所当然会有较多尸体较早就被人找到。至于堪萨斯州那少数尸体,则是躺在辽阔寂寥草原,迅速化为骸骨。因此,田纳西州的死人经常是更为肮脏,也要臭得多。

不过正义还是要伸张。而且身为法医人类学家,特别是佩戴田纳西州调查局警徽的州级官方法医人类学家,绝对不能大惊小怪。我已经让消息传开,说我乐于协助鉴识遗体或确定死因。因此,所有案件还有所有遗体都来者不拒。不过,大家的接受度还是有高下之别，这包括我，还有与我们共享橄榄球场底下办公区的其他教职员。最后是工友忍不住爆发了。

渔夫在埃默里河中发现了一具浮尸，地点距离诺克斯维尔五十英里左右，于是罗恩郡的一位副警长把尸体带来给我鉴识。那位死者身上的衣物大半还在，可惜他的头不在，这就很难鉴识了，说不定还可能无法确定他的身份。"我们一定要找到头部。"我告诉那位副警长。头部或许是在埃默里河底，远离渔夫发现尸体的地方，不过也可能有人已经在河岸上发现那具颅骨，甚至还可能被捡走了。

身体是在星期三送来。到了星期四，当地的周报，《罗恩郡新闻报》在头版刊出发现遗体的消息，还说明遗失的头颅很重要。那篇报道呼吁，如果有人看过或捡到头颅，请带到司法行政处。接下来两天，有两颗头颅送来，副警长也尽速递送给我。

第一颗在星期五送到，颅骨是干的，还沾满灰尘，显然不属于我们那具新近死亡的熟化浮尸。不过，这颗头颅有两件事情让我不解：一是所属种族，还有在颅底敲出的大洞。我们的浮尸属于高加索人种，这具颅骨看来却像日本人或华人，这在田纳西州东部算是罕见发现。我联络司法行政处询问内情，他们告诉我，带颅骨来的那个人经营废物场。他在几天之前，向当地一位地主买下一辆废车。这颗头颅就在那辆车的引擎室中，摆在一个五加仑油漆桶上。后来才发现，卖掉废车的那个人，在第二次世界大战期间，曾经在太平洋战场服役。有次他在冲绳岛沙滩散步，偶然发现一架坠毁的零式战机，在里面找到阵亡飞行员的颅骨，那位爱国大兵便把颅骨带回家当作战利品（接下来几年，我还碰到更多二战的颅骨战利品，几乎全都是日本人，没有一颗是欧洲人的。从这里就可以看出，我们对于来自不同文化的死者是抱持何种态度）。从一九四五年到一九七三年之间，那位日本飞行员的颅骨底部大枕孔部位，不知道何时被敲破，好把灯泡装进他的颅腔：那位阵亡将士变成卑微的万圣节饰品。

第二具颅骨是美国原住民的，也是干的，沾满灰尘，而且比我们的浮尸要老得多。这下就必须继续搜寻那颗遗失的颅骨。同时，我们的"未解之谜"已经开始发臭。多数都市都有停尸间，可以冷藏存放遗体，等待鉴识完成，接着就由亲属领走或由地方政府下葬。不过许多地方，像京斯敦这种郊区小镇，却没有这类设施，京斯敦是罗恩郡府所在地，我们的浮尸就是在那里冒出水面。尸体分解产生气体并在下腹累积，一旦体积胀得够大，尸体就会浮起。副警长不想把发臭的尸体带回京斯敦，因此我帮他一个忙，答应让尸体留在校园。问题是，我也没有冷藏设备。眼看周末就要到来，我用塑料袋把尸体裹起来，尽量把它密封妥当，藏在我办公室附近的厕所中，摆进放拖把的柜子。我不确定在那个周末，那栋建筑里面有多少人，不过，有位工友进来拿拖把清洁走道，他把柜子里臭烘烘的包裹打开，看到里面的东西。我料想室内的所有人，或许还加上室外开车经过的几位驾驶员，全都听到他的那阵嘶吼。星期一上午，他清楚、明确地宣示——他用的词汇，对科学家或对水手同样都明白好懂——管你是系主任还是谁，不管在哪种情况下，不准把烂尸体摆在他的拖把柜子里，也不可以放在他建筑里的其他任何地方。我推测，只要有一次违规，眨眼之间就要出现恶果，很可能下一次就是我自己的无头尸被人发现。

我很快就听懂暗示，向我的院长老板求救。我向他解释我们的小小困境，他很快就理解，神态安详。他翻开校区电话簿逐条查阅，找出农学院的电话号码，在电话上简单讲几句，就解决了我的问题：农学院在镇外有几处农场，其中一处有栋闲置的建筑，那是间母猪寮，基本上那是间三面有墙的开放寮棚。那处农场附近只有囚犯，住在郡立监狱里面，而且他们大概还有其他更好的事情可以抱怨，比较不会去注意偶尔飘过来的腐败气味。那里似乎是贮存尸体的好地方，在我们能够清洁、研究骨头之前，可以暂时摆放。

往后几年之间，那里都是个还不错的地方。不过，我渐渐开始注意到怪事：我偶尔会发现，尸体略为移动了，和我们在一两天前摆放的位置不同。我也注意到有人不请自来，留下脚印和其他痕迹。最后，我们终于查清事情经过。隔壁的犯人会外出到外役监农场工作，他们发现了刚搬进母猪寮的阴森居民，还带他们外出观光。至此还没有东西被拿走，不过我可不想冒险，搞丢法医关键证据，好比颅腔中那颗弹头、能道出内情的颅骨。

当我还在认真考虑，我们需要新的贮存设施，同时也发生了赛依中校案，显示光是贮藏尸体还不够。我不能只是把腐肉从尸体上除掉，我还必须研究、观察腐肉，从这里尽量学习有关于死亡和分解的一切现象。我在发霉的母猪寮里没办法做那种研究，何况那里还太远，从我的办公室和实验室，要花四十五分钟才能抵达，那个地方不行。我需要更大、更近的地方。

我主掌人类学系已经进入第六年。当时我们的体质人类学师资，已经从一位扩充到三位。我们系的课程，也从大学部课程发展到全套博士班课程，而且我们也开始引来全美国最聪明、最棒的研究生。简言之，以我们当时拥有的资源，大可以开创空前新局：建立全世界绝无仅有的研究机构，用来有条理地研究人体,可以同时处理几十具,最后则是几百具尸骸。这是所实验室,要让大自然为所欲为,在各式各样的实验条件下处理凡人肉体。科学家和研究生会在每个阶段观察进程,记录温度和湿度等变量,并标绘出人体分解的时机。我们会承续宋慈在七个世纪之前的结果,接着做下去。

想法很简单,影响层面(还有可能出现的错综纠葛)却牵连极广。就多数文化标准和价值而言,这种研究或许都会显得惊悚、恐怖,甚至令人错愕。然而,校长从来不曾质疑其中所含的智慧。庆幸的是,截至当时,他都一直在注意我们的计划,也表示嘉许,因此他毫不迟疑地提供支持。那次也同样只是一通电话就解决了问题。

从总校区横跨田纳西河,岸边就是面积一亩的闲置土地,位于田纳西大学医学中心后方。从那座美式橄榄球场悬空抛球米一次长踢,橄榄球的飞行距离就几乎要超过那段长度。几年以来,那所医院的垃圾都是在那里焚化,因此那里也不是什么黄金地段,就算是,我也不确定自己在那里会不会很自在。

我这辈子都在精打细算节减开支勉强糊口。我在大萧条时期成长,眼看我的母亲在我父亲去世、拿到保险金之后,是如何把钱花在刀刃上。当我在南达科他州的大平原,发掘印第安人的墓穴时,我用政府剩余物资——花生酱,来喂饱一群饥饿的大学生工作人员,还让他们睡在部队剩余的行军床上。当初搬进橄榄球场底下,挤进破烂的办公区,从窗子向外望,就是支撑上层露天平台的一群错综大梁,我为斑驳脱漆的墙面重新油漆,整修老旧的宿舍书桌桌面,还把二手旧档案柜修好。因此,当校长拨出附近的一亩土地,距离我的办公室才五分钟路程,就算是处废弃土地,我还是满心感激地收下:你可以称之为死

死亡园地出入口：人体农场的大门，有上装刃刺网的锁链围栏，还有木制的高大隐私围篱。

我们的第一具研究遗体，就摆在这片锁链围栏里面并上锁。后来我们把整片研究场用围篱完整圈起来，研究面积扩大，也开始把遗体放在地面、浅穴，还有其他各种真实的背景环境。

亡专属的一亩园地。

一九八〇年秋季,我的学生和我开始动工。我们把中心区的树木和灌木丛清掉,铺设一条碎石车道,可以开卡车运遗体和器材进入。我们从医院引水接电,在树荫下清出一片十六英尺长宽的小方区,把地整平,接着铺上几英寸厚的碎石。我们把那处十六乘以十六英尺的方形区域整理妥当后,我调来一辆混凝土车,倒入一车混凝土,由那群学生和我把地面整平。我们在这片水泥地面上建造了一间小型木制建筑,结构简单,没有窗户,屋顶以廉价的沥青碎石瓦铺成。那栋建筑可以用来贮存铲子和耙子等工具、解剖刀和外科剪刀等器材,还有乳胶手套和运尸袋等补给品。那栋建筑的宽度占满整个区域,深度则只有六英尺。因此我们就有一片门廊,姑且这样称呼吧,尺寸为十英尺乘以十六英尺。我们可以在那里分散摆放一溜儿尸体,作为分解研究之用。

外役监的犯人到母猪寮参观的事情,让我了解到安全防护很重要,因此我断定,我们应该花得起这笔钱(勉强啦)做个围篱,把我们的小范围研究区域圈起来。

如今了解人体农场规模的人,似乎认为这里一出现就已经很完备,不过建立经过完全不是这样。这是从寒酸处境演变而来,而且是细小步骤逐渐进展。当时我们希望解答的都是初阶问题,几乎简单得可笑。手臂什么时候会脱落?为什么分解的尸体会出现黑色油腻污点?何时出现?牙齿什么时候从颅骨脱落?尸体要过多久才会变成骨骼?要找到这些答案,我们首先要找到研究对象。我们有了农场,现在我们需要遗体。我写信给田纳西州九十五个郡的法医师和殡仪馆馆长。

最后,在一九八一年五月中旬,一个周四的傍晚,我开着一辆带厢盖的小货卡,前往田纳西州克罗斯维尔的鲍里斯殡仪馆(位于坎伯兰高原,从诺克斯维尔开车向西要花一个小时),去接回我们的第一具捐赠研究对象。那具尸体是位七十三岁的老人,白种男性,他的疾患包括慢性酒精中毒、肺气肿和心脏病。我们知道他是谁(那具尸体是由他的女儿捐赠的),不过为了保密起见,我们给他一个专属识别号码。他生前有家庭也有名字,死后,他就只以"1-81"识别:人类学系在一九八一年获赠的第一具遗体(我的法医案件也同样采用这两组数字,不过次序相反:同样那年的第一宗刑事案件编号为81-1。这套制度并不花哨,却很有效)。

隔天上午,几位研究生和我,把尸体 1-81 摆在几个月前就灌浆铺好的水泥地面。有人照了相片。为防止有小型的啮齿类等掠食型动物,钻过篱笆来侵犯 1-81,我们在尸体上盖了一个木框金属丝网罩。我们鱼贯走出锁链围栏。我关上栏门,在门闩安上挂锁。一只苍蝇嗡嗡飞过我的耳际。"人类学研究场"开张,第一具研究对象上路。死亡园地开始营业。人体农场诞生了。

第八章
虫虫吐真言

一九八一年温暖晴朗的一天,尸体 1-81 就躺在我初创的人类学研究场腐化分解。从河流对岸的田纳西大学人类学系眺望,这里几乎是肉眼可见。当天,比尔·罗德里格兹和我从内伊兰球场底下走出阶梯。比尔手中握了一个玻璃瓶,里面装了五只苍蝇。每只苍蝇背上都用橙色油漆画上圆点,亮眼得就像田纳西大学架线工人穿的针织紧身衣。

比尔站在阳光照耀的阶梯上,把玻璃瓶盖扭开。几秒钟不到,五只苍蝇全飞走了。我们相视咧嘴而笑。"有什么进度要让我知道?"我说。

结果,比尔当时才要展开的研究,最后竟促成一场法医学革命,成为历来最常被人引用的人类学论文之一。不过当时我并不知道这点。当时我只知道,我们对遗体和虫子还有许多事尚待学习。

我是在十年前,即一九七一年搬到诺克斯维尔。我在一九六〇年代任教于堪萨斯大学,并在南达科他州发掘印第安墓穴。总计我所见过的遗体,包括古代印第地安人骨骼,还有当地副警长和堪萨斯州调查局干员带来给我的近代凶杀受害人,在我来到田纳西州之前,就已经达到五千具左右。那时我还以为,以我的见闻,已经称得上是无所不晓了。我错了。

我来到诺克斯维尔的第一年,地方警察和州警带给我鉴识的遗体有十几具,其中至少有半数案例,都让我面对几乎一无所知的状况:蛆。

蛆的长相类似蠕虫,是苍蝇卵孵化的幼虫,通常都是带虹彩的绿色昆虫(叫作丽蝇)所产的,不过也有例外。蛆孵化之初,大小还不如一粒米,等到它们成熟,大约就像一节通心粉那么长、那么粗胖。它们吃腐肉才长到那么大。总之,在田纳西州是如此,在堪萨斯州就不那么常见。

堪萨斯州的天候相当干燥,因此通常尸体在蛆进入体内之前,就干枯化为木乃伊。就另一方面而言,田纳西州有两倍降雨量,不刮暴风雨期间湿气又很重;你在夏天只要把青花菜摆在户外,差不多就可以把它蒸熟。湿气加上田纳西州的辽阔树林遮蔽(密西西比河以东的草原范围不广),死尸肉体经常会保持柔软,蛆可以轻松嚼食。我在田纳西州没过多久,就知道该在户外地面解开运尸袋,以免蛆和苍蝇肆虐停尸间。

从我还很小的时候开始,我和苍蝇就建立了一种古怪的共生关系。我的父亲去世之后不久,母亲和我就搬去和外公外婆同住。我们住在一处农场,那里有农家动物,还有苍蝇。我的母亲痛恨苍蝇,她提议让我做事赚钱:我每带给她十只死苍蝇,她就慷慨给我一分钱。

有这种诱因驱使,我变成六岁大的杀蝇机器。我注意到,当外公挤完牛奶回来的时候,每有乳汁从他的桶里溢出滴落,都会有苍蝇蜂拥聚集。一拍打死七只!不久,我就学会骗外婆,把牛奶倒在杯子里给我,这样我就不必等外公开始挤牛奶，或等到牛奶溢出。苍蝇死尸愈堆愈高，我的一分硬币也愈来愈多。

不过自此以后，我就瞧不起苍蝇（身为科学家，要承认这点实在尴尬）。我比较恨响尾蛇，不过响尾蛇要少见得多，害羞得多，而且也更容易捕杀。我在南达科他州就已经学到，要把草原响尾蛇斩首，只需要手法平稳，加上一把锋利的铲子就成。至于苍蝇，那就捕杀不完，数量也几乎是无穷无尽。夏日把血淋淋的新鲜遗体摆在户外地面，还不到几分钟，空中就会满布丽蝇。把铲子当成巨型苍蝇拍挥动，你或许就可以从空中拍下几只，不过在你挥动期间，另外还会有几十只抵达增援。

然而，看着苍蝇成群飞舞，我知道它们和其他昆虫，肯定能够教我们一些知识。肯定有办法从它们身上加深我们对死亡的了解，特别是死后间隔时段，也就是死后过了多久。

我注意到苍蝇很快就会闻到死亡的气味，也能顺着血腥气味精确找来。当然，我绝对不是第一位发现这点的科学家。早在公元一二四七年，中国办案人员宋慈，就在他的独创法医手册《洗冤录》中叙述了一宗谋杀案：

　　有检验被杀尸在路傍，始疑盗者杀之。及点检，沿身衣物俱在，遍身镰刀斫伤十余处。检官曰："盗只欲人死取财，今物在伤多，非冤仇而何？"遂屏左右，呼其妻问曰："汝夫自来与甚人有冤仇最深？"应曰："夫自来与人无冤仇，只近日有某甲来做债不得，曾有克期之言，然非冤仇深者。"检官默识其居，遂多差人分头告示侧近居民："各家所有镰刀尽底将来，只今呈验，如有隐藏，必是杀人贼，当行根勘！"俄而，居民赍到镰刀七八十张，令布列地上。时方盛暑，内镰刀一张，蝇子飞集。检官指此镰刀问为谁者？忽有一人承当，乃是做债克期之人。就擒讯问，犹不伏。检官指刀令自看："众人镰刀无蝇子，今汝杀人血腥气犹在，蝇子集聚，岂可隐耶？"左右环视者失声叹服，而杀人者叩首服罪。

——节录自《洗冤录》卷之二 五、疑难杂说 下

六个世纪之后，一八九〇年代在纽约有处墓园，要把坟墓挖开迁葬，有位叫作默里·莫特尔的昆虫学家，检视了挖出的一百五十具遗体。莫特尔注意到，那批遗体有许多种昆虫取食居住，并分处于不同发育阶段（幼虫、蛹和成体）。最后，其中有些昆虫还死在里面，遗体滋养它们，也成为它们的坟墓。或许虫子并没有注意到这种讽刺现象，也不会喜欢这种后果。

莫特尔清点昆虫种类，并在《纽约昆虫学会期刊》上发表那份清单。他的标题非常周延，题为"墓穴动物群研究贡献：一百五十座墓穴之发掘研究，附带部分实验观察结果"。莫特尔的这项研究，并没有鼓舞其他昆虫学家尾随他的死亡足迹前进，至少没有人是以人体为对象。然而过了六十年，另一位昆虫学家（这位是住在诺克斯维尔，还真的很巧）详细研究了犬尸里的昆虫活动。诺克斯维尔那位昆虫学家叫作 H.B.里德，他感兴趣的课题并不在法医学范围，而是属于生态学：尸体腐烂对周围小生态系有何影响，对其中环境会造成何种变化？里德着手用四十五具犬尸做研究，投入一年来求得结果，那些狗都是在当地动物收容所被安乐死的。他在天候炎热时，每隔两周就放置一具，在较凉爽时期则把间隔拉长。

里德作出几项很有意思的观察结果。不出意料，他发现在

尸体外表、内部和周围的昆虫总数,以在夏季时期最多。不过,有几具标本的昆虫数量,却是在较凉爽季节出现高峰。他注意到森林里的虫子较多,不过在开阔地区的分解进程较快。他推论,可能是由于气温较高。或许这项研究最重要的是,里德一丝不苟地详尽记录昆虫种类,包括和犬尸有关的成虫和幼虫。

一九六〇年代,南卡罗来纳州有位叫作杰里·佩恩的昆虫学家也做了类似研究, 他用的是幼猪尸体。佩恩作出重大贡献,他仔细记录了昆虫的出现顺序,也就是说,他写下谁先出现,何时加入昆虫行列。

同时在一九六〇年代,当我还在夏季前往南达科他州的时候,我也注意到,在我挖出的阿里卡拉印第安人遗骸体内,可以看到一种有趣现象。有些墓穴里面有许多蛹壳——那是种中空硬壳,蛆经历变态长为成蝇期间,就是住在里面;不过,其他墓穴则只有少数蛹壳或根本没有。最后才发现真相:冬季期间,苍蝇因寒冷无法飞行。事实上,只要气温降到华氏五十度以下,苍蝇就不再飞行。没有蛹壳的阿里卡拉人墓穴,里面的死尸是在较凉爽季节死亡下葬的。这把我给迷住了,我发现经过了两百年, 我们还能推算出阿里卡拉战士是在哪个季节阵亡。等我建立了人体农场,我也已经知道,如果能够找到一位研究生,有兴趣研究尸体内部的昆虫活动,或许我们就能够想出办法来推出人类死亡时间,而且不只是知道季节,结果还会更为精确。

罗德里格兹是从事这项工作的理想研究生人选, 部分是由于他愿意担起这项职责,部分则是由于他的田野研究经历,比多数研究生更为深厚。

比尔拥有学士学位,大学时期主修人类学,副修动物学。

他进入人类学系，是希望研究灵长类。事实上，他也曾经加入团队前往非洲，协助在实验室长大的黑猩猩回归野地。他也修过我的骨学课程，表现也相当好，因此有天当我需要人手和我一起出勤，处理一宗法医案件时，我开始寻找助理，结果比尔就是第一位合格的助理人选。当时他正在一间教室里清洗脏污窗户，由于我们系位于球场水泥看台下方，灰尘泥沙很多，在我们的活动空间内外飞扬沾染。比尔担任助教，听起来是学养崇高的职位，不过助教的"助"字也包括要做学养浅薄的杂务，好比清洗窗户。

"我在找人和我一起出勤去处理案子，"我说，"你手里那件事以后再做好吗？"比尔乐不可支，毫不勉强地就答应了。

当天气候寒冷，地面积雪。遗体是一群巡回工作人员发现的，当时他们正沿着乡村小道收垃圾，尸体部分掩埋泥中。颅骨和遗体的其余部位相距十英尺左右，整具遗骸大半都化为枯骨。

我要比尔告诉我，他从现场看出什么端倪（我总是这样问我的学生）。他正确认出，颅骨是属于一位白种男性，还很快就断定那个人的头部中枪。接着，他又指出颅骨上还有个外伤，看来是临终之际所造成的，并就挖浅穴埋尸的做法提出见解。

他的最后那两项观察结果合理，却想错了。他见到几道痕迹，解释那是垂死之际造成的外伤，其实那是死后伤痕：那些都是啮齿类动物（或许是大鼠）的齿痕，是它们把颅骨拖走，咬下肉块时留下的。那里看似浅洼墓穴，其实只是假象：遗体只是躺在浅水溪床上，我们在那里时已经干涸，不过，雨季时期那里会有泥水，而且也已经在尸体周围和表面，逐渐沉积了薄层淤泥。

颅骨也带了几项有趣的线索。子弹射入伤口紧贴于右耳之后,从破裂模式可以看出,枪管是抵住颅骨击发的,这显然是起处死形式的凶杀事件。有一块颧骨(脸颊骨)变形,这种形态我从前看过好几次。脸颊骨曾经被打裂,根据我从以往几位受害人身上学到的经验来分析,那或许是持棍打斗时造成的,也可能是被撞球杆打的,因为裂口和从前那群受害人的伤口和愈合模式完全吻合。他的牙齿有几个没有补缀的蛀孔,还有嚼烟草留下的许多污迹,因此,显然他并不尽然是上层社会出身。

我们在发掘期间,还注意到遗骸周围和内部都有许多蛹壳。这显示他是在温暖季节遇害,犹如身上有蛹壳的那群阿里卡拉印第安人,当初我就是因为那批墓穴才开始想到昆虫。尸体有些部位的底下有藤蔓和根丛生长,似乎也可以证实这点。

警方始终无法侦破这宗凶杀案,不过这宗案件却也带来快乐结局:比尔迷上了法医学。在那个寒冷积雪天,灵长类动物学失去了一位有出息的年轻科学家。随后不久,比尔就帮忙清理林地,铺平碎石地面,倒水泥建立了崭新的人类学研究场。几个月之后,他帮我摆好第一具实验对象,尸体 1–81。那时,比尔已经选定他的论文题材。里德记述了犬尸内部的昆虫活动。比尔就要用人类死尸来做相同工作,从 1–81 开始。

昆虫研究计划并不讨人喜欢。除了 1–81,我们还从母猪寮载了一具腐败尸体过来。在往后几个月间,我们还多取得了几具遗体。

比尔把那几具遗体摆在铁丝架上,这样他就可以观察尸体底部,从那里采集昆虫。接着,他每天还花好几个小时,静坐在凳子上,观察事态发展。

他逐一观察四具实验对象，最初看到每具都有大批丽蝇聚集。气候温暖时，像 1-81 这样的遗体，只消几分钟，就能引来好几百只丽蝇。血液触发一场疯狂飨宴，令他完全无法想象：比尔的座位，距离一具血污遗体才一两英尺，他很快就发现，自己也受到苍蝇侵袭，它们在有潮湿体液的一切部位取食，进入一切带有湿气的黑暗开口产卵(包括比尔的鼻孔)。他很快就知道要用网子把头部包起来，以免苍蝇进入他的眼、鼻、口和耳内。

若是气候温暖，只需要几个小时，尸体鼻、口和眼内就会充满黄白色颗粒状苍蝇卵团。一只雌丽蝇每次可以产好几百枚卵，而且每具尸体抵达之后，周围都蜂拥集结了几千只怀孕的雌蝇，这个数字毫不夸张。五月和六月暑热期间，也就是 1-81 和 2-81 被摆进研究围栏的月份，那些卵团都在短短四到六个小时之间，孵化成为几千只蛆。

不过在新鲜尸体周围聚集的虫子，并不只是苍蝇一种。黄蜂和胡蜂也会在几分钟到几小时之内出现。比尔注意到，其中有些是取食遗体本身，另一些则是扑咬飞蝇，把猎物杀死，接着就以颚器迅速咬下苍蝇的头部。还有些则是以苍蝇卵团为食，或者在遗体开口处，取食刚孵化的柔嫩幼蛆。

比尔注意到，等到蛆的数量爆发，埋葬虫也来了，它们不只是吃尸体，也吃蛆。就像黄蜂会把苍蝇斩首，埋葬虫也会用强健的颚器，钳住蠕动的猎物，干净利落地把它切为两半。比尔像写史诗一般，为我部分描述了这其中的生死挣扎。就我印象所及，我从来没有见过像他这样完全沉浸于研究计划的学生。"这是活灵活现的食物链，"有天，他兴奋地告诉我，"这不只是什么偶发事件，其中有条理顺序，这是我们能够解释，可以在法医学上应用的现象。"

比尔的研究令人类学领域耳目一新,对他的家居生活却非如此。他粘在凳子上过了一整天,周围全是遗体和嗡嗡昆虫,它们在尸体上进食,之后有许多便会停落在他的身上,其中有些甚至会在他的身上产卵。他回家时,衣物、皮肤和头发上都带了腐烂臭味。过了头一两天,比尔的太太卡琳下达严格命令:他必须在车库里脱光,把衣服直接投进洗衣机,并立刻进浴室洗澡,只有在洗好澡了才准许接近她。

研究初期(开始之后才经过几天)比尔和我就开始思索,不知道苍蝇在多远之外就可以闻到遗体的气味。还有,同一只苍蝇会不会每天都回去吃尸体。也就是在那时,我们想到要在苍蝇身上,染上代表田纳西大学的橙色记号,设法追踪它们。

比尔每天都用捕虫网来采集标本,他网到五只在 1-81 号尸体四周嗡嗡飞行的丽蝇。他把丽蝇带回系上,在我的办公室里,把每只丽蝇的胸节都涂上田纳西大学橙色染料,这样就可以轻易在成群丽蝇当中找到它们。当我们把做了记号的丽蝇带到户外释放,它们似乎是朝任意方向飞去。不过,隔天比尔在人体农场,网到那五只带记号丽蝇中的三只。

一九八二年二月十一日,从研究开始之过了九个月,比尔前往佛罗里达州的奥兰多市,在美国法医科学学会的年会上发表他的研究结果。讲堂设在一家君悦大饭店的大型宴会厅,比尔上台时,里面挤满了人。不过,当他开始放映三十五毫米幻灯片(他在研究期间经常拍摄幻灯片,间隔很短)还不到几分钟,群众就开始起立离开讲堂。难道说,比尔那批幻灯片太令人不安吗?(那是我们首次公开放映的第一批影像,都是在研究场拍摄的人体分解情形)连经验丰富的法医科学家都受

比尔·罗德里格兹（右）捕捉丽蝇小歇时和我谈笑，当时他正在进行开创研究，观察四具人类尸体内的昆虫活动。

不了？

又过了几分钟，刚才离开讲堂的群众开始回来，还各自携伴蜂拥挤进来，那些人都是从其他讲堂、排定与比尔同时发表的其他议题场地叫来的。"你一定要来看这个"，这个消息在当天就像野火燎原，传播到君悦饭店的各个会议室。

当年秋季，比尔还在《法医科学期刊》上发表他的结果，标题为"田纳西州东部之昆虫活动和其与人类尸首腐败速率之关系"，那篇报告成为该期刊自发行以来，最常为人引用、转载的文章之一。事实上，在一九九八年，美国法医科学学会印发成立五十周年的纪念专册，里面就提到比尔的演讲内容，并视之为该组织的高峰成就之一，该小册子称之为"第一篇'虫子'论文"。

比尔成为法医人类学界的闪亮新星，他在研究所毕业之后，经历过几项有趣的工作，包括在路易斯安那州的法医咨询实验室任职，还有纽约州锡拉丘兹市法医师职位。不过，他最稀罕的职位就是现在的工作：他是部队医事检查部门的法医人类学家，那个单位负责鉴识死难官方人员的尸体，必要时还要做尸体解剖，所及范围包括军方人员、外交官、间谍、航天员，还有由联邦政府（以及邻近各州、地方政府）所送来检查的一切人员尸体。

一九八六年四月，比尔还在路易斯安那州法医实验室工作的时候，弗吉尼亚州福尔斯彻奇警局请他检查证物，那是一年半之前在一处死亡现场搜集的。

一九八四年八月，十八岁女孩莉萨·林克尔在周日晚上十点半左右离家，她告诉母亲自己要上街散步，但她再也没有回家。隔天上午，她的母亲向警方报案，说女儿失踪了。警方、家人和朋友都开始在镇上和周围地区搜寻，却一无所获。

到了周六晚上，莉萨的朋友，事实上是莉萨男友的最好朋友，拿了一双很眼熟的粉红色夹脚拖鞋给莉萨的父亲，并说那是他在镇外一处十字路口，张贴失踪告示的时候找到的。她的姊妹南西认出那就是莉萨的拖鞋。

林克尔先生找来一群亲友，隔天他们便出发到那处十字路口，在附近树林中搜寻。他们一开始搜寻，就出现一股阴森的不祥预兆，因为空气中充满死亡的气味，而且很强烈。他们在公路护栏外六码左右发现了莉萨的尸体，躺在林下茂密灌木丛中。她身着深蓝色灯芯绒牛仔裤，口袋上带有白色饰边，正是她失踪当晚穿着的长裤，而且她的伸缩内衣也被撕破了。她的躯干长满蛆，脸孔已经被吃掉，内脏也是如此。她的双手和双脚的皮肤都开始剥落（坏死脱落）。她光着双脚，尽管那里的地形崎岖，矮树丛茂密，她的脚底却完全没有青肿、刮伤痕迹。由于脚底没有外伤，再加上足趾和足弓皮肤的颜色不同，这暗示她死亡的时候脚上穿着东西，或许在死后一段时间还穿着。

两天之后，当地法医师进行尸体解剖。由于分解已经进入后期，部分尸体也已经化为骨骼，他无法裁定死因。他将莉萨的死因列为未确认，于是她的双亲伤心地将她下葬。

不过警方侦办人员还不打算就此结案。莉萨在失踪那晚，曾经和她的男朋友伯尼·伍迪激烈口角。根据警方的说法，莉萨对他不忠（她和自己的姐夫戴尔·罗宾逊有染），也有目击者告诉调查人员，那个男孩曾经威胁她。据报，一位伍迪朋友的汽车，当晚曾经停在莉萨尸体后来被发现的地点附近。那位车主是丹尼·奚斯，也就是在公路旁边找到莉萨的拖鞋那位。

侦查小组非常怀疑莉萨的男朋友和他的挚友丹尼。警方声明表示，在一次测谎过程，丹尼被问到有关于莉萨死亡的问题，结果看来他在说谎。由于死因不明，而且也只有间接证据，此外就没有东西来佐证莉萨是被谋杀，于是地方检察官决定，不对伍迪或奚斯提出刑事诉讼。

同时，另一位侦查员里克·丹尼尔对本案深感兴趣。丹尼尔把尸体照片寄给北卡罗来纳州的法医人类学家露易丝·罗宾斯博士，还附上在公路旁边找到的那双夹脚拖鞋。罗宾斯博士是脚印和鞋印分析专家，她告诉丹尼尔，按照双脚前端和足弓部位的变色模式，显示在她遇害之后，那双夹脚拖鞋还留在她的脚上好几天。罗宾斯博士还注意到，其中一只拖鞋上，还粘着一片坏死脱落的皮肤，这进一步证明，拖鞋被脱下来的时候,尸体已经部分分解。

丹尼尔侦查员就是在这时与比尔·罗德里格兹联络,请他分析证据的。除了照片之外,他还把在死亡现场采集的土壤样本寄给比尔,附带寄上从莉萨尸体上采集、保存的蛆,显然那位侦查员搜集证据相当完备。另有件事并不那么显眼,不过也同样重要,那就是昆虫学已经成为受人器重的法医工具,这大半要归功于比尔五年之前,在人体农场做了那项昆虫研究。

比尔逐一翻看莉萨遗体的照片,他立刻发现,分解已经进入后期,特别是在胸部和双手部位。莉萨的脸部完全消失,不过那并不是太令人意外:由于脸部有潮湿开口,丽蝇最喜欢在那里进食、产卵,在一般状况下是这样。不过,如果身体其他部位带血,那就不是如此了。

任何法医人类学者,只要见过被刺死的,或喉咙被割开的受害人,全都知道这类伤痕部位的血迹,会引来大群苍蝇,并大幅度促进蛆的成长。如果气候温暖,就像一九八四年八月,莉萨死时的气温,那么几天之内,伤口染血部位,就全都会孵出大团幼蛆,取食周围组织,速度会比没有染血的状况快得多。我们把这种现象称为差别分解,这等于是一面红旗警示,有经验的法医科学家,见此全都会马上提高警觉。

从莉萨胸部和腹部的差别分解的程度来看,比尔几乎能完全肯定,莉萨的那些部位都被刺伤。莉萨双手的柔软组织受损,暗示她的手部也被杀伤,或许是在自卫时受的伤。他打电话告诉丹尼尔侦查员。丹尼尔手中掌握了比尔对照片的解读见解,他从证据档案取出莉萨的衣物,送到弗吉尼亚州刑事实验室。刑事实验室的分析结果支持比尔的直觉:针对莉萨长裤的八处脏污范围做试验,结果都显示有血迹,大量血迹,足够把布料完全浸湿。丹尼尔恳请死者遗族和地方检察官，准许开棺挖出莉萨的遗体，让比尔验尸，看骨骼是否有外伤迹象。

三个月之后，在一月的寒冷积雪天，比尔抵达莉萨下葬的墓园。墓园工人敲碎冻结地面，挖出她的灵柩，吊上地面。接着他们把灵柩置于灵车，上路运往费尔法克斯郡的停尸间。比尔就在那里取出胸部、腹部和双手，摆入一大锅水中，煮了一个小时来移除尸肉。接着他由锅中取出骨头，轻轻刷洗干净。

莉萨确实是被刺伤。比尔总共发现了七处刀伤痕迹，包括在胸腔（肋骨和胸骨）不同部位的几处，还有双手的自卫伤痕。比尔检视发现，刀痕都是薄刃切成的。根据警方说法，奚斯经常携带一把带鞘大号折叠刀，挂在皮带上，不过据说在莉萨被谋杀之后，他就不再佩戴。莉萨的死亡证明所列死因已经修改："未确认"字眼被划掉，改写上"他杀"。

可悲的是，杀死莉萨的凶手依旧逍遥法外。尽管比尔从骨骼发现证据，显示莉萨是被谋杀的，也尽管伍迪和奚斯还是有挥之不去的可疑之处，费尔法克斯郡自治区检察官依旧不愿对本案起诉。

人类学家和昆虫能显示犯罪真相，却不能推动官僚起步运转，他们也无法保证正义都能够伸张。他们只能替受害人代言，也盼望能有人听到。

第九章
抗议纷争

一九八一年五月十五日，我把第一具研究对象，尸体 1-81 安置于人体农场，摆进由锁链围栏圈护的十六英尺平方人类研究场，当天的白日最高温只有华氏五十八度。不过，往后几天的气温就蹿升到华氏八十几度。如果是早几个月，那我们干脆就把他摆进冷冻肉柜算了，不过，一旦开始出现炎热气候，变化就很快，也相当引人注目。几天之内，脸部的肉就几乎完全不见了，被从口、鼻、眼和耳中孵化的蛆吃掉了。比尔仔细描绘出昆虫的活动历程，而且尸体本身的变化、时机也都很迷人——也令人毛骨悚然。

尸体分解有四大阶段：新鲜阶段、膨胀阶段、腐败阶段和干燥阶段。有些科学家倾向于把这些阶段再加细分，不过，我想还是不要去涉足各个阶段的定义（做科学观察的人有两种：一丝不苟的人和大而化之的人。我向来不算是一丝不苟，在内心最深处，我是大而化之的人）。

当 1-81 还在新鲜阶段，那具尸体的上颌无齿，下颌则带有黄牙并向外伸出，脸孔就是一副龇牙咧嘴的模样。昆虫繁殖取食，两个眼窝很快就中空，盲目凝视我们。头发和皮肤仍然依附在颅骨上,不过才过了几天,就显然粘不住,开始出现裂痕。

第一周快过去时,尸体就开始肿胀。当细菌开始吃掉胃部和肠道,腹部也开始膨胀,被微生物排放的废气吹胀,肿得几乎像个气球。同时皮肤也开始变色,呈现鲜红褐色。皮下的脂肪组织开始崩解,于是尸体便带有闪亮光泽,几乎就像是涂了油脂,一身油亮摆在烤炉中烘烤。

等到尸肉变成焦褐色,便开始有深紫红色网线透过表层浮现,就像是大陆河川的卫星地图。我们看到循环系统,当血管中的血液开始腐败,静脉和动脉也凸显出来,看来更大,颜色也更深,几乎就像是用粗头奇异笔在尸体上勾勒画成。

研究生和我留神观察,满心痴迷。就我所知,还没有科学家曾经这样做过:刻意安置人类遗体任其分解,接着就只是坐着观察,条理记录改变历程和时间。许多科学家,甚至艺术家米开朗基罗,都曾经研究遗体,不过他们的重点是人体解剖构造。他们解剖死者,希望能够更了解活人的肉体和骨头,我的兴趣是死亡本身。

尸体1-81过了两星期,从新鲜死尸演变为枯残骨骼,他的颅部只剩枯骨。头发已经成簇脱落,仍然稀疏纠缠,并由小片组织连成一团。发簇落在头部周围的一摊油污黏液里面。他的肿胀腹部已经坍缩,肚子皱缩,紧贴着突伸的肋骨胸廓,显示他已经从膨胀阶段过渡进入腐败阶段。再过一个星期,肋骨本身还有脊柱脊骨都会露出。他骨盆的骨头也会暴露,这是由于昆虫猛烈侵袭他的生殖器和周围部位所致。

他的四肢分解速率较慢。由于没有脸部和骨盆部位的湿暗开口,移居遗体的昆虫都比较不喜欢占据双臂和双腿。不过,手脚却出现了一种奇妙的戏剧性改变:从历程开始约七天之后，皮肤开始软化，并大片坏死脱落，看上去 1-81 几乎就像是受到极严重晒伤，并开始脱皮。最初，坏死脱落的皮肤呈灰白色并很柔软，奇妙的是，手指的纹路和螺旋，以及脚趾的趾纹，都依旧清晰可见。我把这个现象转告诺克斯维尔警局的一位朋友阿瑟·波哈南，他是那里的顶尖指纹专家。几天之内，皮肤就已经干缩枯萎，和枯叶的变化几乎完全相同。不过，当阿瑟把一根指头的外皮取回实验室，他设法把外皮打湿展开，耐心重新鉴识，从那片外皮确立了 1-81 的身份。如果落入没有经验的侦查人员手中，那片干皮就很可能会被当成枯叶抛弃。

从 1-81 抵达之后，过了一个月，他差不多已经完全变成一具骨骼。胸廓和颅骨上还残留一些革状皮肤，已经被太阳晒干，化为木乃伊，带了皮革质地。不过，底下的柔软组织都已经被细菌和昆虫活动消耗光，我把他的骸骨多留了四五个月，让他脱色，随后就聚集骨头，带到医院停尸间进行"处理"，也就是清除最后残余的干燥皮肤和软骨。接着我测量骨骼，记录重要尺寸：股骨长度，股骨头直径，颅部长、宽、高，眼窝间距，此外还有许多数据，用来记载保留人类的尺寸。

骨骼测量值是更恢宏方案中的一环，前几个月、几年期间，这个方案已经在我心中逐渐成形：要建立美国境内最大的骨骼（现代骨骼）收藏。当时已经有好几套浩瀚骨骼收藏。泰瑞收藏，原先是由圣路易的华盛顿大学保管，不过后来运送到史密森学会，藏品包括一千七百多具骨骼。史密森学会还有其他收藏，就我个人经验了解，他们拥有的骨骼远不止于此，包括我当初在南达科他州的暑期发掘工作所得，已经有好几千具送到那里。不过，那些骨头都很古老，就法医用途而言，那批骨头已经过时。

从许多方面来看,我们人类已经让自己跳脱演化循环。就以我为例,我的近视非常严重,我的视力约为 0.1。倘若我是生在一万年前,那么我就活不到生育阶段,也不会把我的近视特征传递下去。眯眼用力瞧,当我瞥见剑齿虎的时候,或许它已经张开森森大口,就要把我的颈子一口咬断。如今,不管我们能不能通过大自然的血腥严苛考验,大家都活下来了,也都生了后代(我有三个儿子,其中两位——吉姆和查理——遗传到我的近视特性。我的次子比利,却不知道为何拥有敏锐的双眼,还够资格担任陆军直升机飞行员)。

尽管表面上如此,我们依旧继续演化,包括我们的骨骼。一个世纪之前,美国白种男性的平均身高为五英尺七英寸。如今的平均身高为五英尺九英寸。早在一八〇六年,当刘易斯和克拉克抵达密苏里河流域,他们在河岸瞥见的阿里卡拉印第安人女性,平均身高为五英尺三英寸,如今她们已经高了两到三英寸。

侦办刑案的时候,若是发现了不知名受害人,特别是当警方只找到几根长骨,唯一能够精确估计身长的做法,就是拿那些长骨来和平均尺寸做对照,而这种平均数值,就是从已知身长的许多人的对应骨头之长来求得。那么如果用来做比对的数值已经过时,估计值就有可能偏差好几英寸。这样一来,警方就不会去寻找六英尺高的失踪男性,反而很可能被误导,动员寻找五英尺九英寸高的失踪男子。由 1-81 身上取得的数据,可以避免这类错误。

尸体 1-81 还以另一种方式,连续多年担任我们的帮手,那就是作为教学工具。研究人类学的学生要面对一项艰难挑战,那就是了解人体所有骨头的大小、外形和触感。唯一的做法就是实际去研究骨头(真正的骨头,不是塑料或石膏翻模成品),而且要花上无数小时。每个学期我都开骨学课程,以往学生在课程中,最怕的是"黑箱"测验:我会在一个黑箱子里摆放几根骨头,箱子侧面开了几个圆形开口。学生想通过考试,就必须伸手进去,光凭触觉,摸出黑箱子装了什么,告诉我里面有哪些骨头(或者如果我当天没有慈悲心肠,那就要讲出是哪块骨头的碎片)。即使是重量和质地这类微妙项目,都可能极为重要。好比黑人种的颅骨比高加索人种的颅骨致密、沉重,也较为平滑。这是一项关键,为什么奥林匹克的游泳健将很少见到黑种人:他们光是要浮在水面,就要花更多力气。如果处理一宗法医案件的时候,只发现了部分颅骨,若能知道密度和重量的差别,就可以帮我们分析,让警方知道受害人是白种人或黑种人。

我们的赠尸 1-81 是因病而死,不过我的计划是要建立骨骼收藏,也要包括因伤而死的受害人。这样一来,当我讲授死前骨折和临死骨折的时候,学生就可以看到,骨头在死前断裂的伤痕已经愈合,而在死时出现的骨折伤痕则没有。当我描述枪击射入伤口和射出伤口,学生就可以看到、触摸到射入裂伤有呈斜角倾向,也就是弹头射穿颅骨的时候,伤口会呈一个角度扩大;铅弹碎片会在颅腔内侧出现哪种分散状态;射出伤口会比射入伤口大多少,还有射出伤口也有的斜角状态为何,以及如何朝弹头行进方向扩大。

我们的早期研究,多半只是专注于观察和记录,了解分解的基本进程和时机。赛依中校带来的惨痛教训清楚显示,我们对死后进程的了解极为有限。这些研究希望解答的问题都很简单,不过答案却要花好几年功夫,才能拼凑成形。每项变量都会有影响:尸体是在日照下或阴影中?是穿衣或裸身?户外或在建筑中或汽车内?是乘客车厢,或在行李箱中?在陆地或在水中?有项早期实验,提出一项看似简单,其实并不容易回答的问题:以人类的嗅觉,在多久之外,就能闻到死亡的气味?

一如既往,这次也是由于一宗实际案例,让我开始思索这项问题。这件事情就发生在我自己的后院,几乎是吧。我的后院就位于人类学系办公区和实验室北边,距离只有几英里,旁边就是一条繁忙的交通要道,路名为百老汇。严格而言,这并不是后院,而是介于百老汇路和一栋房子之间的空地,地面满是野草、灌木丛、垃圾和几堆烂泥。一九七六年夏季,街坊一栋住宅的屋主,终于受不了这片杂乱景象,因此他打电话给地主提出抱怨。地主乐于从命,雇了一组清洁人员,他们带来一辆拖拉机,配备了车头装载机,把垃圾和矮树丛铲掉。

过了几个小时,装了几卡车破瓦残砾,当他们逐渐接近空地中央,一位工人在草丛中看到一个东西,很像是人类的颅骨。他把伙伴叫过来一起商量,他们都赞同他的骨骼分析结论。不消说,这天的清理工作就此结束。工作小组通知警方,警方通知我。

我动身去百老汇路,并由威利随同前往。威利是名研究生,负责管理骨学实验室(我的骨头实验室)。他和我花了点功夫挖掘,又发现了几块骨头,数量却不多。我们很快就发现,多数骨头大概都已经被铲掉,运到垃圾填埋场。

根据骨头的情况(全都完全干燥,而且都经过日晒脱色),我们很快就了解,尸骸躺在空地已经相当久了,说不定是过了好几年。后来也没有花很长时间就确定他的身份:假牙顶板印了文字,非常清楚,那是当地一位男子的姓名,欧佛·金恩,大概在两年前就消失无踪。当年他七十四岁，大半时间都待在区域精神科医院，他也许是在那处空地跌倒，或者躺卧下来，悄悄地死在一栋房子和繁忙街道之间。

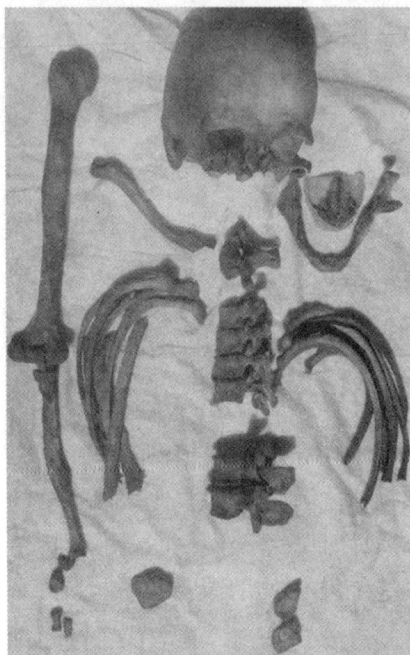

这批骨头是在诺克斯维尔的百老汇大道近旁空地被发现，遗体在那里腐朽却都无人察觉。

就本案而言，有待解决的迫切疑点并不是他的身份，或者他死了多久，或甚至于他是怎么死的。这次让我感到困扰的问题是，为什么在他死后并没有很快就被人发现？讲得更明白一点，为什么在他死后，并没有很快就被人"闻到"？成人男性分解的时候，会发出很强烈的气味，如果你曾经在温暖夏日，开着车窗，慢速开过一只死狗身旁，那么你很容易就可以想到那种状况。

我们知道在那个人死时，和空地相邻的那栋房子有人居住。我们也知道，那片空地前缘的人行道上，经常有街坊邻居往来通行，而且百老汇路还是诺克斯维尔最繁忙的街道之一。然而，并没有人闻到任何东西，或至少没有闻到会立刻引起怀疑、调查，或引人向市政府提出抱怨的恶臭。

因此，倘若死亡恶臭并没有传播到那栋住宅，或人行道那么远处，那么气味传达多远？也可以改个说法，如果人类的鼻子，并不能闻到那个距离之外的尸体，那么在多远之外，人类就可以闻到分解的尸体？我认为，答案不只是对我会有用，而且对警方、消防队和世界各地的搜救人员，也都会很有用。

金恩引发了一项有趣的研究题目。当时我们的研究场才刚扩充到两亩，我有理想场地可以做系统研究，用实验来解答这项问题。当时我只需要一具死尸和几只活的"白老鼠"。

遗体来得实在很快：附近一位法医师送来一具没人认领的死尸。白老鼠呢？那很好解决，只要能拿到额外分数，大学部学生什么都愿意做。我在秋季班开设的"人类学简介"星期四上课时公开宣布，征求志愿参加这项实验的人。如果有人想多拿十分，就在星期六早上到研究场来和我见面。成果非常惊人。将近一百位学生，在周末一早就爬下床铺。我很肯定，他们所有人都是受到了无私学术热忱的驱使。

那次实验本身很简单：我在通往实验场的碎石路某处，摆了一具膨胀得非常厉害，也相当臭的遗体。死尸完全隐蔽，藏在树丛和灌木丛中。前一天，我已经从遗体开始，每间隔十码放好标志，也就是在十码、二十码、三十、四十和五十码远处，各有一个标志。然后我带领学生白老鼠，逐一走过这条春光明媚的大道。"闻到任何东西要跟我讲"这是我唯一的指示。接着我就在随身携带的写字夹板上做记号，在对应距离字段画斜线，来表示每位学生指出有气味的地点。当我领他们朝着尸体前进，他们都开始凝神专注猛吸气。多数学生什么话都不说，直到我们距离遗体二十码，或甚至于十码左右才有反应，接着他们就会皱着鼻子说："哎哟，那是什么东西这么臭？"

照我们学术圈的讲法，这是种速简研究。我绝对不会把这种研究结果写出来，在《法医科学期刊》上发表。不过结果也够好了，可以让我知道，是的，如果有人死在住宅和百老汇路之间的空地上，在短短五十英尺之外通过的几千个人，是有可能永远闻不到他发出的臭味的。

我们的研究开始之后，头几年的进展很令人兴奋。遗体陆续抵达，几乎每个星期都有法医师和捐赠人献出尸体。事实上，不只是我们那处锁链围栏里头的水泥地面已经客满，而且我们还扩建，沿着围栏侧边多盖了三个尸架——安置死者的双层床。

我热切环顾我们日渐壮大的研究计划，心中感到骄傲。俗话说得好：骄者必败。一九八五年春季，有天我来到研究场，却发现我的两亩研究势力范围，已经被地产测量人员用标桩做了记号，其中一半面积被划归他人所有。一旁有辆推土机空转，带来不祥预兆。我抓住一位测量员，质问究竟是怎么回事。他告诉我，医院的停车场已经开始扩建。结果发现，农学院给我的土地，有些并不是他们的产业。我拥有的前垃圾场，实际上并不是占地两亩，而是只有一亩，结果不管我怎样恳求呼吁，都制止不了推土机、整地机和铺路机进入作业。

到头来，丧失半数土地还只是个小问题，我还有更令人忧心的问题。几天之后，我在讲课的时候，被系秘书安妮特请出教室,这是前所未见的极端举动。我知不知道人体农场外面的抗议行动?我不知道。安妮特和我跳上汽车,开到医院的停车场,停在远处不引人注目的角落。

当地有个推动保健的团体,称为"诺克斯维尔关切议题解决组织",名称缩写为 S.I.C.K,他们挑上我的研究场找碴。篱笆一侧横挂了一面巨大旗帜,上头书写着:"惹上我们,惹人厌恶!"尽管我的设施就是抗议目标,当我看到那个横幅文字,还是忍不住要大笑。因为那个 S.I.C.K 缩写既是代表他们组织,同时也代表厌恶!写得好,写得妙,而且会让媒体争相报道。

这幅照片刊载于一九八五年五月的《诺克斯维尔日报》,就在人类学研究场首次(也是唯一一次)被人抗议的隔天刊出。抗议人士并不是针对人体农场的分解研究,纯粹是对地点不满。

不过为什么我会惹上那个关切议题解决组织,对我怒目相视?看来是在停车场扩建区域,负责测量规划的小组里,有人带着午餐在阴凉处进餐。那天他看着我们的窄小锁链围栏区,突然发现自己盯着里面的一具腐尸瞧。他回家向母亲诉苦,结果那位母亲恰好就是 S.I.C.K 的领袖之一。这位母亲当然关心自己儿子,很快就发起一项抗议行动。

我提出说明,解释这处设施的目标,是要研究分解现象,来帮警方侦破凶杀案。那个组织肯定这点，没错，这种研究是有学术价值。不过为什么一定要设在这里？这里根本就是民众出入的公共场所！我们能不能搬走，好比搬到西边二十英里处的橡树岭政府保护区？那里的范围辽阔，有森林，还有森严警卫。

唉，老天爷，我们在几乎不到一年之前，才把这个该死的设施，从二十英里之外搬到这里。当初我们找地方创立研究计划的时候，关键之一就是设立地点必须很接近人类学系。我打电话给杰克·里斯校长，向他说明我的困境。我完全不希望给田纳西大学惹上麻烦，不过我也实在不愿意失去我的研究场，也不想搬迁。杰克和所罗门王同等聪明，也和卡内基一样慷慨。他愿意从自己的预算中拨出经费，架设锁链篱笆，把我们那亩地的其他森林范围也围起来，以防民众徘徊接近尸体。

几个星期之后，篱笆架好了，危机也消弭了。罗伯特·佛洛斯特说过："篱笆筑得牢，邻居处得好。"这句话说得对极了。不过这不会是我们的最后一项危机，后来还会出现更严重的。

第十章
黑道风云:胖子山姆怪怪唐

五月某个星期四,我接到一通电话,让我关上办公室的门。这可稀罕。我的房门几乎始终开着,部分是由于我希望看到系里的状况,部分是为了学生和教职员,要让他们觉得可以随时进来,找我吐露他们的小麻烦(以免变成大麻烦),部分也是避免有人猜疑、担心或说三道四,以为巴斯博士的门户紧闭,里面不知道发生了什么事情。因此,当他们听到我的电话铃响,房门还关上了,人类学系的所有人全都料到出现了敏感状况。确实很敏感。

那通电话是田纳西州调查局的局长阿索·卡森打来的。他说,田纳西州调查局和联邦调查局合作办案,处理一宗原本只是绑票,后来却显然发展成凶杀的案件。卡森不必说明我就知道,有联邦调查局在他背后盯着,田纳西州调查局承受了极大压力,影响也至关重大。

门外有群研究生蹑手蹑脚走过,拉长耳朵偷听谈话内容,卡森局长简短向我说明案情。那种情势,那种诡异,我这辈子还从来没有碰过这种法医案件。而且,老天爷,就连那几名犯人的名字都怪得可以:胖子山姆、凯迪拉克朱欧、怪怪唐。

挂断电话之后,我打开房门,把经常加入小组、随我担任法医应变任务的威利和席姆斯叫进来。我不跟他们两人讲细节,直接问他们,下周要不要跟我出勤,帮我做现场调查工作。席姆斯和威利都马上答应,显然很想了解谜团内情。和卡森局长通电话过了五天,我们三人挤进我的旅行车,沿着四十号州际高速公路向纳什维尔开去。沿途我向他们说明案件详情。

十四个月前,哈德逊夫妻(蒙帝和丽兹)在光天化日之下,从纳什维尔一家旅馆的停车场被人掳走。那家旅馆是假日旅馆的连锁店,位于城内相当安全的区域,毗邻范德比尔特大学校区。现场有几个人目睹,看得很明白,其中一位还带了照相机,而且拍了几张照片。哈德逊夫妇是在枪口下,被三名男子劫持。其中两名绑匪押着蒙帝,进入他自己的凯迪拉克轿车,第三位把丽兹推入另一辆车,然后两辆车一起离开那家假日旅馆。

几天之后,丽兹在纳什维尔闹区被释放。那时这起绑票事件已经有人报案,田纳西州调查局和联邦调查局干员大批拥入,在停车场和假日旅馆四处走动寻找线索。就是在这个时候,这宗案子开始变得非常怪异。

丽兹拒绝和联邦调查局合作。她告诉干员,这起绑架事件完全是误会,而且随后蒙帝也已经因公出城。她不知道他去哪里,也不知道他什么时候会回来,不过她向干员保证,蒙帝很好,也完全没有出差错。丽兹被绑架当时有六个月身孕。三个月后,她生下蒙帝的孩子,然而蒙帝却还是没有回来。

又过了好几个月,调查单位接获密报,发现蒙帝的行踪:根据一位网民的消息,蒙帝那趟出差的终点站是一处浅洼墓穴,位于纳什维尔南方七十五英里左右,就在亚拉巴马州界附近的一处农庄。

田纳西州西部是种植棉花的地盘。纳什维尔是音乐人士的地盘。劳伦斯堡在一九八〇年是"胖子山姆"帕萨里拉的地盘。谈到盗匪集团，你大概会联想到泽西、芝加哥或维加斯那群自命不凡的家伙。提到田纳西州的城镇，劳伦斯堡，大概很少人会在心中联想到有组织犯罪，其实应该要想起才对。哦，或许并不是组织犯罪，事实上还比较像是"无组织犯罪"。

胖子山姆并不是自小就叫这个名字。他妈妈给他起的名字是山姆·约翰，不过他从小至今已经增长了许多岁，而且也增长了四百磅左右。山姆在纽约州长大，不过显然他在那里交上狐群狗党，因此他的家人把他送到南部，让他改过自新。他的姑妈露易丝在劳伦斯堡经营一家地区性电话公司，是小区贤达。山姆的家人期望他能够以姑妈为楷模，开创自己的事业。

他办到了。山姆拥有许多冒险事业，在一九八〇年已经包括了伪造、洗钱、大麻栽植、毒品销售和赃物买卖。他的非法企业层出不穷，引起调查局瞩目，负责对付组织犯罪的田纳西州调查局联合特勤小组，累积了厚重档案，要对付厚重的胖子山姆和他的党羽，包括"怪怪唐"帕森斯、绰号叫"大老爹"的霍华·透纳、"银行抢匪"哈铎克(有时就简称为"银匪")，还有厄尔·卡洛尔(没有绰号)。

蒙帝·哈德逊失踪之后几个月期间，特勤小组开始收线，要把胖子山姆帮派一网打尽。后来山姆因伪造罪嫌被起诉，其他人也都料到自己的起诉书会怎样写。其中卡洛尔大概认为第一个泄密的会受到最好的待遇，于是他和联邦调查局派驻纳什维尔的理查德·纳德森干员联络，说他愿意透露胖子山姆的罪行，还宣称包括蒙帝·哈德逊被绑架、谋杀的经过。

— 137 —

卡洛尔讲出一段天方夜谭。他说，蒙帝是个骗子，绰号叫"凯迪拉克朱欧"，因为他特别喜欢偷那个牌子的汽车。不过蒙帝到手的抢手货还不只是那种车。卡洛尔透露，蒙帝和胖子山姆联络，说是要卖给他一批纯净银条，总共有三十多根，每根足足有一英尺半长，约六英寸宽、四英寸高。拿来掂掂，每根可是将近一百磅重，而且还都盖上铸印和流水编号，证实每根都是真品。当时的银价高达每盎司美金五十块，是今天的十倍左右。照那种价格来算，蒙帝的银条每根价值可达八万美金。不过，由于他必须赶快脱手，不要惹人注意，只要买方不追究来源，他愿意以特惠优待让给山姆：现金两万就统统卖了。

胖子山姆很感兴趣，不过他可不是容易上当的人，不会就这样把蒙帝的话当真。他有一位至交，叫怪怪唐的，对贵重金属有些经验，因此胖子山姆要怪怪唐做个测试，就是拿一根银条来检定成色。他拿银条检定，确定那是纯银。山姆砸下两万，蒙帝奉上银条。胖子拿银子重做测试，却发现那并不是银子，那根本就是锌，也是种很柔软、很重的银亮金属，每盎司却只值几分钱。换句话说，胖子山姆花了两万块钱，买下的那批金属砖，总共还不值一百块。山姆气炸了，卡洛尔告诉联邦调查局干员：山姆气怪怪唐，说不定他是做鉴定时搞砸了，不然就是联手骗钱，而且山姆还更气蒙帝。

所以他就出动到停车场逮到蒙帝和丽兹，当时两人才正要溜出城外。动手挟持之后，有一阵子他们把丽兹关在其他地方，同时胖子山姆和大老爹透纳（其实他个子很小）另外带着蒙帝，开他的凯迪拉克兜风。蒙帝坐在后座，他自作聪明讲了一些话。那变成他的遗言：前面坐了两个人，其中一个不清楚是谁，转身开枪把他打死。

好了，现在还有蒙帝的老婆丽兹的问题。她没有看到谋杀，不过当然了，她可以联想到动手绑票的那帮人。胖子山姆没有那种坏心眼去杀她，因此他从外州叫来一个冷血人物，出身亚拉巴马州的外地分子。显然那名雇佣杀手瞧见了丽兹，那个女人怎么看都很漂亮，而且明显她就是怀孕了。他斩钉截铁地说："不管我是什么狗娘养的下流胚子，叫我杀孕妇我下不了手。"卡洛尔说，胖子山姆就这样把丽兹放了，还差使他的亲信，在劳伦斯堡郊外的偏远地区挖了两个墓穴：一个埋蒙帝，另一个则是埋他的凯迪拉克！

经过这么些年，我是听过相当扯的故事，就属卡洛尔讲的最扯。显然联邦和田纳西州的调查局却都相信了，因为在他开口之后不久，我自己也动身前往纳什维尔去搜寻蒙帝。我还带了史帝夫和帕特随行，随身携带铲子、泥刀、铁丝筛网等各种工具，另外还带了几个证物袋。

我们来到纳什维尔南区一家叫作绍尼的餐厅，和联邦调查局的纳德森干员、田纳西州调查局的几位干员、还有一位州检察官共进早餐。接着就分头挤进他们的汽车，开往胖子山姆的地盘。看得出那群干员都很紧张，他们大概是觉得，让教授的旅行车加入车队会有危险。我们开上六十五号州际高速公路，向南走了一个小时左右，接着在通往普拉斯基的出口下交流道，普拉斯基是亚拉巴马州界附近的小镇。我们就在那里开上一家威名百货的停车场，在那里接了田纳西州调查局的另一位干员比尔·科尔曼。他的任所在劳伦斯堡，是田纳西州调查局派来侦查胖子山姆举止的尖兵，或称为"项目干员"。

我们在普拉斯基暂停(顺道一提，那里就是三K党的发源地)，接科尔曼上车，随后就向乡间开去。那是段十英里左右的路程,我们从四线国道进入两线柏油路,再开上碎石路,然后就是泥巴路。那条泥巴路是伐木古道,终点原是一片空地,不过已经很快重新长出忍冬藤蔓、黑莓灌木丛和树苗。

车队颠簸停下,联邦和田纳西州调查局干员立刻跳出车外掏枪戒护,以免胖子山姆和他的党羽在此伏击。在这个片刻,我真希望当初听了田纳西州卡森局长的建议,他配发该州顾问警徽给我的时候,还提议要从该州调查局调给我一把配枪。有次我还真的前往靶场射击,成绩合格,而且那次还是在夜间射击。结果当时我却认为,要我带枪实在很奇怪。首先,当我奉命前往刑案现场,我比较可能遭遇受害死者,碰到活人罪犯的机会太少了。再者,反正我通常都是趴在地上,脸朝下屁股朝天四处爬动,以这种姿态实在是无力自卫。

就这次状况而言,我背后的警卫看来还相当坚强:六七名武装干员,有州局和联邦的,他们迅速散开,在空地周围建立防护阵地。在这种郊野现场,警长没有派出副手,这倒是很反常。后来我才听科尔曼提起,组织犯罪特勤小组心存疑念,觉得当地有些执法人员并不可靠。田纳西州和联邦的调查局希望我们这趟出差不要公开,最好也不要有人知道。就我本人而言,我只希望我们能够安然离开。

联邦调查局纳德森干员来过这里一次,那次是由卡洛尔带路。纳德森说,当时卡洛尔从伐木道路向左走了五十英尺左右,往下看,接着就开始咒骂。"唉,他原来是在这里。"他伸手指向地面一处浅沟,说是他和胖子山姆的另一位亲信,就是把遗体埋在那里的。

纳德森带我到可疑地点。那里长满了野草、荆棘、灌木丛和藤蔓类栎叶毒漆树,不过我还是一眼就看出,那处地面最近才刚被挖动过。挖过的泥地表面摆了一根圆木，并排了几丛乔木枝干。红褐色黏土还混杂了白色粉末，早先卡洛尔也向纳德森说过，那是石灰，倒在蒙帝身上意图加速尸体分解，其实这是误解（谋杀犯似乎常有这种误解。石灰可以减轻分解的恶臭，却也会降低分解速率。结果，用石灰覆盖尸体，或许比较不会被闻到，却也比较会延缓分解）。

田纳西州调查局的一位干员拍摄下这次行动过程，同时我们也开始工作。首先，席姆斯从几个角度拍下现场照片，刚开始是在车旁，接着就逐步边拍边接近。威利和我开始清除灌木、藤蔓和禾草。我们还没有开始挖掘就有重大发现。一块人类右臂的尺骨，就摆在草叶碎石堆中。

无论是谁把遗体搬走，不管是胖子山姆或他的忠实党羽，他们做得实在差劲，不过那也难怪。把你自己摆在搬动遗体那群人的处境，你就知道原因：你到野外挖出遗体，藏到其他地方。别忘了，这具遗体已经在浅洼墓穴里躺了好几个月，分解到这个时候，肯定臭得很，还可能已经腐烂。你憋住呼吸，抓住一只手臂扯动一下……结果那只手臂就被你拉断了。这时，除非你是特别把持得住，胃肠也特别强悍，否则你也只能憋住呼吸，看你能抓到什么就挖出来，再吸点新鲜空气，最后也只是挖出大块的尸块，好比头颅、躯干、几根腿肢，手臂大半部位，接着就尽速逃之夭夭。我很幸运，奉命去搬动腐朽尸体的坏蛋大半都不知道，也或许是不担心，牙齿经过几个星期就会脱落，手部会掉落或被咬掉，弹头也会松脱留在现场。

由于那处墓穴看来很浅，我们不用铲子，改用泥刀来挖掘。我们仔细挖了几个小时，就挖到没有被碰过的土层。那时我们除了尺骨，还另外找到了一堆东西：两块（上背部位的）胸椎、十五颗牙齿、四块枕骨碎片(原本是位于颅骨底部)、五根指骨和趾骨、一根长骨碎片(或许是属于胫骨)、人发、几个中空蛹壳(那是蛆变态成虫之后留下的)、几片衣物碎布,还有一颗弹头。

我们把牙齿和骨头装袋带回人类学系做详尽鉴识,碎布和弹头则交给田纳西州调查局做分析。我们拖着身子爬上公务车,向纳什维尔开回去,接着安然无恙地分道扬镳。

回到诺克斯维尔,我们开始筛拣手中的材料来确定四要项:性别、年龄、种族和身长。我们的运气不好,没有许多材料来进行。没有耻骨、髋骨或脸部,断定性别会很难办。然而,那根尺骨很厚重,这强烈暗示那是男性的。枕骨碎片的状态也都相同:枕外粗隆(颅骨底部的隆起部位)大幅度突伸,还有厚重肌肉附着痕迹,这常见于男子的颈部肌群。

年龄较难确定,因为我们唯一能判断的依据,只是尺骨有退化性关节炎赘疣。那根尺骨的肘关节处,有初阶赘疣现象,指骨和趾骨以及胸椎骨也都是如此。这就表示他大概是在三十到五十岁之间,所以约为四十岁左右,不过此外就不可能比这个更精确了。

再者,没有脸部或颅顶部,要断定受害人的种族也很困难。头发呈暗色,纠结凌乱,单以肉眼检视,我们不能断定受害人所属种族。我们取下一份标本,留待往后做更详细研究。

我们对他的身长测定就比较有把握。我们有一根长骨,就是那根尺骨,由骨长可以推断受害人的估计身高。不过有一点比较麻烦:尺骨远程(下端)不见了,或许是吃肉的动物啃掉的。因此我们首先必须算出,那根被啃到约二十九点五厘米长的骨头原来是多长。我们把它拿来和几根完整的尺骨比对,测出那根骨头有不到百分之五的长度被啃掉，所以完整的骨头应该是三十一厘米左右。把数字导入公式，那是人类学家卓特尔早在一九五〇年代发展出来的，于是我们得到估计身长约为六英尺一英寸到六英尺二英寸之间。

有关于分解和死后时段，我们从一九八一年开始，才刚在人体农场着手进行这类研究。因此我们在现场实地找到遗骸，做了观察，却几乎没有什么研究数据可以来对照比较。有些骨头表面还粘了干燥组织碎片，腐败臭味很浓，却不是强烈到无法忍受，而且骨头周围还散布了许多中空的蛹壳。参酌我在过去二十五年之间，观察其他腐朽尸体的经验，我推测死后时段，大概是在一到三年之间。

我希望牙齿可以发挥关键角色，透露我们找到的残骸，是不是就是蒙帝的部分尸体。我们找到的十五颗牙齿当中，有七颗（将近半数）有补缀物，有些还相当大、相当醒目。如果我们能拿到蒙帝的牙科 X 光照片（假定有这项资料），我们应该很快就能断定，卡洛尔招供的是不是实情。

这时，联邦调查局已经告诉丽兹，蒙帝有可能遇害了，于是她同意全力提供协助。她早先保持沉默的用意良善，因为当初她在纳什维尔被释放时，并不知道蒙帝是不是已经遇害。因此她也只能希望，只要守口如瓶，就可以保住他的性命。有点儿天真，大概吧，却也是高度忠诚、非常勇敢的表现。这下丽兹便就记忆所及，向纳德森干员和盘托出绑架真相，并开口指示该到哪里去洽询牙科医疗记录。

她说蒙帝在图尔萨市住了很久，因此纳德森便着手和那里的牙医联系。他很快就挖到宝：沃德林医师证实，蒙帝找过他看牙齿，而且他也同意把蒙帝的牙形图，和四幅咬合侧翼 X

光照片寄过来。由沃尔林医师寄来的 X 光照片看来,补缀物和牙髓蛀孔,还有内部构造,都和我们找到的牙齿吻合。我们前往田纳西州郊区,在浅洼墓穴中找到的牙齿补缀物,还有我们拍摄的 X 光照片,和沃德林医师的资料一致。我们挖到的确实就是蒙帝,至少就是他的一小部分。

从那次我们前往胖子山姆的地盘开始,在往后几个月期间,他和他的两位同伙都接受审判,罪名是绑架蒙帝和丽兹·哈德逊。大老爹透纳也因谋杀蒙帝而被起诉。那三个人犯了两宗绑票案,全都被判有罪。帕萨里拉也犯了伪造罪,到那时原本就要面对严刑判决,这次绑架又给他添上了二十年刑期。听说胖子山姆在服刑期间信了教,而且还成为园艺高手,变成业余的植物学家。我还听说他和他的绰号依旧很相称。

大老爹透纳的下场最惨。检方原本提议,如果他就比较轻微的过错承认有罪,那么他只需要服刑两年。他拒绝了,决定碰运气,站上有陪审团的审讯庭。这一赌让他付出惨重代价:他因绑架被判四十年徒刑,刑期是胖子山姆的两倍,还加上因重罪谋杀终身监禁。他连续上诉,最后就三宗案件承认有罪,包括两宗加重绑架案,还有一宗二级谋杀"事前从犯",结果他还是因为这三起罪行,被判四十五年徒刑同时执行。或许你会说,透纳是自己选择了另一扇命运之门,结果门后面的东西呢,却是监牢与"好多好多年",里面关的是透纳他本人。同时,卡洛尔这个告密的走狗,则是如愿被判最轻刑期。我在报纸上看到,他只需要服两到十年徒刑。我在执法界的朋友告诉我,此后他至少又入监一次,不过目前他还真的是老实做人,日子平顺,开卡车营生。

蒙帝的凯迪拉克后来也现身了,当时埋在几英里之外的一片田野,埋好后,胖子山姆还在那里种了大片大麻。田纳西州调查局突击那处田地,作物都被摧毁。事情还实在巧极了,作物被摧毁时,田纳西州调查局的科尔曼干员就坐在一座土丘上观看,还正好就是当初用推土机堆土,埋藏那辆凯迪拉克所筑成的土丘。车子挖出,被拖到纳什维尔城外,送到田纳西州调查局的刑事实验室。胖子山姆并不必那么麻烦来埋车子,实验室技师在车内到处都找不到血迹,也找不到其他的相关证据。

蒙帝遗体的其他部位最后藏在哪里,至今我还没有听到消息。事情是,厄尔和银匪把蒙帝埋在浅洼墓穴之后,胖子山姆前去视察他们的手艺,他发现结果不够好,显然那具遗体几乎完全暴露在外。俗话说,要把事情做好,只能自己动手。胖子山姆的盗墓功夫,实在没有完全发挥;不过他不漏口风的本领,肯定是比卡洛尔高明。

引发这起杀人事件的"银"条,最后有三十一条是从贾尔斯郡郊区的一条溪底打捞上岸,和蒙帝最初被埋葬的地点距离没有几英里。银条的发现地点,正是卡洛尔透露的弃置位置。田纳西州调查局科尔曼干员(现在已经退休)拿了一条留作纪念。丽兹·哈德逊,蒙帝的美丽寡妇在纳什维尔定居。那座城市有许多做音乐的公司,她在其中一家找到工作,还与一位乡村音乐作曲家交往、安顿下来,看来好像还很匹配。如今我就等着,看哪天扭开收音机,会听到一曲悲凄的民歌,唱出胖子山姆和凯迪拉克朱欧的故事。如果是出现这种结局,到头来蒙帝还算是赚到了那笔财富,虽说并不尽如人意,不过说不定还要富贵得多。用乡村音乐炼金术施法,有天他的锌条说不定会变成金条,或甚至是白金的。我猜这样他会感到高兴的。

第十一章
学术研究与法医实务

见过这么多起凶杀事件，却总是有些犯案原因和方式让我吃惊，而法医学家为了揭发这些罪行，所发展的新技术同样也让我感到惊奇。我很自豪，其中有些技术，是我训练出来的学生发明的。

一九九一年九月二十日，我接到田纳西州调查局的吉姆·穆尔来电，穆尔派驻于克罗斯维尔，那是座小城市，位于诺克斯维尔以西六英里左右。克罗斯维尔市外有栋房子，在那里发现了几根骨头，位于地板下的矮维修层里面，有可能是人骨。穆尔干员问我，隔天能不能率领法医应变小组去发掘骨头，鉴识是不是人骨。

不过我无法成行，我向他说明：我一大早就要动身前往华盛顿特区，到史密森学会讲授法医人类学课程，全国各地都有法医师要去上课，史密森学会隔壁的联邦调查局也会有干员去听讲。不过，我倒是可以派一支老练的法医应变小组前往处理。

当时，法医应变小组已经是运转顺畅，就算我不去也能娴熟处理。我召集待命候传的学生,包括比尔·格兰特、珊曼莎·赫斯特以及布鲁斯·韦恩,转达了穆尔干员的几项指示:他们要在隔天前往克罗斯维尔,十二点半抵达坎伯兰郡的法院大楼,到他的办公室和他会合,接着跟他出城前往现场。他们刚踏出我的办公室,我又提醒他们一点:"可别忘了阿帕德的土壤样本!"断定死后时段的革新技术,就要借由一宗谋杀案初次接受试验。

自从我们在研究场展开人类分解研究以来,十年期间,我们已经做了几十项研究和实验,其中多数都牵涉到多种会影响分解速率的变项。我们看到在冬季和春季大半期间,遗体都保持完整,接着我们又看到在闷热的夏季期间,只需短短两个星期,死尸就化为骨骸。我们把部分遗体藏在阴影底下,和在阳光下曝晒的尸体做比较,结果发现,有阳光曝晒的遗体,比较可能变成木乃伊,它们的皮肤变得像皮革一般坚韧,蛆钻不透。我们把一些遗体摆在地面,和泡在水中的遗体做比较,结果发现,浮尸保持完整的时间可达两倍。我们把部分遗体摆在地表,有些则埋在穴中,深浅不一,埋藏较深的遗体分解所需时间八倍于暴露地表的遗体。我们拿肥胖的遗体和细瘦的做比较,胖尸体化为骨骸的速率快得多,因为它们身上的肉可以养活为数庞大的蛆。事实上,最近有一项追踪研究,测量了尸首每日损失多少体重,记录显示,有具过胖的遗体,在短短二十四个小时期间就丧失了四十磅,令人咋舌。我肯定这项记录无人能及,一切时尚减肥饮食都永远比不上。

这批研究都很重要,让我们看清人体腐化现象和进程,却都必须观察整体外观变化,并做人为诠释。因此,尽管我们竭尽心力,细究、分辨这类改变,要做到完整周延,却依旧有缺

人体农场有两项研究计划，比较了遗体在汽车乘客座上和后车厢中的分解速率。由于车内会很热、很干燥，昆虫也很难进入，遗体在车内常化为木乃伊。

失，要主观诠释来填补，也因此还有点儿不精确。断定死后时段依旧令人泄气，这门学问还不严密。

然后，我们投入那项研究过了几年，有位年轻科学家来找我，提出一项大胆计划，雄心勃勃要让这门技术变成精密科学。他叫作阿帕德·伐斯，在一家商业实验室工作，那家公司为执法机构分析法医标本。阿帕德打算进入我们的博士班就读，想要发展一套科学量化技术，靠生化资料来测定死后时段。事实上，他是打算发明一种法医时钟，可以从遗体被发现时刻开始逆向运转。当时钟停止，基本上，把它倒转，一路拨回零点，就可以显示谋杀受害人的死亡时间。

阿帕德读大学时主修生物学，副修化学，还有法医学硕士

人体农场鸟瞰。二〇〇二年十月搭乘派翠西亚·康薇尔的直升机拍摄，画面可见大门、林间空地和一项分解实验。三角木制构造是用来为遗体秤重。这项研究中有一具尸体，在分解期间才一天就减重四十磅。

学位，这是极佳资历，非常适合担任刑事学家。阿帕德却不想在刑事实验室工作，他的志向还要更为远大：他想要推动法医技术开创新高。这种念头引人注目。如果真的实现，就会开创革新做法，得以用量化、客观方式来解答所有凶杀案侦办人员一开始都要面对的难题，也是最重要问题：这个人死多久了？

关于阿帕德的提案，我担心两件事情。首先，我们究竟要怎样界定这项化学计划，可以纳入人类学研究范畴？第二，也重要得多，他能不能让那项技术生效？

我一向非常相信观念科技交流的好处。法医调查全都要靠团队努力，而且我认为，经验愈多愈好，意思是经验的"类型"愈多愈好。我的法医界同行，不见得全都赞同这种观点，我本人是将就屈居于橄榄球场底层空间，而有些人类学家就像谚语所云，高居象牙塔上，瞧不起我们田纳西的非正统做法。不过我在这些年来也注意到，有些采取非正规途径进入这个领域的人士也带来新知，让我在人类学相关知识上长进不少。

就举埃米莉·克雷格为例。她和我们的典型研究生不同，埃米莉进入我们系上的时候，可不是刚出炉的人类学理学士。事实上，她是在四十多岁才申请进入我们的博士班。埃米莉拥有医学插画硕士学位，还在乔治亚州一家整形外科诊所工作多年，负责绘制学术论文插图，描绘手术程序图标。在那段事业期间，她和多位医师共处了很长的时间，也看过许多骨头，因此，我认为她来这里研读人类学课程，应该会带来很有意思的见解。结果我错了，我的意思是我低估了。

埃米莉入学之后，第一个学期就修我的人体鉴定课，学生要学会观察骨骼遗骸，要知道怎样测定四要项：性别、年龄、种族和身长。每隔一周，我就带来一具骨骼（已知身份的骨骼），通常就是警方带给我的法医案件材料。

课程开始之后六周左右，这时学生都要开始调皮起来，每次上课到这个阶段，我都会向他们投出一记变化球。几年之前，在田纳西州温切斯特地方，有位黑人老先生从疗养院走失。后来有具骨骼被人发现，主管机关请我前往鉴识，看这是不是就是那位失踪男子。我觉得不是，最初我这样告诉他们：那具颅骨不是黑人种的。牙齿和双颌并没有向前突伸，而黑人男子都是那样。威利当时还在读研究所，负责管理我的骨头实验室，他也同意我的看法。然后在一个礼拜之后，我们收到几幅 X 光照片，是那位失踪黑人男子的，和那具骨骼吻合，当时我们却很肯定宣布那是白种人的骨骼。

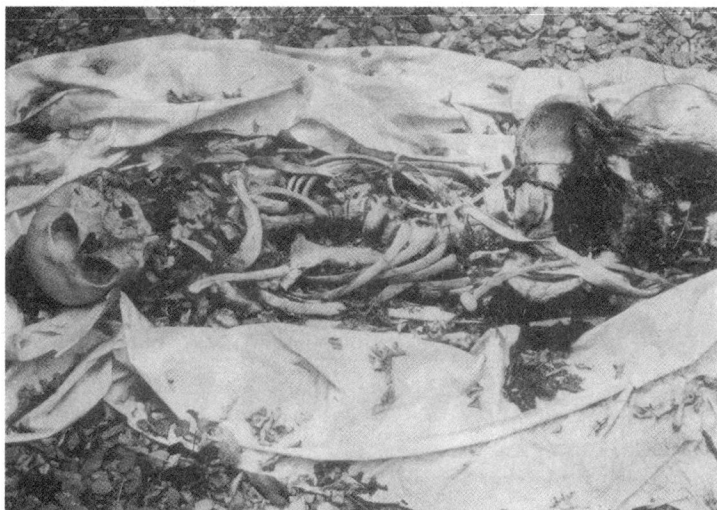

我们的一项早期实验,研究运尸袋是否能够防漏。结果不能。

由无名死尸的牙齿和双颌,可以看出许多端倪:年龄、种族、社会经济地位,甚至死者是谁。这块下颌属于高加索人种的成年男性,遗体捐献给我们作为研究对象。

每年,我都在人体鉴定课上,带领班上同学体验一下我和那具骨骼一同走过的那条春光明媚大道。而且全体同学也总是注意口部,看出那里没有颌突构造,并在试卷上写下高加索人种字眼。同样是那么自信,就像我在多年前宣布结果那时的表现。

当我看到埃米莉的试卷,我吓了一跳:她写的是"黑人种"。全班只有她答对了,这些年下来,只有她一个人答对。我把她叫进办公室盘问。"快讲,是谁告诉你那是黑人种的骨骼?"我要她招认。这些年来,我一直用这道狡猾问题来唬倒学生,接着就要班上同学发誓守密,这样下个年度的学生,就同样可以受到教训,了解不要过早下定论。此刻看来是有人违背了守密誓言。

"没有人跟我讲。"她说明,声音带了惊讶、愤怒。

我继续诘问:"那么你怎么会知道?从来没有人答对。所有人全都只对那个颅骨看一眼,就很肯定那是高加索人种的。"

"我不是看颅骨,"她答道,"我是看膝盖。"

我瞪着她看,完全想不通。"你到底在讲什么?"

接下来,我的学生就开始解释,指导她的教授,指正我这位美国法医人类学理事会审核通过的合格专科医生。她说明,黑人种的膝部髁状突的间隙较宽(髁状突就是构成膝盖绞合部位的宽阔弯曲骨梢),白人种的间隙则较窄。"因此外科医师都宁愿对黑人种动膝部手术,黑人运动员比白人运动员好办得多。黑人种那里的间隙较大,比较好动手术。在运动医学界,所有人都知道这回事。"

当时我进入这行已经三十多年,却是第一次听到这种新知。"人类学界完全没有人知道这回事。"我向她说明。我感到一阵羞愧，强自凝神，表现出教授该有的理智，加上一句："写博士论文时，做这个应该很棒。"

埃米莉听从了我的忠告。她不只是针对活人运动员的膝盖做了研究，并证实、发表她早就察觉的现象，而且她还更往前推进一步：她发现，黑人种的膝盖还有一项微妙差异，碰到无名尸体的时候，可以用来判别种族。股骨紧贴膝盖的上方部位有道内缝，黑人种和白人种的这道内缝角度不同。这道接缝最早是由德国医师布鲁门萨氏发现，他在侧面 X 光照片上注意到这条缝线，为纪念他而命名为布鲁门萨氏线（Blumensaat´s line）。埃米莉测定了许多股骨的尺寸，还拍了几百张 X 光照片，随后她发展出一套公式，能够区分股骨是属于黑人种或白人种的，精确度可达百分之九十。这个领域过去只能靠颅骨来断定种族，产生这种进展很值得称颂。

要不是埃米莉先进入医学插图界，之后才改行加入人类学领域，或许我们就永远学不到这点，而且我们也会错过这项技术，往后有好几位不知名谋杀被害人，都是借此验明正身，足以确认这项技术的重大价值。

阿帕德的计划也有这种科技交流，他打算运用生化资料，来精确测定死后时段。不过，在他的计划里面，并不打算要讨论骨头构造，而是细菌。

我听阿帕德谈到要把细菌当作法医秒表时，心中也在思索，除了人类学系，还有没有其他科系更适合让他提出研究计划。我知道那项计划太偏应用，也太偏法医范畴，生物系或化学系都不会收他。我也觉得，收他就读人类学系会超出学门范围。不过，我始终不停思索，这种革新技术会为这个领域带来多大的贡献。"这样好了，"最后我开口，"我会替你说话收你进来,条件是你只准做人体分解,而且你要保证可以成功。"他向我保证守信,还答应一定办到。

他不久就做给我看,显示他对于第一项条件确实很认真看待。才不过几天,阿帕德就外出前往研究场,采集腐肉、蛆浆和油腻土壤样本。他采了一批样本,进入化学实验室,好几天都看不到人影,接着又出现,再去采些黏稠材料。

在我们的协议里面,第二部分要得到有用的成果会比较困难。阿帕德构思推理,尸体腐化期间,会接续出现不同细菌,以腐败组织为食,就好像固定几种昆虫会接续出现。俗话说"猪总归是猪",阿帕德则是期望,"虫总归是虫",只要是虫子,不管肉眼看不看得到的全都一样。

就学理而言,他的构想很单纯。不过谈到实际进行,那可是千头万绪。用显微镜观看样本,就好比看航空照片,画面是教宗在圣彼得广场的复活节年度布道情景:视野里人潮汹涌,类别形形色色,似乎是永无止境。

当时阿帕德并没有告诉我,他花了好几个月看显微镜,瞠目而视心灰意冷。这要规模庞大的实验室、动员五十人左右才办得到,才能分辨、追踪在他的研究材料上聚集、消化尸块组织,留下一摊油腻黏浆废料的大批微生物。然后他突然想:要分析微生物本身或许是太难了,不过它们留下的黏腻浮油,那种副产品和柔软组织消化作用所产生的废料,或许包含了有用的证据。

阿帕德又开始观察他的样本,这次不是看微生物,而是它们栖身游动的恶臭浆汁。腐败尸体底下的液体原本就混合了许多化学成分,这许多种化合物之中,大半都是挥发性物质(很轻又很容易挥发的物质),这类脂肪酸是在脂肪和 DNA 的分解过程中产生的。阿帕德拿了过去几周和几个月期间所采集的样本来研究，他发现当尸体逐步分解，化合物比例也持续改变。换句话说，在死后时段为五天的尸体 A 底下采到的样本，和在死亡五十天之后所采集的样本，便有极大的差异。阿帕德振奋不已，他注意到，出现在尸体 A 的这种模式（这种比例），也会出现在尸体 B、尸体 C 等等身上，全都可以看到同样的这种化学量变形式。

那时阿帕德知道，他已经踏上正轨，瞧见一以贯之的科学现象，可以测定、掌控。这时他只需要分别追踪不同时段的比例，然后发展程序，构思该如何在刑案现场采样，测定样本中的挥发性脂肪酸比例，根据日均温校准数值，接着就拿求出的比率，来和已知的死后期间做比较。哦，还要发展出轻松好算的公式或方程式，运用他算出的刑案现场比率，对照他在人体农场两年研究期间，仔细测定的比例来求出死后时段。

这项概念很难解释清楚——见鬼了，我又不是化学家，实在搞不懂这种概念。不过，用简单比喻或许还比较容易了解。假定你知道张三每天早餐都吃炒蛋，有时候他还把水煮蛋剁碎，和罐装鲔鱼拌在一起当午餐。而且如果他真的很想多吃点蛋，张三还可能再多打两颗，就着一叠巧克力薄饼吃掉。好，如果你兴起念头，想要去翻张三的垃圾桶，你从里面的蛋壳对鲔鱼空罐，还有对巧克力薄饼袋的比例，就应该可以知道，你从张三的垃圾桶中取出的垃圾，是相当于多少天的量。

你大概在纳闷，这和那几根骨头又有什么关系？前面是在讨论疑似人骨，就埋在田纳西州克罗斯维尔的一栋房子底下。关系大了，但愿如此，所以我才提醒法医应变小组，一定要记得带回土壤样本。

那栋住宅的屋主叫泰瑞·拉姆斯博。屋子依旧，泰瑞却不在了，事实上，已经两年多没有人见过他的踪影，包括他的太太莉莉·梅伊。

其实，这时莉莉已经是他的前妻。她在一九八九年一月十六日报案，说泰瑞失踪了。莉莉说，有天泰瑞出门到他的汽车钣金修理厂上班，当天晚上没有回家。过了一个星期左右，他还是没有回家，最后她才打电话找警察。

莉莉报案说泰瑞失踪之后，过没多久就诉请离婚，理由是泰瑞把她遗弃了。离婚诉求在法定期限过后成立，随后莉莉又结婚了。她待在那栋房子里，以防泰瑞会突然现身，她的新任丈夫也搬进来，和她以及她的两个女儿同住。

泰瑞的父亲罗伯特并不完全相信莉莉的说词。他知道他们家里一直有激烈争吵，莉莉的两个女儿都十几岁了，泰瑞觉得她们应该到他的车厂帮忙，两个女孩子都不想去。不过，罗伯特不相信泰瑞会这样离家远行，连一句话也没有交代。后来莉莉又结了婚，这让罗伯特更加起疑。他不断想起那栋房子，最后他决定前往窥探一番。九月有天家里没人，罗伯特打开通往地板下矮维修层的木门。他一手握着手电筒，在地板托梁底下到处乱钻，希望能找到东西，不管是什么，只要能告诉他儿子为什么失踪了都好。

他在矮维修层偏僻角落找到了：土壤的一角露出一片红色布料。看来掩埋布料的土壤曾经被人动过，那里比较松软，而房子底下大半范围的黏土都很密实。他轻拉，扯出更多布料，接着他不用工具，徒手挖除泥土。红色布料渐渐露出熟悉的轮廓，那是长内裤的两条裤管，接下来他就看到像是骨头的东西，从腰带部位向外突伸。他立刻停手不再挖掘，进入屋内打电话到司法行政处。经过几通电话联络，几个小时之后，我的研究生小组就上路了。

这些年来，我们的法医应变小组所携带的工具大体上都相同：几把铲子、泥刀、耙子、纸质证物袋、塑料运尸袋、铁丝筛网，还有照相机。这次他们多带了一种工具，体积虽小却很重要：两个密封式塑料袋，用来采集土壤样本。一个袋子装遗体底下采来的样本，另一个装的是十英尺外，不受污染范围采到的土壤。

穆尔干员在法院大楼等候。莉莉也在那里，她事前同意了这次搜寻行动。车队开了一英里半，抵达那栋住宅，田纳西州调查局的轿车和莉莉的车子先行，后面跟着田纳西大学的白色卡车。格兰特天生仔细认真，顺手抄下莉莉的车牌号码：RNW016。另外还有几辆汽车已经停在屋前。有些是载市警局的几位警员和警长助理，此外还有两位平民模样的人，静静坐在一辆车内旁观：他们是泰瑞的父母。莉莉保持距离，不接近他们。

比尔、珊曼莎和布鲁斯很快就把工具拿齐，爬到屋子底下。穆尔干员早在矮维修层架了一盏作业灯，里面非常明亮。比尔只瞥了一眼，就确认露出的骨头是无名骨（髋骨），而且确定是人骨。比尔爬到门口钻出来，朝小群警官走去。罗伯特·拉姆斯博走出汽车，来到这群人当中。莉莉也慢慢走过来。

"那绝对是人骨。"比尔说明。泰瑞的父亲满脸悲凄。莉莉转身大步离开。

"瞎扯，"她咆哮，"这根本是混账瞎扯。"她坐进自己的车子，用力把门摔上，发动汽车。

比尔看着穆尔，尽量婉转地说："你就这样让她离开，真的

— 157 —

没有关系吗？"

穆尔的神情冷峻。"看她能跑到哪里去。"他的语气有十足把握。毕竟是执法人员，有本领斟酌嫌犯是不是逃得了。

比尔爬回屋子底下，法医小组也回头开始工作，其中以比尔最有经验，因此他是领队。他让珊曼莎挖掘双腿，布鲁斯负责挖左侧，而他本人则来到应该能找到颅骨的位置。

比尔用泥刀挖掘，短短几分钟后，就看到颅骨背侧，显示尸体是面朝下趴着。颅骨右侧有个小洞，边缘整齐，形成斜面，因此内侧略比外侧大些。洞口上方有道裂痕，越过颅骨一路延伸到左侧。"看来这是枪击射入伤口。"他告诉珊曼莎和布鲁斯。

比尔用泥刀把泥土轻轻拨开，露出颅骨而且不去动到它，这种挖掘技术称为"塑形法"。当他把左侧挖出，便看到额头部位还有其他裂痕，碎骨网纹向外延伸，却没有开孔。"嘿，伙伴，弹头可能还在颅腔里面。"他兴奋地说。比尔又花了几分钟，把整个颅骨挖出。颅骨和颈部脊椎相连的软骨部位早就分解，因此比尔向下伸手把它捧起来。他把颅骨转过来看脸部，这时他听到颅腔内部发出当啷轻响：那是点二二口径的子弹在颅内滚动的声音。脑部干燥、萎缩，里面已经空了。

他们完成遗体发掘工作，面对这种严酷真相，大家都一片肃穆。他们采集土壤样本，把所有东西装箱妥当，准备回诺克斯维尔。他们把遗骸、衣物和土壤样本摆进一个硬纸板样本箱，侧边为一平方英尺，长为三英尺。珊曼莎带着箱子，从矮维修层爬出来的时候，罗伯特举步向她走来。她一阵慌张，转向比尔。"我该怎么办？"她轻声询问，"他是不是想看遗骸？"

"这是证据，"比尔说，"他不能看。一句话都不要讲，连看都不要看他。"

珊曼莎看着地面，向卡车走去。罗伯特看到她低头俯视，愁眉不展，想来已经猜出箱子里面装的是什么了。

没错，就是他儿子。

真相浮现，案件相关人士全都料到了，人类学鉴识结果显示，骨骼遗骸属于一位白种男性，年龄为二十八到三十四岁，身高为五英尺五英寸到五英尺十英寸之间。牙科 X 光照片比对结果，也确认受害人就是泰瑞·拉姆斯博：三十三岁白种男性，中弹一枪毙命，生前身高为五英尺六英寸。

十月九日，我把我们的法医鉴定报告复印寄给田纳西州调查局、坎伯兰郡警长、克罗斯维尔警局，还有地方检察官办公室。就在那天，原来是拉姆斯博太太，改嫁成为戴维斯太太的莉莉被起诉，罪名是一级谋杀，她被扣押并不得交保。

她排在一九九二年七月受审。她在几个月期间都辩称无罪。接着，在预计展开审讯之前一周，莉莉同意交换条件，以二级谋杀承认有罪。调查单位告诉我，她在泰瑞躺在沙发上睡觉时把他射死，然后把他拖到房子底下掩埋。骇人的是，她还继续住在那栋房子里，还有她的两个女儿，就在泰瑞的腐败尸体正上方，又住了两年半。其中有段时间，连她的新丈夫，也住在被莉莉谋杀的前夫尸骸顶上。

莉莉被判三十年徒刑，然而才过了十年，她就可以依法申请假释。就在她的假释听证会上，她的前任公公罗伯特出庭作证，激昂发言反对让她出狱。假释审查会投票决定让她留在狱中。

由于莉莉承认有罪，死后时段问题就不必再讨论了，这是从法律上来讲，不过就科学上而言，这还是很重要。泰瑞的尸体,在房子底下大半都化为骨骼,只有胸、腹部位底下残留大量尸蜡(尸蜡是脂肪在潮湿环境中分解之后所形成的肥皂质油腻物质)。我从骨骼化程度和尸蜡形成现象,看出泰瑞趴在矮维修层已经相当久,或许从他被谋杀那天起就在那里了。阿帕德的土壤分析能不能证实这点,或者能不能算准死后时段,而且还多少可以提高精确度?唉,这次和其他新科技常见现象都没有两样,我们在本案处理过程中,学到的技术相关知识还比较多,至于技术在这宗案件的应用方面,我们的收获就比较少了。

这次替阿帕德采集来做测试的各种挥发性脂肪酸,含量全部低于可感测下限,而且这些界限还都极低:百万分之二十二。讲通俗一点,遗体趴在那里已经相当久,吃肉的虫子早就离开,去找更青翠的草料,而且就连它们的废料产品,也都挥发飘散。从在矮维修层测得的气温来看,遗体或许在七个月左右就已经达到现况,而实际上,从他失踪那天起算,所经历的时段有将近三倍长。那时我们便了解,如果遗体的分解作用仍在进行,就比较适合运用那项技术。

阿帕德在拉姆斯博案之后,继续改良他的土壤分析技术,来估计死后时段。他还发展出其他的做法,驾驭划时代化学知识来缉捕凶手。他最近发明了一套相仿技术,可以分析谋杀被害人的微量组织样本,不管是取自肝、肾、脑或其他器官都可以,只要死亡时段不超过几个星期,就可以用这种组织切片检查技术,精确断定死后时段,误差不超过几天,甚至几个小时。目前阿帕德还在钻研,要分离、鉴别出具有独特死亡臭味的分子种类,尸体搜索犬就是嗅闻这种分子来找寻死者。这个研究阶段的最终目的,是要发展出携带式系统,供警方和人权调查人员使用,探出秘密埋尸处所。

　　至于阿帕德最初的突破进展，分析土壤来断定死后时段,至今也有几十宗案件用上,而且能够求出精确数值,发挥了重要的功能。其中第一宗案件,是在不久之后就开始侦办,从莉莉招认射杀泰瑞,并把他掩埋在屋子底下起算,才只过了三个月。死后时段(还有阿帕德)在"野兽男"谋杀案中都扮演重要角色。

第十二章
辣手摧花野兽男

每年十月，东田纳西丘陵区满山花团锦簇，六周期间放眼惊艳。血红四照木绽放绯红，枫叶掩映灿烂红橙，郁金香鲜黄亮眼，栎树则是多彩多姿红褐间杂。

诺克斯维尔闹市区以东九英里，才刚通过四十号州际高速公路的　道桥梁，跨越霍尔斯顿河碧绿水流，就见路旁沿线硬木树林浓密耸立，展现缤纷秋季景致。树林绵延到一条死巷终点，那条小路很短，称为卡哈巴道，傍着州际公路东向车道延伸半英里。道旁正面有几栋房子和拖车屋，还有一间教堂，就位于草坡高处，称为东日景浸信会教堂。背向州际公路，朝南是条雨天才有水的小溪，溪流蜿蜒穿越树林。

卡哈巴道的终点处，竖立了一幅高耸的广告牌，上书"安逸客栈，免费早餐，贵客洗衣间"，由五根生锈的 I 形钢梁架起。其中两根梁柱之间有条小径，通往一处缓坡，沿山脊向上延伸，沿途有空啤酒罐、点心包装纸、装蛋纸盒和四散的鞋子，还有其他家用物品和汽车残骸。森林中还有栗果散落一地，养活大群松鼠。

一九九二年十月二十日，有人走上小径，漫步进入林间打猎,想做点松鼠族群管理工作。他沿着小径一路上坡,看到一床老旧床垫,还有一间烂狗屋,里面塞了一具百货公司的时装模特儿。他踢掉一些垃圾,却发现那具"时装模特儿"竟然是位年轻女士:头发染成金色,死透的半裸年轻女士。她的双手被橙色打包绳绑住。那位猎人赶紧去找电话,向警方报案。几分钟之后,死路终点开始涌入车辆,有的是诺克斯郡司法行政处派来的,还有的是来自诺克斯维尔市警局。前往卡哈巴道会合的市警局人员当中, 有一位认出死者是派翠西亚·安德森,三十二岁的白人女性,失踪将近一星期,那位警官在这段时间一直想找到她。

安德森是警局熟客。她是个娼妓,常吸可卡因,还有一次违法记录。她长得很漂亮,衣着俗艳。还有,她才刚怀孕不久,同行、恩客几乎没有人知道。她向保释官说过,她正在努力存钱,存够了就要堕胎。她大概就是因为想赚钱,才不幸踏上这条死亡之路。

诺克斯郡法医师很快就确认了现场那位警官所揣摩的案情。根据安德森脸部的累累伤痕,从颈部瘀青、双眼凸出、脸呈紫色分析,曾有人把她绑起来,动手殴打并把她勒死。其实,当时想必有好几百人在一箭之遥经过,真是造化弄人,就算她呼喊求救,恐怕叫声也会被车流的隆隆声响掩过。

有人在十月十三日最后一次见到安德森,隔天她的男朋友还看到自己借给安德森开的车——那是辆雪弗兰马利布车——就停在一家旅馆旁边,诺克斯维尔的娼妓常在那里接客。熟悉该市污秽底层的警官,一见到她的尸体满身伤痕,立刻就想起一名谋杀嫌犯。他喜欢欺负流莺,而且之前至少有两次就是在卡哈巴道干的。"野兽男"缉捕行动展开。

安德森遇害之前八个月，就在二月二十七日当天，诺克斯维尔市的一位娼妓向警方报案，说是某李四要照顾她生意，开车载她出城到卡哈巴道。她说，到了那里，那人就带她进入树林，开始抢劫、强暴，还动手打她。最后，天气那么冷，还把她丢在林子里面，用绳子绑着，一丝不挂。她设法脱身，找到附近一家美容院，打电话向警方报案。

后来，诺克斯维尔市警局有位汤姆·普雷斯莱侦查员，开车带那位女士回到卡哈巴道，指出现场让他检视。有辆老旧的别克中型房车列萨伯停在巷尾。"就是那辆！就是他的车！"那位女士大嚷。

普雷斯莱停车向树林走去，那位女士也跟在身旁。走上小径大概过了一百码，那位女士开始发抖。她用力抓住普雷斯莱的手臂，伸手指点悄声讲话："你看，他就在那里！"那种景象实在骇人：一名男子站在林间，裤子褪到膝部，前面跪着一位呜咽哭泣的女士。警官拔枪悄悄接近。

普雷斯莱喝令林间那名男子趴下，然后用手铐把他铐住，带回到巡逻车，用无线电请求支持。多名警官听到呼叫前往现场，其中一位开车载两位女士回到城内，普雷斯莱带回那名男子并登记备案。

裤子半脱被逮的那名男子叫作托马斯·赫斯基，三十二岁，和双亲一同住在拖车屋里，住处位于一座名叫皮吉恩佛杰的小镇，位于诺克斯维尔以东二十五英里外。赫斯基被起诉，罪名包括强暴和抢劫（在那辆列萨伯车地板上找到一个皮夹，就是引导普雷斯莱出城到卡哈巴道的那位女士的）。然而，大陪审团却驳回第一位女士的诉词，而第二位女士出城远去，再也没有出庭作证告他。短短几个月后，赫斯基就被释放了。

赫斯基获释之后,过了几个星期再次被捕,这次他是挑上卧底女警想要嫖妓。他被传唤并判处罚款,然后又被释放。不过他并不自由,一身淫欲、暴虐,不由自主,而且他还继续对娼妓发泄。街头流莺很快都知道这名恶汉,还给他起了个显赫的绰号,叫作"野兽男"。他在诺克斯维尔动物园工作过两年,负责照顾大象,后来因为他虐待动物,在一九九〇年被开除。不过,他有那个绰号并不只是由于他曾经在动物园工作。赫斯基在动物园工作期间,还有在离职之后,都喜欢带娼妓到动物园旁边的一处空畜栏。谣传他喜欢绑住女人凌虐施暴。到了一九九二年夏天,消息已经在诺克斯维尔的娼妓圈流传:别惹上野兽男。

然而,这则讯息并没有传遍所有人。九月的周日下午,赫斯基又挑上一位娼妓,答应给她七十五块钱,带她出城到卡哈巴道,这差不多是她一般收费的两倍。然而,当他们进入树林,后来她告诉警方,赫斯基就把她双手绑在背后,然后打她、强暴她。这次他也像二月那次一样,把他的残害对象丢在地上,不帮她松绑。

短短几个星期之后,就在安德森的尸体被发现的那天晚上,警方前往皮吉恩佛杰,来到赫斯基巷,进入拖车屋,在赫斯基和他双亲的住处将他逮捕归案。他们在拖车屋里搜索,并在赫斯基的卧房中找到一截橙色打包绳,正是他们找到用来捆绑安德森双腕的那种。他们还找到一只耳环,后来经过鉴定是安德森的。耳环上缠了一根金发,由于没有毛囊(发根),所含DNA不够用来和受害人做比对。不过,联邦调查局刑事实验室做了化学分析,结果显示,在赫斯基卧房中找到的那根毛发染过色,染料就是安德森用来染发的那种。

下一步搜证行动,就是到另外两处地方搜索,已知赫斯基曾经带女人去那里做爱:诺克斯维尔动物园旁边的畜栏,和卡哈巴道后方的树林。过去几个月期间,当地有六到八位娼妓失踪,既然看来有了确凿证据,指出赫斯基杀了其中一位,那么说不定他也杀了其他人。

当然,就算是有娼妓失去踪影,也不见得就是被杀了。我处理过几宗和娼妓有关的案件,我知道这群女子,有许多都是四处游荡、居无定所。首先,她们通常都要在被警察盯上之前,设法先一步脱身。再者,生面孔的站街女郎,可以要求较高价钱。因此,若有娼妓不再露面,说不定只是前往更好赚钱的地方罢了。就另一方面而言,或许其中有些是死了,在林间或老畜栏中腐朽分解。不幸的是,那间畜栏已经在夏天被烈焰吞噬,那个地方也已经被推土机清理干净。那是意外或纵火?不管那里原本有什么证据,包括烧毁的骨头,也都早就消失了。因此只剩下卡哈巴道。

安德森的尸体被发现之后六天,我接到诺克斯郡司法行政处的电话。那位官员说,他们在卡哈巴道那里,又发现了两具女性的尸体,因此问我是不是可以去看看。我召集应变小组,包括比尔·格兰特(后来他在美国陆军担任法医人类学家),还有李·梅朵斯和默里·马克斯(如今两人都是田纳西大学教授,除了教学之外,也处理法医案件,还负责管理人体农场)。我们挤进一辆田纳西大学的白色小货卡,向东开去。诺克斯维尔有连环杀手逍遥法外,而且他残杀的对象,都是市内极为弱势的女性民众。这群女性为了谋生,必须把她们的肉体、她们的生命,交在陌生人的手中。

我上次处理的连环谋杀案,到那时已经隔了若干年了,不过我还清楚记得,那宗案件有多么令人不安。早在一九八〇年代中期,美国东南部发生谋杀案,有八名女性遇害,尸体弃置于主要高速公路旁,其中三具是在田纳西州找到的。许多受害人都是红发,后来这宗案件便称为红头谋杀案。多数受害女士都是娼妓,于是我才知道,当收入开始减少,她们通常就会从原居都市迁往他市。

红头谋杀案始终没有侦破。我希望这宗案件的结局会比较好。这类案件没有所谓的快乐结局,不过,如果我们运气够好,而且所有人都尽忠职守,至少刑事案件会减少,受到制裁的罪犯则会增加。

我来到卡哈巴道终点,把小货卡停好下车,这时我的眼光碰巧看向地面。看啊,就贴在我的左方后轮胎顶,有个用过的黏腻保险套。调查人员带我们进入树林。第一具尸体就在广告牌右侧五十码左右,几乎是从铺面道路就看得到。这位女士和安德森同样是半裸,不过她的裤子已经被拉下,露出屁股和外阴部。那是位黑人女性,分解状态还在第一阶段:几乎没有变色,没有膨胀,昆虫活动极不明显。部分原因是尸体很新鲜,不过也是由于天气很冷。丽蝇在气温低于华氏五十度时并不飞翔。

"这具尸体太新鲜了,不该由我来做,"我说,"她应该由法医师来负责。"我反对由我来检视。讲了这句话之后,我就很小心不去碰她。不过,光凭她的颈部有青肿、脸孔扭曲,我就相当肯定她是被勒死的。

一位副警长问我,她死了有多久。我就这样看一眼,也没有细加斟酌这阵子突然转寒的天气,我说,"不久——大概就几天吧。"这随口一句,副警长记下了,报纸也引述报道,结果在往后数月、数年时间，这句话却多次回过头来折磨我。

他们带我去看第二具遗体。这具躺在树林更深处，比第一具远得多，从广告牌起算大概有半英里距离，越过丘顶到另一侧，还往下走了若干路程。这具遗体和前一具不同，这具是全裸尸，距之约十英尺处有一件缎面光滑的内衣和一条女用连衣衬裤，都皱成一团抛在叶堆中。这也是位黑人女性，从头发和露出的牙齿可以清楚判定种族。这具尸体严重分解，皮肤已经变色，腹部肿胀，左腿骨头露出，两脚都不见了。双臂和双腿向外大张，这具尸体的胯部抵住一棵小树。树干紧挨谋杀受害人的腐烂全裸遗体，由外阴部直接向上伸展，让这宗刑案更显得惊悚，也更为邪恶。

我研究遗体躺卧的地点，发现这并不是死亡现场。换句话说，她并不是在这里遇害的。我环顾四周，看到斜坡上方几英尺远处，有一摊深色油腻污迹——遗体之前曾在那里，那是挥发性脂肪酸溶滤流出的痕迹。那里还有些发簇。显然，她的遗体原本是在那里，后来有人，或有东西出现搬动了她的尸体。

两位受害人的脚都不见了，从胫骨和腓骨远程被咬掉，左股部也被咬得很严重。我可以想象事情经过的细节：发生谋杀之后，过了一个星期左右，她在那时已经发出气味，在你我闻起来都是恶臭。不过，对犬类来讲，她才刚开始发出非常有意思的气味。

我观察犬类，发现它们并不喜欢在空地吃东西。它们害怕后方遭受突袭。它们最喜欢的进食位置是后有靠山，背部紧抵圆木或大石头，这样就绝对不会受到偷袭。好，假定你是只五十或七十磅重的狗，想把一百二十磅重的遗体拖到安全地点去吃，那么你就不会向上坡拖。你会咬住一脚向下坡拖，这样重力就会帮一点儿忙。不过，就本例而言，遗体并没有移动多远，就两腿摊开，分别滑到树干两边。一旦尸体卡在那里，那条狗就进退两难。它没办法把整具遗体拖走，退而求其次，只得啃咬大腿，还把双脚衔走。

遗体面朝上仰躺，不过脸孔已经不见了。颈部柔软组织也已经不见，露出颈椎骨，不过双肩和双臂大体上都还完整。

脸部状态并不在我意料之外，那个部位通常是最先不见的。丽蝇在潮湿的黑暗地点产卵，因此口、鼻、双眼和双耳都是最显眼的地点。如果丽蝇够得到生殖器和肛门，这两个部位也将是如此。除了身体的天然开孔之外，丽蝇最喜欢产卵的地点，大概就只有血污伤口了。

不过，尽管脸部遗失并不出人意表，颈部遗失却令人意外，特别是双肩和双臂的状态又是那么完整。这是所谓的"差别分解"的典型例子，只要我看到这种现象，那就是一面红旗警示，一条线索。颈部的差别分解显示，那个部位受过外伤。或许她的喉部被割开，这样一来，大群丽蝇就会在伤口上聚集；她也可能是被勒死，那里的皮肤被杀手的指甲划破流血。不论如何，反正就是有东西弄伤颈部，结果那里就像头部的潮湿开口，同样吸引丽蝇和蛆来此聚集。

我一边研究遗体，诺克斯维尔市警局派到现场的刑事实验室专家，阿瑟·波哈南对我说："比尔，递给我一只手。"我和他已经同事多年，不会误解他的意思。他是要我从受害人身上取下一只手递给他。

阿瑟是诺克斯维尔市警局的顶尖指纹专家。事实上，他的名声愈来愈响亮，这家伙已经名列全美一流的指纹专家，就连联邦调查局偶尔都要来请教他。他不只是做技术工作，单纯在

阿瑟·波哈南拿着塑料袋，等我切下被害人的右手摆入袋中。后来阿瑟从这只手上采得指纹，还设法取得公寓租约书采指纹做比对，确认受害者就是达莲娜·史密斯。

刑案现场刷粉采集指纹；他也做研究，探索新方法，处理从来没有人见过的指纹的表面，比如布料，甚至于谋杀受害人的皮肤，让潜伏指纹露出形迹。这么些年来，阿瑟处理过好几宗儿童绑票案和谋杀案，他见过儿童留在绑票犯车内的指纹，很快就会消失（淡化不见），远快过成人的指纹。为什么？阿瑟决意要找出原因。最后他发现，成人指纹所含的数种油脂，在青春期之前的儿童指纹当中找不到，因此成人的指纹存留较久。

阿瑟随口要求"给我一只手"，旁观平民听了会觉得很恐怖。就法医科学家而言，这只是例行公事。谋杀案常见调查人员切除指头，甚至把整只手掌都切下，带回他们的实验室，或递

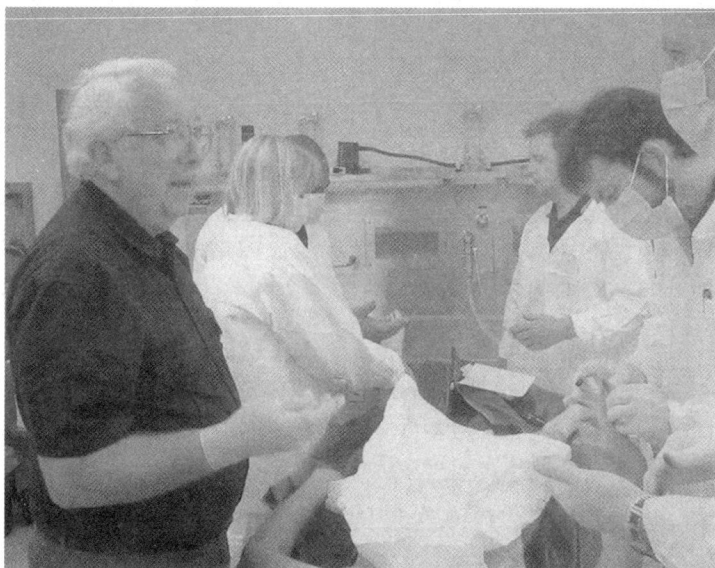

亚瑟·波哈南是美国顶尖指纹专家。图示他在诺克斯维尔的国家法医研究院，对受训学员讲解该如何从尸体采得指纹。

交给联邦调查局。不管是哪种状况，只要受害人身份不明，运用一切可行技术，设法找出指纹或名字都很重要。就这种连环谋杀案而言，其中的利害关系更是重大无比：至少已经有三名女性遇害，如果这名杀手的行为模式和多数连环杀手的做法相符，那么还不断会有其他妇女遇害，直到他被捕为止。没有时间斤斤计较言辞是否得体。

我检视双手。皮肤湿肿坏死就快要脱落，不过我知道，阿瑟还是有本领取得指纹：有位谋杀被害人的手指皮肤坏死脱落，他把自己的手指伸入受害人皮肤，好让它恢复原有轮廓并取得指纹，他也因此出名。照我看来，现在最重要的问题是，那双手有没有线索可寻，能不能看出那位女士是如何死的，还有死后

— 171 —

时段有多长。我仔细检视，看不出有自卫伤痕，因此她并没有和持刀杀手打斗，没有捆绑痕迹，没有任何外伤。

我从工具袋中取出一把刀，切下一只手，接着是另一只手，这样他成功比对指纹的机会就能加倍。我把那双手装进塑料袋封好，递给阿瑟，让他开始变魔术。他向外走去，来到坡下道路附近的新鲜尸体旁边，顺便停步采取指纹，接着他把指纹装进另一个小袋子里封好。

我工作所用的袋子要大得多。我们拿出一个黑色的"灾难袋"（运尸袋的婉转称法），在遗体旁边地面拉开拉链，从长开口把她轻轻推进去。接着我们六人分头抓住袋子角落和侧边，把她抬出树林摆上卡车。

当我们还在装载，一位警员的无线电噼啪响起。阿瑟已经辨明一位受害人的身份。不是他取走双手的那位，那位要花更多时间处理，而是还新鲜的那位。她叫派翠西亚·约翰逊，三十一岁，查塔努加市人，过去几个星期都住在诺克斯维尔一处流民收容所。她从来没有因为卖淫被捕，不过有人见过她在诺克斯维尔常见流莺的地区出没。阿瑟转达两项有趣的信息：她患有癫痫病，还有她的颈部留有几枚潜伏指纹——他是用强力胶蒸熏遗体全身，接着刷上紫外光映射粉才取得的。很不幸，那几枚指纹的细部痕迹不足，查不出勒住她脖子那个人的身份。

这下就轮到我表现了，看我能从三号受害人身上找到什么线索。

我们在天快黑之前回到人体农场。我开着小货卡，倒车进入栅门；我们把袋子拉出来，摆在地面，接着拉开拉链，把遗体搬出来，开始清除组织。

我们把遗体推入袋子的时候,几乎看不到几只蛆,差不多还不到一把。这时却有大群蛆蜂拥出现,多得数都数不清。一位学生发问,这些蛆是哪里来的,是不是在回到校区这趟四十五分钟路程上,有一大批蝇卵孵化了?不是,这完全和一天中的不同时段有关,所以才出现这种怪现象。蛆不喜欢阳光,因此,如果遗体是在户外,那么它们在白天时,就会钻进皮肤底下。当我们把残骸装进不透光的黑色袋子封好,蛆还以为天黑了,因此它们都钻出来,在表面进食。

有关蛆还有一项很有趣,却又触目惊心的要点:虽然丽蝇碰到寒冷天气就会停飞,它们的幼虫子嗣蛆却不必担心气温。尽管我们认为昆虫是"冷血动物",蛆消化人体组织的时候,尸肉经过化学分解却会生热,而且热量高得惊人。冷天早上在人体农场,经常可见群聚取暖的蠕动蛆团,上方有蒸汽升腾。根据我的同事默里·马克斯的观察所得,住在人体农场户外的居民,并不像你们所想的那么凄冷孤单。

我们在三号受害人的一臂和一腿上,挂上金属标签来辨识。这是我们在一九九二年的第二十七宗法医案,因此她的案件编号是92-27。我们观察几处骨头构造,来估计她的年龄:她的颅骨缝合、她的锁骨和骨盆。骨盆的骨头很密、很平滑,显然并没有粒状起伏,换句话说,这些骨头是属于成人女性,不过还很年轻,大概是介于二十到三十岁之间。就另一方面而言,她的锁骨还没有完全成熟。锁骨内侧端(近胸骨那端)是体内的所有骨头之中,最晚和骨干完整愈合的部分。由于这个部位(称为骨)还没有完全骨化,可见她还不到二十五岁。而且我们运气不错,得到的年龄比这个还更为精确。我在堪萨斯大学教过的一位学生,做了研究得到数据,显示那位受害人大概是介于十八到二十三岁之间。最后,颅底缝合(后脑勺枕骨和颅底部位蝶骨的接合处)只有部分愈合,这也显示她还不到二十五岁。综合所有指标,我很肯定她是介于二十到二十五岁之间。

接着要测定她的身长,我们测量左股骨长度(四十四点四厘米),把数值代入一项公式,这项公式早在一九五〇年代就发展完成,不过在最近,田纳西大学的同事理查德·詹兹博士还做过些许修正。理查德是世界顶尖的骨骼测量权威,他搜集骨骼测量值,汇整为庞大的数据库。他还发展出功能强大的计算机软件包,运用简单几项骨骼测量值,就可以精确鉴定不知名尸体的性别、种族和身长。我们根据受害人的四十四点四厘米股骨长度,算出她的身高约为五英尺三英寸。

这时我们已经知道性别、种族、年龄和身长,接下来就要搜证分析死因。我们一再查核所有的部位。从我们手中的骨头,完全看不出外伤痕迹;没有骨折、没有切割伤痕,也没有其他任何外伤迹象。不过,我们的骨头并不完备。她的双脚都不见了,不过从脚上,大概也看不出她是怎样死的。然而,还有一块骨头也失踪了,这很可能就是她遗体中最重要的一块骨头。这块骨头的生长部位有差别分解现象,那等于是面红旗警示,因此我一见到遗体,立刻就提高警觉。我们还少了长在颈部的舌骨,只要有这块骨头,我们就很有把握,能够看出一个人是不是被勒死的。

舌骨很薄,呈马蹄形,位于下颌骨底下,悬在喉头之上。只要你略为仰头,手指扣住气管,前后俯仰,你大概就可以摸出自己的舌骨在移动。由于舌骨暴露没有遮蔽,构造又很脆弱,你应该可以了解,为什么被勒住时舌骨经常会破裂。

既然还有两位最近遇害的人都是被勒死的,看来我们绝对有必要找到遗失的舌骨。我们仔细检查运尸袋，以防舌骨是掉在袋底，却没有找到。我召集四位研究生。"我要各位出勤，回去卡哈巴道找到舌骨。"我吩咐他们。他们一脸沮丧，毫无自信，不过我还不打算放弃。我一再体验奇妙经历，就算是经过了几个月，甚至几年，回到死亡现场能够找到的骨骼证据，仍然多得很，包括骨头、弹头、牙齿，甚至还有脚趾甲。"从我们找到她的地方开始，"我指导学生，"接着向上坡寻找，直到发现发簪的地点为止。应该就是在那里。"我这最后一句还有其他的含意。

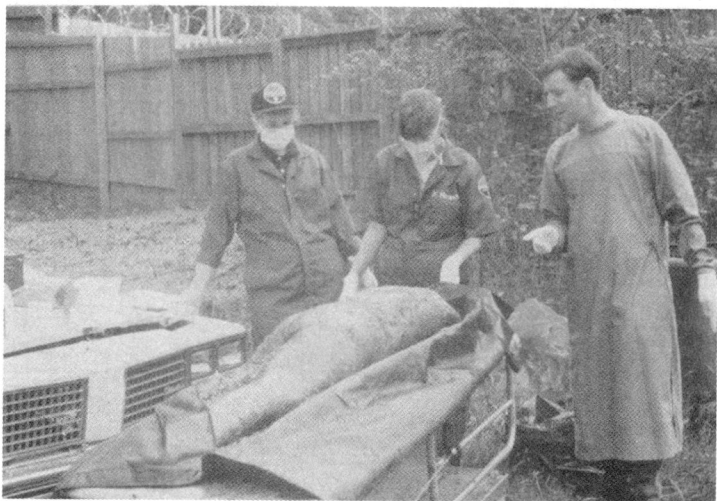

达莲娜·史密斯的遗体运抵人体农场，由图中三人做清洁、鉴识（左起：埃米莉·克雷格、李·梅朵斯和比尔·格兰特）。运尸袋里的蛆成千上万，却没有舌骨，这是关键证据，可以判断她是不是被勒死的。我派小组回到现场寻找。他们的装备摆在汽车引擎盖上，那辆车是我们用来做车内分解研究的工具。

几个小时之后,他们兴高采烈地带着舌骨回来了。当然,那块骨头就是在最初的死亡现场,掉落在上坡处(或是被腐食型动物扯出来的),被落叶盖住。

舌骨裂成三块,不过也不见得就表示骨头是破掉的:有些人的舌骨,永远不会完全骨化为单一弧形骨块。这时,侧边两块(称为"大角")便是由软骨和正中弧形骨(称为"骨体")相连,那位女士就有这种现象。两块大角有可能是破裂脱离,不过也或许只是接合处的软骨分解所致。要了解究竟是哪种情况,我必须仔细检视——要非常、非常仔细地看。

我把骨块拿到工程学院的扫描式电子显微镜实验室。我看着二十倍放大影像,认为骨头本身有受损痕迹:原先有软骨附着的表面,出现线状骨折和撕裂型骨折痕迹。我放大倍率更仔细观察。当然,放大到一百、两百倍,更明白看出那是伤痕:有许多线状骨折显微痕迹,末端集中在撕裂型骨折处的狭小范围。

影像没有什么可看的,却是关键证据:从这块骨头可以明显看出,软骨已经被撕裂,而且力量很强,好比健壮的双手,还残酷无情紧勒到她不再挣扎、停止呼吸,等到她丧失性命这才放手。那一刻大概发生在十到二十天之前。我有两组观察结果,一是遗体分解已经进入后期阶段,还有过去几周的日夜气温型态,据此我斟酌估出死后时段。

我向以前的学生,化学奇才阿帕德·伐斯求助,来缩小死后时段的误差范围。当时阿帕德在橡树岭国家实验室担任研究科学家。我把两件土壤样本寄给阿帕德:一件采自受害人遗体底下,那里有挥发性脂肪酸流出被地面吸收;另一件是不受污染的控制样本,采自距离死亡现场约十五英尺的上坡处。拉姆斯博案那位男子被妻子射死，埋在房子底下的矮维修层，由于死后间隔极长，那次阿帕德是束手无策。不过，这次的情况就很理想，可以用上他的技术。阿帕德首先分析了腐败产物的相对含量，接着他把气温型态纳入考虑。这次那项技术表现得很精彩：阿帕德的计算结果，显示死后时段为十四到十七天之间。我之前根据分解状态，已经估出那起谋杀事件是发生在十月六日到十六日之间。阿帕德把这段间隔缩短到十月十二日到十五日之间，正好就是安德森失踪的那几天。

司法行政处调查人员希望再做确认，他们请了一位名叫尼尔·哈斯克尔的法医昆虫学家，再针对两具遗体，分别估计死后时段。几年前，哈斯克尔曾在人体农场，做过一项很有意思的研究。当时尼尔要发展一套法医技术来重建死亡现场。实际上，他杀了一只猪，用新鲜猪尸来代替谋杀被害；就是好莱坞制片圈所说的"替身"，不过尼尔是用不同种动物。尼尔把猪尸摆着，顺其自然，等待尸体上的昆虫，和人类受害者的状况相符。他希望这样一来，就可以精确指出死后时段，误差不超过一两天。不过，要知道猪尸能不能作为人类的替身，他就有必要脚踏实地，深入比较这两种动物体内的昆虫活动。当然，唯一能够让他做比较的地方，就是田纳西大学人类学研究场。我很高兴让他在这里做那项研究，如果那项技术生效（研究结果证明有效），至少在死后前几周相符，那就可以在刑案现场实际应用，而且几乎是什么地方都可以使用。

当尼尔接到电话，要他帮忙处理卡哈巴道谋杀案，他马上着手从几具遗体上采集活蛆样本，这样他就可以测定时间，看蛆要多久才会成熟变为成蝇。这是昆虫学家测定产卵时间的做法，就好比是从婴儿诞生时刻回溯受孕的时间。

尼尔还在卡哈巴道的树林里,摆了好几只猪尸。副警长接到通知,负责派人守护实验,而且还要经常记录气温读数。根据从遗体采集的蛆成熟所需时间来分析,再参酌他观察猪尸所得结果,尼尔算出丽蝇最早在这位女士遗体上产卵的日期,是介于十月九日到十三日之间。所以,三位科学家采用三种不同技术,所得结果完全相符,算出她的遇害时间极为一致。

我的最后一项挑战是要找出她是谁。所幸,我可以直接从她自己的口中发现真相。研究她的牙齿,却产生悬殊的相左结果。就一方面而言,她口中的牙齿,有许多都受过精心照料:十四颗牙齿有汞脐补缀物。就另一方面而言,有颗牙齿(下颌左侧第一臼齿)却几乎是完全损坏。那颗牙齿的齿冠大半蛀空,还扩散到牙髓腔,结果颌骨本身也开始损坏。

我见过这种悬殊差别,特别是在女性身上。这说明受害人的命运出现大幅转折,几乎毫无例外。女孩长大离家,在社会上谋生遇到困难,年长后遇到裁员、离婚或守寡。不管起因为何,她的家道中落,设法缩减开销,一切从简,不久之后,牙科照顾就变为奢侈品,她再也负担不起。

不过,就算 92-27 后来陷入困境、一败涂地,不过在她的生活还没有出错之时,她照了 X 光照片,上面还有她的姓名,只是不知道在哪里。我相信我们找得到,不过或许要等一段时间。所幸我们不必烦恼这点。

当我的同事和我还在仔细研究牙齿和骨头、化学成分和昆虫,诺克斯维尔警局的指纹高手阿瑟·波哈南也着手检验我在现场切下、递给他的那双手。警方拿阿瑟从那双手采得的指纹,比对档案记录,找不到符合的指纹。因此,如果她曾经被捕,也是在诺克斯维尔之外的地方。警方核对娼妓记录,也找不到符合她描述(轮廓简述)的数据。不过她的笼统描述——
黑人女性、年龄介于二十到二十五岁,身高五英尺三英寸,却
和一名失踪人口相符。最近有位当地妇女报案,说是她的姊妹
失踪。那位失踪女士,最后出现日期是在十月十四日,她叫达
莲娜·史密斯。达莲娜是黑人,二十二岁,身高五英尺四英寸,
和骨骼分析的描述结果极为吻合。

　　阿瑟从她姊妹的报案资料,查出达莲娜的地址,她住在诺
克斯维尔东区的出租公寓,和流莺经常出没的地区相隔不远。
街坊不是很宁静,不过那里的租金相当便宜。那位姊妹带阿
瑟进入达莲娜的公寓,翻出她的租约。阿瑟在文件上喷洒水
合三酮,那种化学药品和人类指纹油脂所含的氨基酸会产生
剧烈反应。片刻之后,在他的眼前,就出现了一团鲜紫色污斑
和指纹。

　　阿瑟判定,那几枚指纹分属于两双手。一双是男人的手,
属于达莲娜的房东,当晚阿瑟采得他的指纹,所以他知道。达
莲娜的租约上还有另一组指纹,和我从卡哈巴道的腐败尸体
切下的双手吻合。

　　十月二十七日早上,电话铃又响了。警方刚刚在树林中发
现了第四名受害人。我逮到比尔·格兰特和李·梅朵斯,两人都
在前一天和我一同到过那里,还找到埃米莉·克雷格,也就是
教导我白色人种和黑色人种的膝盖之别的那位博士班学生。
我们一起又沿着当时已经很熟悉的路线前往现场。

　　第四具尸体位于广告牌右侧四分之一英里左右,位于从
树林流出的小溪岸边。溪流河床宽阔平坦,大半月份都干涸,
不过当时溪中有涓流,水深若干英寸。

　　尸体大半化为骨骼,只除了双腿、双臀、左臂和左手还有

些部位残留组织。头颅枯骨仰面朝上，摆在栎树叶堆之中，空洞目光紧盯着我们，发出谴责控诉。脊椎骨完全无肉，上面只有叶片、枯枝覆盖。右臂和右手都不见了，大概是被狗叼走了。不过，左手则摆在溪床上，没入水中，上覆泥巴。我用泥刀小心在周围挖掘，却很惊讶，喜见手部有些柔软组织依旧完整。

我们把遗骸装袋运回田纳西大学医学中心。我们的第一站是停在医院的卸货区，在那里用携带式 X 光机寻找弹头、刀刃或其他异物，看能不能看出端倪。不过这位 92-28 号受害人的骨骼里面，并没有任何金属反应，只除了一些牙科补缀物。下一站是人体农场，抵达之后，我们就把尸体摆在地面，打开运尸袋，开始清洁遗骸。

阿瑟也从卡哈巴道跟着我们回来。我知道他要找什么，不过这次并没有什么东西可以供他研究。不只是当时只有一只手，而且就连那只手也所剩无几。大拇指整个儿都不见了，食指和中指也都只剩一半。只有无名指、小指和手上还有些残肉。不过，如果真的有人能克服万难，从手部腐朽残肢采得指纹、验明正身，那肯定就是阿瑟了。

由于残骸几乎完全化为骨骼，我花在清洁骨骼、准备做法医鉴定的时间要短得多。我在野外现场的时候，就看得出那是位女性。骨盆是女性的，符合教科书的叙述：臀部较宽、荐髂关节处凸起、坐骨切迹很宽，耻骨下角度较大，所有这些几何构造，都是要在生产时，让婴儿的头部通过骨盆。颅部也具有典型的女性特征。双眼窝上缘细薄，额部削尖，尖端位于中线，颅顶平滑，并无厚重肌肉的附着痕迹。

种族也很容易确认。我们在颅骨旁边地面找到脱落的发簇：浅褐色、略为卷曲。从那簇头发再考虑口部构造，牙齿垂直生长相当平正，没有朝前突伸，她显然是名白人。

我们观察几种骨头构造来估计年龄：包括她的上颌、锁骨，和她的骨盆。骨盆的骨头和92-27、92-28的都相似，致密平滑，也显然没有粒状起伏。换句话说，从这些骨头来看，她已经成年，不过还很年轻，大约超过二十五，不过还不到三十五岁。她的锁骨也已完全成熟：锁骨内侧末端（近胸骨那端）和骨干都已经完全愈合，这表示她至少二十五岁了。最后是她的颅骨缝合，包括硬腭里的那几道（称为颌间缝合）都还没有完全愈合。颌间缝合一般都要到接近四十岁才会愈合，所以她大概不会超过三十五岁。因此，我相当肯定，她的年龄是介于二十五到三十五岁之间，不过很难再估得更精确。

你大概会想，既然那具骨骼只缺一臂，那么我们应该能够确定她的身高，只要把遗骸摆在实验台上，拉开一把卷尺，从头量到脚底就可以了。可惜事情并没有那么单纯。在人死后，软骨就会萎缩、腐败，有时候会缩短至好几英寸。此外，她的颅骨也已经分离。由于这两种影响因素，卷尺量法根本就完全不可行，那会错得离谱。

因此我们改为采用股骨来推估。倘若我们除了股骨，其他什么都没有找到，那时我们也是会这样做：测量长度并外推身长。这根股骨比上次那根长，达四十七点八厘米。因此92-28的身高，大概是介于五英尺六英寸半和五英尺九英寸半之间。

接下来，我寻找外伤征兆，看能不能查出她的死因。可惜，尽管我们花了好几个小时，在叶片、土壤中翻找，却始终找不到她的舌骨，因此我没办法判定她是不是被勒死的。

不过，从另一块骨头却看出惊人遭遇。左肩胛骨的下端有大片骨折痕迹。要知道，肩胛骨是相当大、又很坚固的骨头，而且还有大型肌群严密保护。只有强力打击才可能造成这种骨折，有可能是用重靴用力猛踢，或也可能是被球棒或二乘四英寸的木材猛力击中。

从肩胛骨边缘的挫伤、骨折边缘的断裂形态来看，那是从背后重击，而且并没有愈合迹象，因此骨折是在垂死之际造成的（也就是发生于死亡时间或死前片刻）。换句话说，她大概是在奔跑逃生的时候被杀手追上。要记得她是光着脚，而杀手则肯定是穿了鞋子。她被打倒，扑面趴在溪畔，接着凶手动手攻击把她杀死。

死后时段愈长，就愈难确认死亡时间，至少由骨骼遗骸是很难办到的。由于尸体几乎是完全化为骨骸，因此尽管 92-28 是最后才发现的，却显然是最早死亡的。考虑到遗体分解极端严重，参酌九月到十月的每日气温变化，还有柔软组织曾经泡在溪流水中（我知道这样一来，腐败率便要折半），斟酌分析 92-28 是在死后经过四到八周才被发现，这个范围相当大，整个九月份都可能涵括在内。我希望针对虫子和土壤做分析，这样推出的犯案时间，会比这个更精准得多。

果然，我这样希望是有凭据的。阿帕德分析了遗体底下土壤中取得的挥发性脂肪酸，算出死后时段为三十到三十七天，表示她是在九月二十二到二十九日的那周遇害。尼尔·哈斯克尔做了昆虫学分析，结果也几乎完全相同：九月二十二日到二十六日。倘若她的遇害时间确实是在九月底（也就是我们分别采用三种技术，独立分析所得结果的重叠时段），那么凶杀间隔时间就符合连环杀手的典型加速模式：第一次和第二次谋杀案间隔了两三个星期，第二和第三次大概是间隔几天，而根据法医师解剖尸体所得，第三和第四次就只隔了一两天。

受害人的牙齿型态,和达莲娜·史密斯的雷同,少女时期照顾周全,近几年来则是疏忽、损坏,换句话说,她也是家道中落生活困顿。六颗牙齿有补缀物,不过有一颗(左下门牙)有两个蛀孔并无补缀物。其中一个很小,另一个却从齿顶表面蔓延深入牙髓腔。这个蛀孔大概曾经补过,不过补缀物已经脱落,因此那颗牙齿还比以往都更容易蛀坏。颌部也已经受到感染,骨面出现大片脓肿。当我在刑案现场刚捡起那颗颅骨,我就注意到,那颗牙齿上的蛀孔里面塞了棉花。我当时就跟阿瑟·波哈南讲:"她死时有牙痛。"当时我还以为,那团棉花是牙医打算做根管治疗才放的。后来警方才发现,这是种自助疗法,她的处境艰难,情急之下采用了独特做法来止痛:她拿棉花沾了可卡因膏,然后才塞进蛀孔。处境困顿,孤注一掷。

阿瑟又取走手部,而且和处理达莲娜的状况相同,这次也是鸿运高照。手上残留的少量皮肤都吸饱水,已经开始分解腐烂,还异常脆弱。阿瑟把那只手泡入酒精,强化构造并排出水分(如果他碰到的是反面的问题,如果皮肤已经干透、僵硬,他就会用唐尼衣物柔软精来浸泡。我很有把握,唐尼制造厂会很高兴知道,就算是干缩木乃伊的人类皮肤,用了他们的产品都会变得又软又香)。从那只饱受蹂躏的手部,他只抢救得到一枚印纹,而且那还不是指纹。他的收获只是部分掌纹,从紧贴小指根部的掌缘采到的。

收获不多,却也够了。那部分掌纹,和诺克斯维尔市警局档案的一幅印纹相符:掌纹属于苏珊·史东,三十岁、身高五英尺九英寸。她是名娼妓,嗜吸可卡因,她在七年之前嫁给一位毒贩,从此她的生活就开始走下坡路。她做过几种正常职业,之后才开始当站街女郎。事实上,距离死亡才短短六个月之前,她还在一家数据处理公司担任职员。如果她在那个职位继续做下去,那么她或许就会继续活下去。

要逮到连环杀手异常艰辛,必须将团队合作贯彻到底。辨明谋杀受害人的身份,确定她们的死法和遇害的时间,再抽丝剥茧循线追踪,来到野兽男家门口,这要多人通力合作才能办到,包括警方调查人员、一位法医病理学家、一组法医人类学家、一位研究科学家和一位法医昆虫学家。据我所知,这宗案件是这种团队合作的最佳写照。把连环杀手绳之以法也是同样艰辛,而且在逮捕嫌犯并以谋杀案起诉之后,这种辛劳还可能要拖延很久。就我所知,这宗案件也是个中最佳写照。我的同事和我投注心力,耐心处理取自谋杀受害人遗体的一切证据,警方则是奋力要向赫斯基探得口供。

赫斯基被捕之后过了两周,警方的辛劳终于获得回报,而且还相当可观。赫斯基经过连续侦讯,坦承他杀了那四位女士。这段愁惨情节都录在录像带上,片中他告诉探员,他把一具遗体(安德森的)塞在一个床垫底下,并取走她的项链和耳环(警方逮捕赫斯基时,在他的房间找到这些物品)。赫斯基描述他最后一名受害女子是黑人,身材修长、很"丑"。他说,她很害怕,好像是有什么病开始发作,在那里"遍地"翻腾。他的供词和约翰逊的身体描述相符, 也和病历吻合。死者约翰逊就是刚从查塔努加市转移阵地,遗体太新鲜,不该由我来检查的那位。

然而,过了没多久,录像带中的那几段情节,就开始出现怪诞转折。开始录像的时候,赫斯基的语调轻柔,几乎可说是很温顺。不过,他的声音很快就大幅改变:声音变大、语带挑衅、亵渎,而且变成另一个人的声音,表现出另一种性格,他自称为"凯尔",那是赫斯基的邪恶第二自我。"凯尔"吹嘘,人是他杀的,不是赫斯基。接着又出现第三个声音,温文儒雅,带了英国腔。这个声音自称为"菲利普·戴克斯",南非出生的英国人,还说他在这三重人格里面,是扮演保护者角色,以免赫斯基被邪恶的凯尔迫害。搜证结果对赫斯基不利,而且可算是相当确凿。然而,这不同的声音,提出怪诞说词,却让这整个案情变得极为复杂。而且赫斯基还有另一项有利因素来为他代言:我这辈子所见过的最强悍的辩护律师。赫伯·蒙尼尔在田纳西州赫赫有名,他常采用挑衅对策,还愿意为自己的案主拼命。

蒙尼尔准备辩护毫不迟疑。他提出一条又一条的动议项目,设法推翻赫斯基的供词。他找出新的路线,辩称有那么多报纸和电视报道,赫斯基在诺克斯维尔接受审讯,已经是毫无公平可言。他怂恿赫斯基自诉心智失能,无法接受审讯;他还要求法官自请回避本案,他要求更多时间,更多心理评估,更多钱来进行辩护。

就这样层层动议拦阻,这宗谋杀案完全没有进展。不过当时另一件事占据了我的心神,既无余力去注意陪审团的判决结果,也毫不关心野兽男的生死。我全心贯注的也是生死攸关的事,而且是更为迫切。

几十年来,我都和死亡携手合作。简直就可以说,每当我迈开大步,踏入死荫幽谷,身上都披了魔法斗篷,俨然都能豁免于死。死神和我已经谈妥约定:我答应步上他的后尘,同时他也不来惹我。我们的关系密切,却完全是专业往来。结果有一天却出现变化,他介入我的私生活。可悲,他却不是找上我。他的魔掌伸向伴我同行四十载的那个人。

一九五一年秋季,朝鲜战场发生喋血岭和心碎岭两起战役,阴影笼罩美国的年轻人,多数人心中都深感不安,包括我在内。当时我才从弗吉尼亚大学毕业,该应征入伍服役了。十一月十五日,我奉命前往西弗吉尼亚州马丁斯堡,向陆军征兵站报到。当天共约有两百人前往完成报到手续。负责我们这批入伍新兵的中士,手拿名单唱名叫出前五十员(名单按照姓氏字母排列,因此我是列在第二或第三位),他把我们分配到海军陆战队。我的心都凉了。当时美军以陆战队的伤亡最惨重,因此我想这下完了。

就在这时,有位中尉军官介入,他看了我的召集令,注意到我是弗吉尼亚大学毕业的,还教过数学和科学。他猜想我大概有点聪明(或也可能是看出,我并不是陆战队要找的"豪杰精英"),他吩咐中士改把我分配到美国陆军,归入"科学和专业"类别。中士反对,中尉坚持。后来两人继续争执,还当着满屋子入伍新兵面前抗辩,最后中尉拿官阶压人,厉声说道:"服从命令,中士。"

我得救了。我没有去朝鲜半岛,而是被送到肯塔基州诺克斯堡的陆军医学研究实验室。我在那里帮忙做研究,要了解卡车、坦克车和火炮发出的噪音和振动,对操纵这类装备的兵员有何影响。随后在朝鲜战争期间,我的身边都有几十名医师、研究科学家、漂亮护士,还有震耳欲聋的强力机械。日子过得很好。到后来还更好了:我认识了欧文中尉。

我母亲有位老朋友,驻地在华盛顿特区郊外,在国防部五角大楼服务。希尔达·洛韦特上校是位资深营养官,职掌于陆军的完整医院体系。洛韦特上校答应我的母亲,她会留意我的情况,而且她说到做到。她听说我被分派到陆军医学研究实验室,便开始四顾寻找合适的女孩要介绍给我。她的目光落在一位聪慧姑娘身上：在沃尔特里德陆军医院受训的年轻营养官，玛丽·安·欧文中尉。欧文中尉原定要分派到弗吉尼亚州李堡。不过，后来有可能是巧合，也或许是五角大楼高层干预，她的命令变动，于是她就来到诺克斯堡。我自己也收到命令，要去拜访这位中尉军官，好好接待她。

一九五二年秋季，约定见面的那天下午，我来到她住的公寓。我老是忍不住要提早赴约，这次也一样，不过当我抵达，她却不在家。她在隔壁和另一位营养学家聊天，听到我敲门，她就跑着回来。我听到脚步声便转身，我看到的，并不是身着军装、快跑前进的欧文中尉。我看到的是一名叫作安的女孩子，身着红色洋装明艳动人。我一看到她穿着那套红色洋装向我跑来，当下就认定，这个女孩就是我要娶的对象。

结果我是对的。不到一年，我们在弗吉尼亚州我的故乡结婚了，出席嘉宾包括我的母亲、继父、大票亲友，还有撮合这桩婚事的洛韦特上校。

安和我携手共度四十年，开创我们的生活。我们两人共有四个研究所学位，还生了三个身心健康的儿子。日子不见得总是好过，在我们的长子查理和次子比利之间，安有五次惨痛流产经历。不过大体而言，我们都很幸福，日子过得忙碌、愉快。

我们从诺克斯堡搬到列克星敦到费城，再迁到内布拉斯加州到堪萨斯州，然后是田纳西州。我们有十二个夏季在南达科他州度过，我在那里竟日挖掘阿里卡拉印第安人，让死者重见天日，安则是整天扶持苏族人，让活人维持生机，帮助族人维持均衡营养来对抗糖尿病。不知不觉之间，我们的儿子都长大了，一九九〇年八月，我们的长孙诞生了。我们的生命展开新的篇章。然而，结局却出乎我们意料，也非我们所愿。一年之后,安生病了。

刚开始是腹痛,最初只是间歇发作,后来就持续不断。安去找我们的家庭医师,由他照了腹部 X 光。放射科医师注意到,在胶卷最边缘的下胃肠道部位似乎有阻塞,因此安前往一家医院,喝下难喝的钡乳溶剂,接受了荧光透视检查。病理学家告诉我们那是癌症,而且属于非常后期,已经完全进入第三阶段,也就是说癌细胞恐怕已经扩散到她的全身。

安希望对抗病魔。她六十岁了,还算是相当年轻,而且她也期望能看到更多孙辈出生,因此她开始接受一套大胆的化学医疗程序。化学疗法对她的影响很大,不过她忍受治疗直到最后,结果还是太迟了。一九九三年三月,从第一次去找医师,过了残酷的十八个月,安死了。

几十年来,我每天都在面对死亡,不过我始终都有办法置身事外,和身边的悲剧保持距离。我是科学家,对我而言,腐朽的遗体和碎裂的骨头(我的原料和主顾),都只是法医案件、科学谜团、理智挑战,仅此而已。那并不代表我就是心如铁石,从来不为丧失所爱的人举哀,我会的,特别是碰到当父母的人,孩子被谋杀的时候,我更会感到不忍。不过,那都只是短暂吊唁哀伤一阵。这时死亡终于降临家中,悲痛排山倒海把我淹没。

野兽男案继续拖延,从安患病到去世期间,完全看不出谋杀审讯有开庭迹象。同时,另有些女士则出面指认赫斯基攻击侵犯她们。从一九九五年底到一九九六年,赫斯基出庭受审,罪名是在一九九一年到一九九二年间的连续强奸罪行。

蒙尼尔打输了那场官司,就我印象所及,他只有少数几次败北,这是其中之一,也同样备受瞩目。赫斯基因为数起强奸、抢劫和绑架罪行被判有罪，结果是因三起强奸罪和一起抢劫罪，被判入狱服刑六十六年。然而，由于蒙尼尔的动议阻拦和谋略花招，谋杀案依旧被拖延下来。最后是在一九九九年一月，四位女士在卡哈巴道后方森林中被杀之后六年多，终于开始为赫斯基谋杀案甄选陪审团员。蒙尼尔没有办法让审讯改期，然而，他却劝服庭上，从外地征召陪审团员，期望他们比较不会受到新闻的影响，因为这个案子在诺克斯维尔有大幅报道。

陪审团初步人选接到电话通知，总计三百四十人，随后筛减到六十人。有些人选想尽办法不愿出席陪审，另有些人则是迫切渴望能够出力。地方检察官兰迪·尼柯斯已经表明他要求处死刑，因此，有些明白表示反对死刑的陪审人选，都准予排除。原告被告双方在纳许维尔花了两周与候选人访谈，选定十二位陪审人和四位候补人选，通知他们准备行李，然后就派公交车接他们来诺克斯维尔。他们在往后两周，白天都要待在法庭，晚上则住在一家未公开的旅馆。

一九九九年一月二十六日，野兽男谋杀案终于开庭审讯。检方的关键求刑论据是赫斯基的亲口供词，里面有谋杀细节叙述。然而，尽管供词清楚显示，赫斯基（或"凯尔"或不管当天他自称是谁）勒死那四名女士，那卷带子却也让辩方有凭据做强力申诉。扩音器播出三种声音、三个名字，让人不由得要相信，野兽男真的疯了。为了佐证精神错乱辩护说词，蒙尼尔招来各色人证，从医师、学者到监狱职工都有；一位精神科医师和一位心理学家认为赫斯基患有多重人格异常症状，诺克斯郡的几位监狱职工则证实，他们和赫斯基的邪恶第二自我"凯尔"谈过话。怪的是，托马斯·赫斯基的母亲反驳，说她不知道有"凯尔"或"戴克斯"。她说,她家阿汤就是阿汤,只是个平常人:事实就是这样,他里面没有其他人。

被告并没有质疑我做的肩胛骨挫伤分析报告。不过,舌骨却完全不是这么一回事。电子显微镜清楚显示骨头有外伤,蒙尼尔却争辩,认为这不能推出勒杀结论。他自行招来专家证人,亚特兰大的病理学家,他是位医师没错,却没有理事会的核可证照。那位病理学家提出大胆说词,认为或许是鹿把舌骨踩破的。蒙尼尔质问我,可不可能发生这种事。哦,老天,可能性太多了。搞不好是火星人宇宙飞船降落在舌骨上头,不过只有一项解释,能够同时吻合法医科学和常识,那就是那名女士是被勒死的。

审讯本身为时两周,接着就由陪审团审慎研议。他们深思熟虑拖过一天、两天、三天。最后,陪审团递出记录,表示他们一致认为,四名女士当中,有三位是赫斯基杀的。至于那第四起谋杀,十二位陪审人当中,有十一位深信他有罪,第十二位陪审人却认为,最后一起谋杀案,有可能是发生在十月二十二日之后,而赫斯基就是在那天被捕(尽管尼尔·哈斯克尔做了昆虫学分析,认为谋杀是发生于十月二十一或二十二日左右,蒙尼尔却抓住我讲过的一句话猛烈抨击,当时我随口表示,派翠西亚·约翰逊有可能只死了"几天")。尽管那十一位陪审人提出论据施加压力,第十二位却坚持己见。

到头来,真正的绊脚石,却不是赫斯基有没有犯罪,真正的绊脚石是他的精神是否正常。陪审团审慎研议到第四天,十二人陪审团已经一分为三,各个小团体互不相让:五人认定赫斯基精神正常,应该为那几宗谋杀案负责,四位认为他精神失常,另外三位则犹疑不定。最后,到了第五天,他们照会法官,说明研议触礁，不可能产生共识。

经过六年，投入百万经费，花了几千个小时进行调查作业和适法争议，理查德·鲍姆迦登纳法官宣布这是失审（无效审判）。这对警方、检方和受害人家属都是沉重打击。不过更糟的状况还没有出现呢。二〇〇二年，鲍姆迦登纳法官又面对另一项被告动议，并裁定不准使用赫斯基的供词为证。赫斯基在侦讯期间，两次要求找律师（一次在他被捕当天，另一次在一周之后），诺克斯郡司法行政处和田纳西州调查局的侦查员却都继续质问。

就在本文撰写期间，赫斯基那四宗谋杀罪的再审程序又一次延期，而且他之前判决确立的几宗强奸、绑架罪行，也早经过上诉法院改判，刑期减到四十四年。法界消息灵通人士表示，如果供词不能作为证据，那几宗谋杀案就有可能完全撤销。看来，司法运转迟缓费时，而且有时候会完全停顿，甚至于还要倒行逆转。从另一方面来看，招认杀害四名女士的男子仍然在监服刑，至少目前是如此，而且预计还要在里面多待上四十年。同时在这十年期间，从赫斯基入狱之后，就没有人在卡哈巴道终点的树林遇害，只出现了几具丛尾松鼠的尸体。不过在木兰大道旁，又出现了另一代站街女郎。那里的面孔经常替换。我纳闷有多少人听过野兽男。我纳闷她们知不知道自己面对的风险有多高。我纳闷，就算她们知道，又有谁能改变这种恶劣处境。

第十三章
史帝夫的锯子神话

电话铃响,寂寥中听来异常嘹亮。七月了,学校根本就是座死城。深藏内伊兰球场底下的走道,黯淡荒芜。学生和教职员在五月底就大半离去,要等到八月底才会再来。当然了,他们逮到了机会,都要离开这座体育场的底层深处。至于我呢,我在清醒时刻,大半都是留在这底下,待在我尘埃满布的黑暗办公室中。安死了,我们家一片空虚,过了好几个月,我却还是在家中待不住。相比之下,我上班时,身边还会有一群人。提醒你,他们大半都是死人,不过还是能让我安心。他们和我共患难,进入我的生活。他们陪伴我,永远不会弃我不顾。此外我也知道,只要来上班,不久就会有人打电话找我,讲出有趣案件。因此,当电话在那个宁静夏日响起,我是满心期待地拿起话筒。

电话另一端是我的秘书唐娜,她的办公室和我的私人避难所,相距有整整一个橄榄球场那么远,就挤在球场东区看台底下深处。她说,新罕布什尔州警局的詹姆斯·凯勒赫尔警官来电,要转给我接听。

"哈啰,我是巴斯博士。"我说,然后詹姆斯·凯勒赫尔警官自我介绍。他说明，他隶属重大刑案组，担任一宗案件的侦办组长，他认为其中有他杀迹象。他读过一本《骨头》专书，里面提到我。那本书是我从前的学生道格·邬博雷克写的，当时他是史密森学会的专职人类学家(当我回溯自己的生涯历程，有些事情会让我振奋，其中一件是，史密森学会有三位体质人类学家，包括邬博雷克、道格·欧斯莱和戴维·亨特，都是由我指导拿到博士学位。另外还有第四位，唐·奥特纳拿到博士学位的时候，我则是他的审核委员之一)。

凯勒赫尔简述案情，我也一边记笔记。他说，新罕布什尔州中央有个小村，叫亚历山德拉，在那里一处庭院发现了几把烧焦的碎骨。法医师认为那是狗的骨头，凯勒赫尔却怀疑那可能是人骨。倘若他对了，如果骨头真是人类的，那么他就有必要知道那个死人的身份。有可能的话还必须知道死因。凯勒赫尔问我是否能够帮忙。"我相信可以，"我说，"当然我可以试试看。"

六天之后，包装严谨的联邦快递包裹寄来了，里面有几层报纸和缓冲泡膜，再里面就是装了碎骨的盒子，共有好几百块，烧得焦脆。我之前就检视过几十具烧焦的遗体、几千块烧焦的骨头，都是费心筛拣取得，来自烧毁的汽车、烧垮的房子，甚至还有来自一家当地人士说是"爆得老高"的烟火工厂。不过除了商业火葬场烧化的骨头之外，我还从来没有见过有骨头烧得这么彻底。

几乎每宗法医案例，都相当于一道科学拼图游戏，这是象征性比喻。这宗案件却完全就是组拼图，你绝对想象不到会是这样的。包裹里共有四百七十五块碎骨，其中有许多还不比豌豆大。就算只约略拼凑成部分人体骨骼，都要工作好几天，而且还很乏味。

我拿着包裹下楼，到球场地下室的骨头实验室，那里的工作空间很大，满墙都是窗户，光线充足，门上还有坚固锁头，来保护证物监管链。我清出一张靠窗的长桌，拿一长卷褐色包装纸摊开铺在桌上，用胶带贴好。然后用粗头奇异笔，按照身体各大部位的总体划分方式，约略写下颅骨、双臂、肋骨、脊椎、骨盆和双腿。我把焦黑的碎骨残骸分门别类堆好，这样会比较容易拼凑，重塑原来的人形。

我在往后几天都投入工作，把实物大小的拼图拼回原形。这项工作很辛苦、烦闷，困难重重，正是我一向最喜欢的科学挑战。有些碎块还相当好拼。有四块是右股骨碎片，还有两腿膝盖残片、几十块肋骨，和三块残缺的脊椎骨。不过，转眼间，我就把所有好拼的大块碎骨摆好拼完，剩下的都是细小难拼的碎屑，而且是数以百计。我提醒自己，这可是挑战啊。你自己总是说你喜欢挑战。要当心自己许的是什么愿望。

这堆碎骨似乎是来自身体的各大部位，不过还缺少一部分，我逐渐发现：我在这四百七十五片碎片之中，完全找不到颅骨残骸。这可不是说里面就肯定没有，因为其中有半数碎骨实在是太小、太普通，我实在看不出是来自哪个部位。尽管如此，我的褐纸图示的中空部位，似乎并不能完全看成是随机巧合。更糟的是，这样一来，我就得不到什么线索，来分析这个人的身份，还有这人是怎么死的。

这样搔头挠腮过了十天，我又收到一个联邦快递包裹，凯勒赫尔这次寄来的箱子较小，不过包装和第一个同样严密。这箱里面装了一大根骨头，没有烧得那么焦，很容易认出那是人类的左股骨的中段骨干，还有一罐玻璃瓶，装了六十几块碎骨，另一块并没有烧痕，上面有些齿痕，大概是狗啃的。上端已经被咬掉了，下端则破损脱落。这块骨头和其他碎骨不同，这显然并非人骨。我沿着走道去找我一位同事，他是动物考古学家，叫作沃尔特·克里佩尔。克里佩尔马上看出，这是白尾鹿的左后腿。

凯勒赫尔说，第一批烧焦的碎骨发现于七月二日，在一户人家用来烧灌木、垃圾的坑里找到的。第二批则是在七月二十二日找到的，碎骨四散抛在屋后通往树林的小径沿边。

可惜，我还是没有颅骨或牙齿来鉴定，因此我从这些遗骸，大概是没办法确认死者身份了。如果交上点儿好运，说不定就会在骨头上，发现破裂愈合的痕迹，或其他的醒目特征，这样就可以拿来和某人生前的 X 光照片比对。不过，就本案而言，在诸般状况里就是欠缺好运。

尽管如此，就算骨头都烧过，还破成碎片，依旧可以看出若干细节，可以帮凯勒赫尔大大缩小侦查范围。有块骨头碎片较为完整，那是不带烧痕的肱骨头端，也就是上臂和肩部相连的球体部位。我拿一把滑动测径器，仔细测量最粗厚部位的直径。早在一九七〇年代，T. 戴尔·史都华便做过一项严谨研究，测定男女的肱骨头端大小。史都华是史密森学会的人类学家，在一九五〇、一九六〇年代和联邦调查局密切合作，协助开创了法医人类学。根据他的研究结果，如果头端直径大于四十七毫米，这根肱骨就肯定属于成年男性。若测量值介于四十四到四十六毫米之间，便有可能是男性或女性的。如果测量值小于四十三毫米，就可以确定那是属于女性的肱骨。我的实验桌上那块，测量得四十二毫米，可见我们的神秘受害人是位女士。这项结果还有佐证，髋骨上有女性的典型棱脊。

她死时的年纪多大？如果你手头有耻骨联合，要估计年龄就很容易。可惜这次运气又很背，我手里没有。结果我只得仰赖几个比较不精确的指标。既然她所有骨头的末端骨都已经和骨干愈合，我分析她已经停止生长。好，现在我知道她是位成年女性。不过，她还没有步入老年，因为从她的脊柱，只看得到些许退化性关节炎赘疣，也就是我们在快四十岁或四十刚出头的时候，脊椎骨开始长出的粗糙边缘。再看另一块骨头（尾骨），表面的特征符合三十五到四十五岁阶段尾骨的构造。

不过，我有把握告诉凯勒赫尔的，大致上就只有这些了。我甚至都不敢讲，她是属于白人种、黑人种或蒙古人种。"真希望我们能找到颅骨。"我告诉他。

十五个月后，我如愿以偿。一九九四年十月的一个寒冷夜晚，我搭乘三角洲航空班机抵达新罕布什尔州曼彻斯特，顶着强风踏上柏油碎石跑道。凯勒赫尔在候机楼等我，帮我拿齐行李箱，接着开车送我到该州首府康科德市，驶抵一家旅馆让我下车。隔天上午他来接我，带我到新罕布什尔州警总局，前往地下室的刑事实验室。

地下室，为什么刑事实验室和停尸间老是要设在地下室？为什么不设在顶楼，有边角大窗户，可以眺望都市或乡间？就算我们这些人喜欢看遗体和骨头，也不见得都不想看风景，我们偶尔也喜欢从窗口眺望好景致啊。不过这有点儿离题了。

我们终于碰到一点儿好运气。几天之前，有个道路清洁小组在亚历山德拉一条死路工作，沿途打扫，却意外捡到一个塑料垃圾袋，就丢在野草丛中，里面有个人类颅骨，另外还有几块骨头。有些略微烧过，包括那颗颅骨，其他的就完全看不到烧痕。

拿牙齿和牙科 X 光照片相比,证实凯勒赫尔的猜想。若干时日以来,他一直怀疑那位女性死者就是希拉·安德森。希拉是白人女性,四十七岁,十六个月前接获报案说她失踪。安德森太太的女儿(已成年)找不到她,在一九九三年六月打电话给警方,那是在第一批烧焦骨头找到之前两周左右,也因此,凯勒赫尔才请我核对法医师的初步印象,看那堆烧焦的骨头是不是狗的。希拉的丈夫叫作吉姆·安德森,原本是纽约市的警察,后来因可疑情况离职。吉姆告诉侦查员,有天他太太就这样匆匆出门,还说她离家外出,去向不明。

希拉的女儿本来就怀疑继父的说辞,州警也不相信,特别是吉姆在太太失踪之后,过几天就试图自杀。他被送医并住进精神病房接受观察。七月二日,他预定出院那天,希拉的女儿由一位州警陪同,来到那栋住宅,替吉姆拿些干净衣服好穿着回家。她来到屋内,便决定四处看看。来到室外屋后,她在树林边缘找到一只烧焦的网球鞋,并看出那是她母亲的。

于是州警便开始认真查看四周。他在前院看到一堆灰烬,那是吉姆在几周之前烧灌木丛留下来的。他在灰烬中筛拣并发现碎骨,也就是那四百七十五块焦黑碎片,我展开骨骼拼图游戏的第一批碎骨。吉姆就恰好在这个时候,从精神病房回到家里。他看到那位州警从灰烬里掏出骨头碎片,便开始喝酒,又猛又急。伏特加酒,纯的。

十天之后,警方发现第二批骨头,股骨的骨干、鹿的胫骨,和装在玻璃瓶中的其他碎片,散落在树林间,离烧焦的球鞋很近。接下来等了很久,过了十五个月才找到颅骨。凯勒赫尔终于拿到颅骨,他不必再靠我去确认身份。由牙科 X 光照片早就验明正身,从公路清洁小组在野草丛中找到垃圾袋开始,还不到几个小时就知道了(脊椎上还紧紧缠了一条希拉的项链,就好像是要排除丁点疑虑)。

这趟任务让我跨越一千英里,来到新罕布什尔州警地下室,目的就是要尽可能查清希拉是怎么死的。我一看到颅骨,当下就知道这趟出差绝对不会白费。颅骨背侧有烧痕,不过并不严重。往上到半途,由中线略向右偏有个圆孔,大小就如美金一元银币。我有多次看过这种开孔:那是拿锤子用很大力量挥击,敲中颅部留下的。那样挥击不只会敲下一块圆盘骨片,还会产生骨裂缝隙,由撞击点呈闪电形状向外扩散。

就在烧黑颅骨的那处开孔周边,内侧有不规则的黑色污斑:血渍,血从伤口流出,然后在火中烤烧形成的。从这片血渍,可以确定颅骨这处外伤,绝对不可能是在垃圾袋被抛入野草丛之后才出现的。人死后一等血液降温,出现尸僵现象之后,伤口就不再流血。希拉是被杀的,遗体还在火中烤烧。

颅骨脸部没有烧痕,不过已经碎裂:上前齿有三根已经撞脱,两块鼻骨先端都有挫伤,下颌有三处破痕。我已经料到,这位女士的脸部会有这种外伤,她从背后受到锤击,然后向前扑跌,脸部撞到地下室或车道地面。

不过,在路边垃圾袋中找出的其他几块骨头,上面的创伤却是始料未及。第五、六、七节颈椎都有切痕,那是某种大型锐利器具造成的。我把颈椎和胸椎摆在一起,按照她生前的顺序整齐排好,这时却看到骇人伤痕:整段脊柱和肋骨的相连部位全都被斩开。右侧的肋骨都在脊椎附近被切断,左侧肋骨切痕则较为远离脊柱,留下短短约两英寸的残段。上臂骨头全都断裂,那是用蛮力弄断的。双腿都从髋关节处切开,脱离骨盆。

这组骨骼拼图怎么拼都拼不完。不过我提醒自己,事情是有进展的。我把新碎片添入老拼图中,结果发现有块没有烧痕的碎骨(那是胫骨近侧末端,也就是一根前臂骨的"肘"端),和另一块烧过的胫骨碎片完全吻合,烧过的那块是凯勒赫尔警官用联邦快递第一批寄来的。新找到的一块股骨碎片,和第二批在屋后树林中找到的股骨干完全吻合。从股骨干还采到DNA,并进一步佐证了根据牙医记录鉴识的身份。因此,尽管部分细节依旧令人不解(非常难解),情况却已经明朗:所有三批骨骼碎片,在十五个月期间,分别在三个地点找到,全都是希拉·安德森的遗骸,但这位女士的丈夫宣称她离家外出,去向不明。

的确是去向不明,结果她并不是去了不明地点,而是成为不明尸块,或应该说是,要不是凯勒赫尔坚持调查到底,她就要变成不明尸块。这是我碰过的最奇怪案件之一,而其中最怪诞的是:不管怎么看,吉姆·安德森都是毫不犹豫就杀妻分尸……然而,天啊,他可不愿意违反一项都市条例:除非获得许可,否则不准在开放空间生火! 因此,他先按照规定申请获准,才在六月十二日燃烧垃圾,而我们也知道,当时他依照核准日期在院子生火,亚历山德拉消防队长当天还开车经过,监看燃烧是否控制得宜。

想想那幅景象:杀妻凶犯在前院烧毁亡妻遗体,看到消防队长开车经过时,还微笑招手。倘若有编剧作家写出这种情节,拿去好莱坞制片厂大力推销,恐怕会马上成为笑柄被轰出去。不过,对凯勒赫尔警官和主任检察官助理贾尼丝·伦德斯而言,这并不好笑。新罕布什尔州的陪审团,会不会相信这种古怪情节?

我搭机回诺克斯维尔,一路上绞尽脑汁,看能不能从那堆烧毁的骨头多挤出一点儿证据。我想得到的,全都告诉凯勒赫尔和伦德斯了。如果还有人能够从焦黑碎骨当中,多榨出一些线索,那就只有史帝夫·席姆斯了。他是我从前的学生,当时已经是深受敬重的同事。我回到诺克斯维尔,便打电话给史帝夫,提议来一场最不符合体统的二加一聚会:他能不能溜出来,到一间僻静小木屋来找我和希拉·安德森共度周末?他说可以。我们约好在蒙哥马利贝尔州立公园会合。

我们分隔两地,相距四百英里,蒙哥马利贝尔就在我的诺克斯维尔办公室和史帝夫的曼非斯停尸间中途点上。雷鸣山丘长满栎树和山核桃木,环绕一片优美小湖,水中显然盛产鱼类(湖畔有面警告牌,上头写着:巴斯鲈鱼体长下限十五英寸)。公园管理处是栋六层石造建筑,矗立在半岛上,六间小木屋坐落于半山腰,我们的那间很引人瞩目。阳光照穿几扇窗户洒落餐桌,我们就把希拉被烧过的碎骨摆上桌面。谋杀调查作业,还有风景可看。

希拉的肢解状态异常复杂难解,史帝夫和我都很少碰过这种难题。由双臂、双腿的骨折状态分析,她的四肢显然都是受钝器伤害肢解。不过,她的骨盆、肋骨和脊柱,则都似乎是被某种锋利凶器割开的。

史帝夫也和我当初一样,马上注意到不同的烧痕。一九九三年在前院捡回的骨头,焚烧得相当严重,至于不久之后在后院找到的,还有道路清洁小组在一九九四年发现的颅骨和其他骨头,就都轻微得多。史帝夫提出一种想法,他推测焚烧是分两阶段进行:她全身都被放火焚烧,就是消防队长在一九九三年六月看到的那堆火。那场火并没有烧完全,于是颅骨和其他部位都被取出抛弃,有些是丢在后院,有些则是抛在路边,剩下的骨头就在前院再次焚烧，这次就比较彻底。

火焚把第一批骨头的工具痕迹完全烧光。不过，不带烧痕以及稍微烧过的部分骨骼上，却留下了痕迹并没有烧毁，因此史帝夫才有东西来研究。这起分尸案和其他肢解个案不同，在所有骨头上，几乎都找不到失误起手、犹豫或中断切痕。由工具痕迹看得出，所有骨头都是被强力切削，过程果断，工具锋利。切痕都不是锯出来的，而是以斩劈动作完成，同时力量还都很强，有些骨头是一次就被完全斩断。刀刃锋利，足以精确削下薄片骨头（例如：遗体一节脊骨被削下一片），却又够沉重，能够切透髋骨和股骨这类大型构造。

史帝夫和我都看不透这宗案件。骨头切面也有奇怪痕迹。从这些伤痕来看，刀刃是弯曲的。然而，弯曲刀刃本身并不奇怪，许多常见园艺工具都有弯刃。不过，不管这是哪种工具，刃缘比我们见过的所有斧、铲都弯得更厉害。如果把刃缘弯面或弧面延伸，构成完整的圆形，那个圆圈的直径值，就会小于三英寸。考虑到劈斩骨头必须有很大力量，我们纳闷，说不定那件工具是具圆刃挖洞机，而且是男性以全身体重下压猛斩。然而，圆刃挖洞机的刃缘也没有那么弯。

我们整个星期六上午和半个下午都在反复研究切痕，思考、排除各种用来分尸的不同工具。接着，傍晚有人来小木屋敲门。我开门，面前是位公园管理员。糟了，我心想，这下麻烦了。我用身体挡住管理员的视线，设法不让他看到餐厅中满桌摊放的骨头。

那位管理员来找，确实是有麻烦，却不是由于我们把那间小木屋当成法医实验室。有人从诺克斯维尔打电话找我，管理员说明，听起来是有急事。我让史帝夫一个人和骨头在一起，自己赶往公园管理处。电话是帮我照顾九十五岁老母的朋友桃·威佛打来的。我回电，她告诉我，妈妈连续轻微中风，已经送医入院。

我告诉史帝夫，我们必须加速完工。他说，反正也没有什么可以跟我讲的了。我们最后再看一下希拉饱受蹂躏的残骸，但愿新罕布什尔州的伦德斯检察官，还不至于只能将就我们的薄弱成果，来对吉姆·安德森起诉。所幸她没那么可怜，就在案件进入审讯之前，安德森承认有罪，这位纽约市的前"救难英豪"坦承杀妻。入狱之后不久，他挟持一位警卫好几个小时，还大肆殴打。将来有一天，他或许会说明，当初是用什么工具，把太太的遗体分尸。

我在那个周末和史帝夫见面，结果并不十分令人满意。不过，有些案子就是会出现这种情况：你最多也只能看着证据，聆听骨头的声音。骨头不见得都会告诉你事情始末，不过，当它们开口，内情或许会令人惊骇又恍惚。

史帝夫是从一位受害人身上直接了解这点，她叫莱丝丽·默哈菲。

我第一次见到史帝夫是在二十五年前，当时我们是在南达科他州西部乡间。他二十四岁，骨瘦如柴，大学毕业，主修人类学。毕业之后，他跟着南达科他州考古学家鲍勃·亚列克帮忙做骨头编目。史帝夫的职责，主要是处理 W.H.奥佛馆藏，为苏族和阿里卡拉族印第安人的几千件骨头做分类、编目。那套馆藏是一位自学成功的南达科他州考古学家，在十九世纪末、二十世纪初搜集的。

一九七八年，美国原住民遗骸归还行动大规模开展，亚列克在初期行动期间，劝服南达科他州政府，将奥佛馆藏的骨头

一九七〇年代，我在南达科他州认识史帝夫·席姆斯，劝他来到田纳西大学。史帝夫帮我完成许多法医案件，他的博士论文研究骨头上的锯痕，后来成为世界顶尖的肢解学专家。

归还阿里卡拉人和苏族人部落，由他们重新安葬。不过，他提议在归还骨头之前，先安排一段时间让我检视研究。

那套馆藏贮存在一所前军方医院，位于湍急市西北边。一九七八年春末，我从诺克斯维尔搭乘福特旅行车来此，后面拉了辆"自个儿搬公司"的出租拖车，打算把馆藏运回田纳西。史帝夫在我抵达之前，已经紧锣密鼓整理好藏品，把骨头装箱妥当。我看到他的书桌上，有本骨头指南摊开摆着，已经翻得破旧，那是我写的《人类骨学：实验室和实务手册》(这本书从一九七一年出版以来，已经印了二十三次，销售达七万五千册左右，在教科书界可说是红遍半边天，讲起来就很得意)。

我们握手寒暄。"看来你有在用我的书。"我说。

"哦，我也用过其他的，"他说，"不过，如果碰到比较难鉴识的骨头，也只有这本才真的有帮助。"

显然这位青年还真的聪明绝顶。八九不离十是位天才。

和史帝夫见面还不到十分钟，我就发现他的天分极高，可以成为杰出的人类学家（我可不光是由于他特别推崇我才这样想）。他的知识丰富、好奇心强，却又相当成熟，中规中矩，还博览群书。有志成为教授，而且同时具备这些条件的人，恐怕要远比你想象的更少见。他和当今许多学生不同，电视节目和好莱坞电影所渲染的人类学带了传奇色彩，史帝夫却没有照单全收。他知道做这门学问要投入大量功夫，看来他也很乐意脚踏实地做粗活。等我们把东西全部搬上拖车，我已经相当肯定，史帝夫应该进入研究所就读，也深信田纳西大学是他继续深造的好地方。不过，那个构想还有一个小问题。我们的秋季研究班已经满额。

四个月后，史帝夫还是来到诺克斯维尔。在学术界，那就相当于美式橄榄球选手，在球季开赛之前一周上门毛遂自荐，希望挤进整装待发的球队。我把他硬塞进考古学和骨学组，希望法医组会很快出现空缺，而且那时史帝夫也还会想读。

空缺出现，而且他还想读。他很快就读通我骨学手册的其他内容，也因此在我们的法医应变小组博得一席之地。毛遂自荐成效卓著：他在人类学的表现，就相当于在橄榄球代表队进入一军。史帝夫在刑案现场实地调查，也很能抓住要点。他也是位绝佳摄影师，这点也同样重要。就刑案现场摄影而言，毫无例外是拍得愈多愈好，而且拍得很棒更是最好不过。史帝夫的刑案现场照片最棒了，而且至今我还没有见过比他拍得更好的。

史帝夫一边读研究所，一边当刑案现场助理，花了八年漫长时光，通过了博士资格考，然后在纳许维尔找到工作，当医事检查处的专任法医人类学家。他除了在医事检查处全职工作之外，还计划在纳许维尔做研究，撰写博士论文。他研究的主题是：检查锁骨近胸骨端（锁骨和胸骨的连接处）来估计年龄。

肢解学专家史帝夫·席姆斯在夏威夷参加法医研讨会时轻松一下。

接着又出现了转折点，史帝夫·席姆斯的一生有许多转折，这次也有重大影响。那几周期间，史帝夫在纳许维尔忙得喘不过气，手头有三宗分尸案。其中一宗的侦办探员，伸手指着骨头的一道切痕请教史帝夫。他很高兴有机会露一手专业本领，起身靠近，并用最专业的口吻说道，"哦，那是块臂骨，上面有锯痕。"

那位警探瞪着史帝夫满脸不耐。"我知道那是块臂骨，上面有锯痕，"他不屑地说，"你是骨头博士啊，那是哪种锯痕？"

史帝夫不知道，不过等脸红消退，他下定决心要查清楚——不只是那种锯子，而是所有的锯子。

当时我忍不住补上一句，说是多年以来，我一直想要引起研究生的兴趣，看有没有人想研究锯痕，结果都让我失望。一九八〇年代中叶，我们处理过一件情杀分尸案，发生在诺克斯维尔。三角恋情由爱生恨，最后那位女士和她的一个男人，把她的另一个男人杀了，还把他大卸八块，抛在城里各处。就是那宗案件让我开始思索，我们对锯子锯开人体可能留下的证据，所知竟然是这么有限。不过，似乎没有人有意要钻研那个课题，包括史帝夫，直到那个可恶的纳许维尔暑期才出现转机，他发现自己一头撞上那道问题，而且还一来就是三次。

长久以来，全世界的警方和法院，都认为弹道学证据有可靠的学理基础。人会留下指纹，枪支也相同：手枪每次射击，撞针都会在弹壳上留下固定的击发痕迹。弹头通过枪管的时候，都会沿着膛线转动，留下特殊槽纹，然后就旋转前进射向受害人。击发之后，退壳装置将弹壳从枪膛弹出，留下一致的磨痕或凹槽。

既然枪支会留下痕迹，透露真相，那么难道锯子不会吗？史帝夫和我觉得断无此理。不过，当时似乎只有少数人和我们有相同想法。传统见解认定每次推锯，锯子每次滑动，都会把前一次锯出的痕迹磨掉。换句话说，锯子会自行灭迹。史帝夫下定决心,要证明事实并非如此,要证实从锯痕当中还可以看出更多细节,还可以搜集到更多证据。

之后两年,史帝夫能买就买,能借就借,想尽办法拿到各式各样的锯子,包括:纵割锯、横割锯、弓形钢锯、曲线锯、线锯、圆锯、横切圆锯、日本式拉锯等等。他和东田纳西的一位法医师克莱兰·布莱克医师共度好几个周末,研究那位木工行家搜集的几百种锯片,样式从宝石匠用的修整锯到伐木工等级的链锯都有。

史帝夫用台钳夹住获赠的臂骨和腿骨,做了几千次实验,接着用显微镜来研究锯痕。最初他看不出个所以然,一切显得毫无意义。不过,最后他总算看出重点。史帝夫用上外科手术用显微镜,调整光线角度来照亮切痕,三维细部世界在他的眼前展开:骨头表面出现了壮阔峡谷和崎岖崖面雕痕。他拍摄显微照片、印制石膏压痕,还测定尺寸、分类登录各种推锯、拉锯痕迹、转动锯痕、失误起手、滑脱、犹豫和锯子切开骨头留下的其他痕迹,他得到无数组数据,每组都能彰显真相。

我永远忘不了,史帝夫第一次把我拖进实验室的经过。他引我到立体显微镜那里,观察他夹在台钳锯成两半的一段股骨,还逐步指出每一次锯动所留下的锯痕给我看。锯子在骨头横切面上留下磨灭不了的曲折痕迹,如今也在我的心中留下永难磨灭的印象。锯子前后滑动,每根锯齿也都一路咬噬,分别切入骨头,留下连串之字形浅痕。我在那个时候,一方面是得意自豪,同时也要低头:我的学生已经青出于蓝,至少在这一项恐怖领域,他已经凌驾老师之上了。

到最后,史帝夫能够从谋杀受害人的碎骨,看出远比"臂骨上的锯痕"更为详细的资料。到最后,他还能够厘清锯型、锯法,例如:锯痕是每英寸十齿的横割锯在推动时留下的,锯口宽零点零八英寸,带交错偏位齿。他还可能看出,有一锯中断、滑脱三次、两次失误起手,还有一次暂停。男子杀妻把尸体切碎,可不会故意留下这种线索来泄露真相。这完全是回避不了的后果。

史帝夫始终抽不出时间来写锁骨近胸骨端那篇(也可以将就通过的)烦闷论文。他改了题材,写出《人类骨头锯痕的形态学研究:类别特征之鉴识》。尽管标题看来枯燥,对法医人类学和杀人案调查却都作出独特贡献,开创了新局面。

史帝夫展开锯痕研究过了不久,便又向西部迁移,这次是转到曼非斯。他的惊悚专长消息向外传播,于是各都市、各州和各国的警方和检察官,纷纷把肢解的人体尸块,打包寄来曼非斯。他们迫切希望史帝夫帮忙缩小搜寻范围,好找出杀手或凶器。他最受瞩目的案子是从一九九二年四月六日开始的,加拿大警员麦克·喀尔萧在当天打电话给史帝夫,请他帮忙侦查前一年六月在圣凯塞琳市发生的一宗惊悚杀人案。圣凯塞琳市是座中型都市,从多伦多市沿着安大略湖,弯过湖边一角就到了。

莱丝丽·默哈菲十四岁,住在圣凯塞琳。有天晚上,那位少女迟归,超过家里规定的十一点返家时间好几个小时。她在凌晨两点左右,从一座电话亭独自走路回家,途中被劫走。两周之后,几位渔夫找到她的遗体。她已经被切成十块,分别浇灌水泥凝结成块,总重六百七十五磅,然后被抛进附近两条河川中。后来水位因故降低好几英尺,水泥块露出水面才被发现。莱丝丽惨遭谋杀,民众骇然,警方也不知所措。喀尔萧警员指望史帝夫能够发现蛛丝马迹,查出杀人过程或凶手的线索,不管是多么薄弱,任何线索都好。

四月三十日,喀尔萧带着莱丝丽的残破遗骨来到曼非斯,包括两根股骨的残段、两根上臂、两根下臂骨和两块颈椎。标本全都浸泡在福尔马林中保藏防腐。尽管时间过了将近一年,骨头上还有柔软组织。

喀尔萧抵达曼非斯那天,在圣凯塞琳又发现另有一位女郎遇害,她叫克莉丝登·弗伦奇。看来她是被人奸杀,死前还遭受性凌虐。加拿大警方知道,除非他们赶快抓到凶手,否则很可能还有更多女孩要遇害惨死。

史帝夫开始对骨头分别拍照,接着他花了好几个小时烧热水煮骨头,然后将柔软组织轻轻挑光。他马上就看出,所有切口都是同一种锯子锯成的。切口都非常平整,切面都很平滑,几乎就像是打磨抛光的。而且在每根骨头上,锯子的切入和切出位置,都几乎看不到断裂或细碎缺口。

不过,他却找到许多失误起手点,那是锯子接触骨头开始要切入的位置,或许是由于位置或角度很难下手,也或许是凶手没握紧血污锯子,结果滑开了,锯片从凹槽跳开,在另一个位置猛力锯切。有几处失误起手切痕还相当深,几乎要把骨头完全锯断。史帝夫从这里看出锯切工作很轻松,显然是使用了某种动力锯。因为,如果你用的是手锯,锯子从深槽跳开,你并不会重新再锯,你会移回锯片,摆进已经锯开的那个凹槽。深切失误起手,加上锯槽宽度一致,还有锯面光亮,而且锯痕还呈外凸弧形, 史帝夫总结认为, 莱丝丽的遗体是被圆锯锯开的,锯片直径至少为七点二五英寸。

当然,加拿大有很多人都有圆锯,史帝夫有本事告诉警方,用来分尸的是哪种的锯子,却没办法说明该去哪个人的车库或

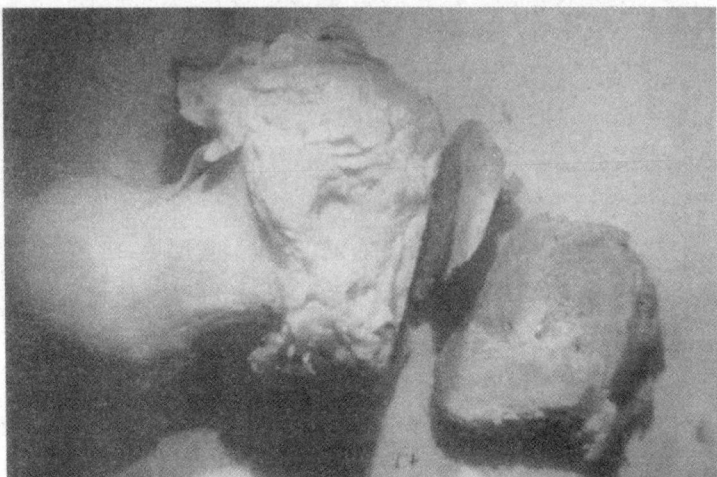

史帝夫·席姆斯检视了这块股骨，随后便断定她的遗体是被圆锯肢解。这块股骨属于被人杀害的一位十几岁少女。中间的薄骨楔片是深切失误起手造成的(右中)，后来凶器略向左移并完整切开。这是用动力锯肢解时，常见的深切失误起手。

地下室搜寻凶器。又过了十个月，这宗案件还是没有侦破。到了一九九三年冬季，警方终于有重大突破。有名叫卡尔拉·霍摩尔卡的二十三岁女子，出面陈述了令人不齿的骇人情节。她宣称她的丈夫，一位叫保罗·伯纳多的簿记员，劫持莱丝丽·默哈菲和克莉丝登·弗伦奇，强迫她们当性奴隶。保罗还好几次强逼卡尔拉加入性活动，她说，他还把另外几次用摄影机录下。他连续做出下流、暴力举止，愈演愈烈，最后还把两名女孩勒死。卡尔拉宣称，除了莱丝丽和克莉丝登之外，还有第三位受害人：她的亲妹妹塔米。保罗是在一九九〇年下药把她迷奸。塔米丧失意识，呕吐噎死。在卡尔拉向警方报案之前，她妹妹一直被看成纯粹是意外惨死。

一九九五年六月十二日,周一上午,史帝夫来到多伦多法院大楼,走上台阶,为保罗·伯纳多谋杀案作证,这宗案子在四周之前就开始审讯。加拿大记者对史帝夫和他的恐怖专业都深感兴趣。"你往后绝对碰不到这种人,"报纸有则报道落笔就写道,"而且你大概也不会在乎。"那则报道接着写道,"就他所知,采用骨头来辨明分解人尸的凶器,还靠这个拿到博士学位的人,全世界就只有他一个。"

史帝夫奉了身着长袍的首席检察官传唤,坐上证人席。他精确描绘了莱丝丽遇害、被肢解的恐怖画面。莱丝丽骨头上的锯口宽度(锯片切出的槽宽)异常的窄,显示锯片很薄。碳化刃尖圆锯锯片切出的锯口,宽度多半是零点一二五英寸左右。残杀莱丝丽的锯片较薄,锯口只有零点零八到零点零九英寸宽。史帝夫作证时,拿各种圆锯亲自锯切其他骨头进行实验,锯片直径不等,从七点二五到十二英寸的都有。结果他的锯面都比较平整,和莱丝丽骨头上的锯痕相比,偏移的现象较少。不过,史帝夫比杀害莱丝丽的凶手占了优势:他是拿干燥、去肉的干净骨头来锯,而且还用钳夹牢牢固定。

在交互诘问阶段,伯纳多的律师只提了一项问题:用圆锯切割人体,会不会弄得一团糟?"一塌糊涂。"史帝夫回答。接着史帝夫说明情况,法庭群众听了都心惊肉跳,不过,由于他的语气低调,他们还不至于太过惊恐。一位记者就形容他表现出"美国式开放作风,还强自压抑内心伤痛"。"自抑"两字说得对,史帝夫专研人骨上的工具痕迹,名列世界前五大权威,然而他却是异常谦逊而且毫不造作。

保罗·伯纳多被传唤坐上被告席,他不承认谋杀莱丝丽,宣称莱丝丽和克莉丝登,都是在他不在室内时意外死亡。不过,他承认动手把莱丝丽分尸。他说，自己是用一具麦格罗爱迪生牌的老式动力锯，把她的遗体锯开。那正是史帝夫所描述的那种圆锯。事实上，后来那台动力锯（他祖父留给他的）在伯纳多位于圣凯塞琳近郊，打理干净的平房地下室中找到了。可惜锯片和部分外壳已不见，检察官为此扼腕。

史帝夫在作证当天便离开多伦多，心中希望自己有些贡献，然而陪审团总是令人不解，你永远想不透，究竟什么东西能讨得他们欢心。伯纳多的案子拖过了六月、经过七月进入八月。就在审讯逐渐步入尾声，却爆出戏剧性转折，又引起媒体大幅报道：首席检察官在总结论据时，提出了生锈的锯片作为证据，那是警方潜水员在几天前才从湖中捞上来的。潜水员除了找到锯片之外，还捞出动力工具的部分外壳。锯片和外壳可以装上伯纳多的麦格罗爱迪生牌动力锯，丝毫不差。锯片规格和史帝芬的锯痕分析结果也完全吻合：圆形锯片，直径七点五英寸，比现代型号都更薄，锯齿也更细小，锯片带碳化刃尖，宽度正好可以锯出零点零八英寸的锯口。

伯纳多因两宗谋杀案被处两个二十五年徒刑，不得假释。听说有青少年写信打电话给他，表达崇拜。我对人骨有广博认识，史帝夫也是如此。然而，还有许多事情是我们想不通的，我们永远看不透人心的阴暗深处。

第十四章
《人体农场》出版

一九九三年，我领导田纳西大学人类学系已经二十多年了。我出力在美国法医科学学会建立了法医人类学组，为这个迷人新领域的发展竖立了重要的里程碑。我还在上任后第二十二年，担任田纳西州法医人类学家，肩负这个职责，让我几乎看遍了田纳西州九十五个郡的有趣法医个案。我和警方、地方检察官、田纳西州调查局和联邦调查局，还有其他执法机关，都建立了密切关系，我经常向医事检查单位、医师和牙医界、警界和殡葬界等行业主管发表演讲。我每年都上法庭作证好几次，偶尔还会出现在报纸或电视新闻报道中，尤其是在发生了特别惊悚的案件，或是当我获颁教学奖项的时候，更常曝光。一九八五年，有一次我就上了新闻。当年我受教育推展赞助委员会推举，列名"全美年度教授"。总之是诸事顺遂，日子忙碌，令人振奋，再好不过了。

结果我完全错了，错得离谱。简短一通电话，情况就紧绷起来，超过我最离奇的想象。多年以来，我常到全国各地的法医聚会发表演讲。我在其中一次会上，认识了维吉尼亚州的助理法医师玛瑟拉·菲耶罗医师。我们在往后几年，一次又一次在会议上见面，交情日深。最后，菲耶罗博士成为维吉尼亚州的主任法医师，自此她每年一次，邀请我对她的部属发表演讲。有时是为了开拓他们的视野，要不然就是要让他们更受得了恶心景象。

法医师大半是法医病理学出身，也就是专研疾病或组织外伤的医师。死者在身亡之后几个小时，甚至于几天之内，只要有机会由他们做尸体解剖，那么他们鉴识判定的死后时段和死因，通常就会异常准确。不过，一旦分解已经进入相当后期阶段，这时再想做尸体解剖就很难了。柔软组织已经开始液化，这是各种细菌活动、细胞化学改变（这是种酸碱瓦解的情况，称为自溶现象），还有蛆取食所共同造成的。柔软组织消失，病理学家要找的肉体线索，例如尸肉上的刀伤，也随之湮灭。不过，若是骨头留有刀痕或其他外伤迹象，熟练的法医人类学家通常就能根据骨骼状态作出推论，信息多得惊人，而且远在尸体解剖失灵之后许久，都还能办到。

一九八四年，有位撰写科技文章的年轻作家，加入菲耶罗博士在里奇蒙的工作团队。那位女士原本是刑案记者，显然非常聪明、表达能力高强，而且对法医调查作业还相当着迷。她还著有发人深省的犯罪小说。她追随菲耶罗博士工作六年，随后就卖出她的第一部推理小说。

那位年轻女子叫派翠西亚·康薇尔，她的那部小说书名为《尸体会说话》，推出后大受欢迎，她也博得天才犯罪小说家的美誉。那本小说在出版当年便赢得五项国际大奖，至今，获得这般殊荣的推理小说，仍然是仅此一本（编按：以巴斯博士完成本书的时间而言）。《尸体会说话》不但是康薇尔的成名作，书中女主角，维吉尼亚州的法医师凯·史卡佩塔也一炮而红，后来还多次大显身手。史卡佩塔医师外刚内柔，历经沧桑。康薇尔很可能是受到上司、良师菲耶罗博士的启发，从她的事业生活发想，才创造出这个角色，而且我猜，康薇尔也把自己的个人特质，融入那个角色。不论如何，史卡佩塔医师很快就成为最富魅力的犯罪小说超级巨星。康薇尔本人也成为超级魅力作家。

派翠西亚和我是在菲耶罗博士的年度训练研讨会上认识的，当时她还在医事检查部门做事。我依循往例，放幻灯片呈现周身长蛆的遗体。她上前自我介绍，就我的研究提出许多问题，还赞扬了我的报告。交际结束——至少我当时是这样想。

然后在一九九三年夏季，我接到一通电话。线路另一端的那个人说："巴斯博士，我是派翠西亚·康薇尔。"她提醒我她是谁，还有我们在哪里见过面（当时她已经名利双收，也不再替菲耶罗博士工作），然后她就直接切入重点："不知道您能不能帮我个忙，在您的研究场做个小实验？"她正在写一部新小说，她解释，而且安排情节要让凶手回到死亡现场——那是谋杀之后过了好几天——进入那栋凶宅的地下室，把尸体搬到别的地方。她想要了解，遗体开始分解之后，被搬动时有可能会留下哪些痕迹或记号；还有，遗体被搬到另一处地点之后，现场还会保留多少琐碎线索？

这还是我第一次碰到。我曾经应法医师和侦办杀人案的探员之邀，研究过几种现象，却从没遇见小说家提出这种要求。我一开始就很想说不，不过当她就她心中所想提出说明，却激起我的学术好奇心。她构想的几个问题都很有趣。当时，我在人类学研究场研究分解，已经过了十二年。我们的主要研究重心，一向是要更深入了解分解过程和时段进度，这样我们才能

一九九〇年代初期,派翠西亚·康薇尔来到诺克斯维尔,为她的第五本小说《人体农场》寻找素材。那本书十分畅销,我们的研究场大出风头,史无前例。本照片摄于二〇〇二年十月,当时她回来向我请教死尸体内的昆虫活动。

帮助执法单位,更严格、更准确无误地估计出死后时段。康薇尔的要求,开拓了全新的研究领域。

　　我打电话给诺克斯维尔警局的朋友兼同事阿瑟·波哈南探员,要他从侦办杀人案的角度来看,这种实验会不会有帮助,还有哪种信息会最有价值。阿瑟可不是一般的警察。多年以来,他已经自力培养出真正的专长,成为指纹方面的专家,他知道各种方法,能够从过去向来没有人采得到印痕的表面取得指纹,包括:布料、纸张,甚至谋杀被害人的皮肤。他已经高明到设计出指纹采撷机并申请专利,那种机器能蒸发氰基丙烯酸(超级胶),让蒸汽扩散到证物表面或整个房间。如果你用超级胶时,曾经不小心把手指粘在一起,你就知道那种东西,在手指上粘得有多牢。指尖碰到东西就会留下油脂,阿瑟设想那种胶也会粘在油脂上。如今,全世界的刑事技术人员,都在使用他的装置。例行刷粉做法采不到的潜伏指纹,用这种仪器就可以采得。最近,联邦调查局又多订购了六十六套阿瑟的机器,这里可是在讲指纹采撷机,你不可能找到比这个更坚定的支持。

我们讨论康薇尔请我做的实验,阿瑟的兴致愈来愈浓。如果遗体上的指纹能够帮助破案,那么其他独特记号为什么不能?他看过遗体出现奇特的压痕和变色,却没有任何数据可以帮他解释原因。事情决定了:我要做那项实验。阿瑟和我打电话,邀康薇尔来和我们讨论细节安排。

按照康薇尔的计划,谋杀现场是在北卡罗来纳州黑山镇的一处地下室中。康薇尔的小说有一项特征,她经常引述自己去过的地方,或者是曾经体验的处境。黑山镇是处避暑胜地,她年轻时大半时间是在那里度过。北卡罗来纳州和田纳西州的纬度约略相等,两州州界还有一段重叠,沿着大烟山脉的山脊接壤。黑山镇位于山脊东侧,诺克斯维尔则是位于西侧,两处城镇和山脊的距离约略相等。因此,她的犯罪现场的气候,和我们研究场的气候非常相像。

我们必须有水泥地面,才能模拟地下室。巧的是,那部分实验安排已经准备好了:我们才刚要建造一处库房,来收藏研究场的园艺工具、医学器具(解剖刀等用具,研究调查结束时,必须有这类器材来把骨骼切开),还要纳入一座小型气象站。最近我们进行了第一步,才刚灌了混凝土铺好水泥地,尺寸够大,做那项实验是绰绰有余。接着,我们只需要在水泥地上建造一个"房间",就可以模拟密闭的地下室。基本上就是个简单的夹板箱，尺寸为八英尺长、四英尺宽、四英尺高。

那时，波哈南和我都知道，我们或许会碰到一个问题。夏

我们在"人类学研究场"（缩略为 ARF）建造了一间小小的器材棚屋，想必进度是很慢，看我把那袋铁钉摆在那么不方便的地方就知道了。田纳西州一位检察官开玩笑，说我们的分解实验室应该称为"巴斯人类学研究场"，缩略为 BARF(呕吐)。

季很快就要来了，东田纳西的夏季很闷热，气温经常是介于华氏九十度出头到九十五度左右，和黑山镇地下室的较低温状况相比，是嫌热了一点儿。我们打电话找康薇尔讨论这个问题。她说如果装冷气机能够解决问题，就由我们去买，并把账单寄给她。其实我们根本就不必担心。尸首捐献这行有淡旺季之别，当年夏季，也不知道为什么，情况很清淡。不久，夏季就过去了，进入橄榄球季，秋季也来了。

这时派翠西亚也来了。一九九三年九月，她在有橄榄球赛程的周末来找我们。诺克斯维尔遇上橄榄球周末，全城疯狂。她订下旅馆房间，那恐怕是全市最后一间空房，而且她来到足球场附近，在面临河川的大众化餐厅，和身着橙色服装的田纳西大学队球迷挤在一起共进晚餐。我带她前往研究场，让她看

进入不同分解阶段的尸体,她一边听我讲解其中几项由研究生负责的研究计划,一边频频记笔记。

几周之后有人捐尸,阿瑟和我从遗体采指纹,接着就把那具尸体(编号4-93)载到研究场。我们一起费劲把尸体搬下卡车,搬进我们的夹板箱里。我们按照康薇尔之前的要求,让遗体躺着摆放。我们把一个硬币摆在遗体底下(那是个便士,正面朝上),另外再摆了一把钥匙,一片黄铜制门框定位板,一把剪刀,还有一条链锯的链条。接着我们把门关上,走出来,康薇尔小说里的凶手,就是要这样做。

六天之后,我们回去把箱子拆掉,取走遗体。不过,康薇尔笔下的凶手,会把被害人的遗体抛在湖边,我们则是把我们那具捐尸载到停尸间,检视、记录在仿真死亡现场有可能留下的一切痕迹或线索。遗体下背部的压痕是正圆形。在圆形里面明显可以看出,有林肯头部的模糊压痕。那个压痕可不像你把纸张覆在硬币上方,用铅笔涂擦拓下的那么清晰,不过非常接近了,看了会让人吃惊。那个圆圈是褐色的,带了绿色氧化铜斑点,那是体液腐蚀硬币留下的。

钥匙和定位板的轮廓都很清晰,那是印在双腿表面。剪刀轮廓是留在背部,也同样清楚。剪刀柄印在肉中,呈正椭圆形。链锯的链条留下丑恶的盘圈压痕,链齿串边缘的皮肤,变为深红褐色,几乎就像是切入皮肤一般。

遗体还带了另一种痕迹:尸肉有一条明显的凸起纹路,横过背部和肩部。最初这让我们不解,后来我们仔细看了遗体仰躺位置。我们铺水泥时,负责灌浆的是一票业余人士(就是我和我的几位学生),地面有条裂缝,凹凸图案和遗体上的纹路完全吻合。

阿瑟和我都很高兴得到这些成果，我们寄了一份研究报告，还有几张我们拍的照片给派翠西亚，她看了也很高兴。她说，实验细部结果，正是她写书要用上的。

我在来年二月，才又和康薇尔见面，那次是在得克萨斯州圣安东尼奥市的美国法医科学学会。她身为犯罪小说作家，始终在关注新科技发展，好让她写的书籍更有意思，也更逼真，而研究人员也经常在美国法医科学学会的会议上，发表科学突破创见和崭新的法医技术。我在阳台上巧遇派翠西亚，从那里可以眺望马里欧河心饭店的大厅，研讨会就是在那栋大饭店召开。我问她那本书写得怎样了，她说写完了，对成品还相当满意。她再次道谢，感谢我帮她做那次实验，接着她补上一句："我要把那本书命名为《人体农场》。"我大吃一惊。

我们在一九八〇年，着手开始研究人体分解的时候，我们的研究场还没有名称。毕竟，那里只不过是两亩广的一片土地，用围篱圈起来，阻隔肉食型动物，也避免有人好奇接近。最初的篱笆是锁链围栏，后来有几个过路人看到里面的遗体，瞥见创痛情景，于是我们增建了木制隐私围篱。就在某个时候，大概是在我们开始撰写研究成果，投递到《法医科学期刊》一类的学术期刊的时期，我们决定应该给研究场起个名字，带点科学味道的吧。因此我们起了个名字，叫作"人类学研究场"，缩略是"ARF"。唉，不久之后，地方检察署有个爱说笑的人，建议改名，叫作"巴斯人类学研究场"，缩略变成"BARF"（呕吐）。还好，那个昵称并没有流传下来，结果警方和联邦调查局干员，反而渐渐习惯把这处研究场称为"人体农场"。不久之后，我也是这样叫了。这个名称比较容易叫，也远比"人类学研究场"更能望文生义。

后来康薇尔要我为她安排实验,当时我没料到,研究场本身会被她写进书中。我还以为她只会用上部分研究资料,不会掀起余波。结果她在那里竟然告诉我,我们变成斗大书名标题。我实在是受宠若惊,原因在这里说明:这么多年来,我们一直在研究分解,期间也似乎没有什么人觉得我们的研究有什么了不起(或许有几位人类学家和昆虫学家赏识吧,不过也大概就是这样了)。然后,来了一位知名作家,想要拿我们的设施名称当作她的书名。这样受到推崇,还真受用!我对她讲,等不及要拜读大作。

几个月之后,一本书寄到我手中。我翻开阅读,大为吃惊。里面提到研究场,还大肆宣扬,里面还提到一位莱尔·薛德博士,是小说里的系主任。自从此书出版,那种感觉,就像是全世界的镁光灯,全部向我们照过来:电话不断响起,好几周都没有停过。我们的系办秘书,分别接到几十通记者打来的电话,询问人体农场的电话号码。当然了,那边树林里并没有电话,不过,接了一百通左右的电话之后,我开玩笑告诉所有秘书,再有人打来,就叫他们挂掉,改拨免付费电话:1-800-426-3323,参照号码盘字母是:1-800-I AM DEAD(我死了)。

到了一九九六年,《人体农场》已经成为出版界历来最畅销的推理小说之一。那本书在国际上也大受欢迎,在英国、日本和其他国家的销售册数多得数不清。我有个熟人,当时经常出差到日本。他对我说,每次他从美国去那里,他在日本的同事,都要他在行李箱里塞几本这部小说。

不久之后,记者和电视采访小组就络绎于途,纷纷前来诺克斯维尔和人体农场。到现在,尽管十年过去了,采访热潮都还没有消退。有些报道是危言耸听,也有的很可笑,不过另有些则是如实报道，值得推崇。

受人瞩目固然令人欣喜，却也是种干扰。倘若我们愿意放下研究、教学及写作，也大可以每天花二十四个小时，带团参观研究场。我经常对警方、殡葬业者、美国联邦烟酒枪械管理局干员等团体发表演讲，每年一百场左右，我见到的人，几乎全都问我，能不能来人体农场参观。有一周，两支童子军小队的女训导分别打电话来，要求我带她们的童子军参观人体农场。就在那个时候，我终于忍不住了：情况显然完全失控。从此，我拒绝的次数，就远超过答应的次数。然而，我还是有许多次说好，我的同事也是如此。

不过，有些时候，广受瞩目也是好事。由于派翠西亚写的那本轰动小说，还有小说引来的媒体大幅报道，结果我们接到许多人打电话来，表示愿意在死后捐尸，数量远超过以往。打电话到大学里，表达捐尸意愿的人，几乎全都表示："我要把遗体捐给人体农场。"

二〇〇二年十一月，派翠西亚又出版了一本新书，这次出的并不是小说。书名是《开膛手杰克结案报告》，这是投入两年辛勤努力，做法医研究的心血结晶。这是在讲一宗模仿生命的艺术，或许应该说是激发艺术的生命历程，那位犯罪小说家完成著作，也蜕变成为货真价实的法医侦探。她在书中深入探究过去，还运用最尖端的 DNA 技术，举证确立开膛手杰克就是维多利亚时代的一位艺术家，叫做华特·席格。他连续画了许多幅阴森的谋杀画面，和开膛手杰克杀人后的横尸现场像得惊人。如果有那么一天，派翠西亚决定封笔不再写小说，真实世界会需要像她这样不屈不挠的法医调查人员。

生命中有些时刻，事后你回想起来，就会发现一切都完全改观了。我这里讲起来就很得意,《人体农场》出版发行,就是我生命中的那种时刻,也是我创办的人类学研究场,重大的发展转折点。而且我也很荣幸,能和派翠西亚·康薇尔同事,还与她建立私交。

第十五章
史上最大危机

派翠西亚·康薇尔的小说《人体农场》推出后，也引来媒体关注人类学研究场。过了六个月，我仍然沐浴在镁光灯照耀之下。我和新闻记者一向都处得很好，主要是由于我乐意据实以告，透露我检视腐败遗体和枯骨所得结果。我这样知无不言，却好几次让自己难堪（尤其是我误判赛依中校死后时段那次，差了将近一百一十三年），不过，那次也有好处，可以让民众更了解法医人类学，还有这个领域可以发挥哪种功能来打击犯罪。

那时候，我担任田纳西大学人类学系主任已经快二十五年了。在那二十五年期间，系里的师资，已经从六人增加到二十名。我们的课程，也已经从不起眼的大学部主修科目，扩充成为国内屈指可数、培训法医人类学家的顶尖课程。当时美国的法医人类学家，共有六十名左右荣获理事会核发证照，其中有三分之一是我帮忙训练的。

我一度荣幸地被教育推展赞助委员会推举为"年度教授"，而且不局限于田纳西大学或田纳西州等级，而是全美国和加拿大范围的荣誉。随后不久，里根总统来到诺克斯维尔，还与我共进午餐。我们的研究工作在美国为人赏识、深受赞扬，在全世界也一样。我应邀到各地演讲，包括澳洲、加拿大和中国台湾。

我的私生活又变得充实、快乐，实在是始料未及。个中缘由，那种改变，其实就不断在我眼前展开，历经二十年。自从我搬到诺克斯维尔，进入田纳西大学领导人类学系以来，我始终热爱工作，每天上班。其中一项理由是工作本身，主要原因是教学令人快乐，法医案件又很迷人。另一个理由是安妮特·布莱克伯恩。

我进入田纳西大学之后不久，就雇用安妮特。当时系里已经有一位秘书，不过我们扩张了，也开始建构研究计划，必须有人帮我们处理研究资金运用事宜。安妮特来求职，我和她面谈的时候，就特别注意到她处事条理分明，在财务方面也具长才。再看她的态度亲切，个性成熟，还能感受他人的心意，我对她的印象更好了。像我们这么有规模的系，里面有形形色色的分子，从思乡的大一新生，到顾盼自雄的终生聘任教授都有，灵活手腕和幽默应对能力不可或缺。

后来我们的系办主任秘书，为追求高薪离职，我就让安妮特晋升接下那个职位。再过一阵子，她的职称就从秘书调升为行政助理。其实按照她的职责来讲，或许应该替她挂上顾问或参事职衔才更恰当。每当我做决定拿不定主意时，就赶紧和安妮特商量，好几次我听了她的意见，才不至于犯下严重错误。就以有人在人体农场聚集找麻烦那次来讲，还好有她，不然我就要冲出去和群众对峙。结果我们是前往停车场偏僻角落，坐在车里观察民众，暗自窃笑他们的抗议横幅写得好。结果，后来我面对新闻记者的时候，才能保持冷静，头脑清楚地应答。

我和安妮特共事二十年，期间两人从来没有恶言相向。系里的所有人（其他教职员和研究生，还有大学部学生），全都很喜欢她。多年以来,安和我夫妻两人与安妮特夫妇建立了深厚的友谊。她的丈夫叫朱欧,是田纳西大学医学中心的药剂师。每年两次,我们四人都会挤进一辆轿车或露营车,到东南部短程旅行共度长周末,我们去过纳许维尔、艾薛维尔、查塔努加、猛玛洞穴,还有其他六处地方。然后,就在安患病之后不久,安妮特的丈夫也经诊断确认罹患肺癌。就在安就诊确认罹患癌症前后,朱欧去世了。

在安患病期间,安妮特倾心静听,同情支持,后来安去世了,她也完全能体会我内心的煎熬。安妮特的友谊和体谅,帮我撑过最难熬的那几个月,最后,那份友谊加深变为爱情。安去世后过了十四个月,安妮特和我在基督教第二长老会的一间小礼拜堂成婚。我重获新生。我又觉得浑身充满年轻朝气。

简而言之,一九九四年的秋季是万事顺遂。太顺利的事却延续不了。

这个麻烦又是泡水人体惹来的。几年之前,我把罗恩郡的那具浮尸,藏在系里的拖把柜里,把工友给惹火了。这次,问题则是泰勒·奥布赖恩的尸蜡研究惹起的。尸蜡是种油腻蜡质,从湖泊、河流和潮湿地下室起出的遗体,表面常有这种物质。田纳西州气候潮湿,因此我对尸蜡相当熟悉。不过,这次我同样也不只是想知道现象和原因,我还想知道时机,这样一来,下回当副警长或救难小组带来一具浮尸时,我就可以观察尸蜡的形成状态,然后至少还可以抱持若干学术信心,告诉他们那具遗体"和鱼儿共眠"已经多久了。

我向几位研究生提过,建议他们研究尸蜡来写硕士论文,当时却没有人要采纳。我猜他们全都太有经验,知道浮尸是最恶心的了,最臭又最黏腻。不过,在一九九三年秋季,泰勒·奥布赖恩终于出现。他上一个暑期是在纽约州锡拉丘兹市帮法医师做事。锡拉丘兹市的外围是纽约州芬格湖区,因此泰勒暑期在法医师手下工作期间,还看过不少溺者。有些溺者的体表已经出现尸蜡,有些则无。泰勒和我一样也很想知道,死后不同时段和各种状态的关系。

若是采用最简单的步骤,那么只要把几具遗体系好,放到研究场坡下的河里就好了。不过,我们不希望在六个月期间,每天都有渔夫向警方报案。因此泰勒设计出崭新方案:他在地面挖了三个墓穴大小的坑洞,内敷厚层石膏,然后在里面灌水。泰勒采用较狭隘、控制较周延的研究,这种做法有学术根据佐证。减少变量项目可以排除可能的混淆因素,换句话说,这样他就完全不必考虑鱼类饥饿取食的现象。于是他就可以集中注意,只看尸蜡形成现象而不受外界干扰。

泰勒的研究用了三具遗体,每坑一具。他在每个坑底都摆了一个金属丝网平台,接着就把遗体摆在平台上。他还在每个平台的四个角落都装了挂钩,因此实验开始之后,过了不同时段,要研究遗体的时候就比较好处理,我们可以从四角把平台拉起来。

第一具遗体浮在水面,就像软木塞。我们把他的头压下,他的脚就露出水面。我们把他的脚压沉水下,他的头就又露出水面。我们讨论要不要加重物把他压下,后来则决定任由遗体自行浮沉。第二具遗体像石块般沉到水底。溺死的人,或被谋杀身亡抛进湖、河水中的人,过了几天或几周,分解过程所产生的气体,就会在腹部累积到相当容积,这时遗体通常就会浮到水面。第三具遗体是位高大、结实的黑人男性。当时我很有把握,他也会沉到水中,因为黑种人的骨头密度比白种人的高,结果他却让我惊讶。这位仁兄和头一个家伙一样,都是天生好漂泊。

泰勒让遗体泡在水中五个月,到时候肉体都会完全腐烂,也不会留下什么东西可供研究了。不过,他在这段时间,观察到很有意思的现象。其中最有趣的一项是这样:尸蜡并不是在遗体周身均匀分布,而是在吃水线以下部位形成,宽度约两到三英寸。我们假定这应该和水、氧有关,有这两种物质,才会形成尸蜡,不过我们并不肯定。几乎所有的优秀研究计划,所产生的问题和解答的问题一样多,泰勒的研究也是如此。

截至当时为止,唯一的尸蜡形成研究,只局限于小块组织样本,而且是摆在装水的玻璃瓶中,在实验室里做的。泰勒的研究计划,真正开创了新局面,研究自然环境下的尸蜡形成现象。泰勒仔细做记录,还拍摄了许多照片。此外,大学的摄影部门也跟着出勤,拍下实验片段,数量也不少。影片录下惊悚影像,不过就学术观点来看,却很能启发学子,因此我制作教学录像带时便把影片纳入,供执法人员培训时使用。这卷教学录像带是田纳西大学专业进修教育课程的教材,那套课程称为"田纳西执法辅助高等教育"。

结果,纳什维尔市有位电视记者来学校,打算介绍"田纳西执法辅助高等教育",却倒霉地让她看到那卷带子,她看到内容吓坏了。这也难怪,就连我自己,看到那段镜头都会觉得不舒服,而我还是整天都在接触死者和腐败遗体。我看到手术步骤镜头,也同样感到不舒服。不过也不能就此认定外科手术是错误举止。不过,事后回想起来,我也只能推断,这位电视记者已经在心里把我们列入黑名单,就等机会挥拳出击。

不久之后,她就逮到机会。当时,田纳西州法医师都会不断供应无名尸,把死后无人认领的遗体运来给我。有些是无家可归的男性死者,其中也有退伍军人。

战争期间我曾在陆军服役。对保家卫国的男女战士,都极为尊崇。我也绝对不会故意对退伍军人无礼,不管死活都一样。但是,当纳许维尔的电视第四频道,听说有光荣退役的军人,横尸人体农场任其腐朽,那时不管我的态度如何,全都没有用了。

我的第一项警讯,是接到记者电话,希望来采访,然后麻烦就来了。"好啊,"我说,"过来吧。"我在那整个秋季,都是在田纳西大学马丁分校教学,那是田纳西州西北部的另一所州立大学,距离本校三百英里左右。那名记者和她的摄影师,从纳许维尔开了一百五十英里来到马丁。他们忙着架设摄影机和灯光,同时她也告诉我,她已经把诺克斯维尔各报,历来有关于我的新闻报道,全都挖出来了。摄影机开始拍摄,结果她所提的问题,并没有涵盖那几十则报道,却只是绕着其中一则新闻打转:就是一九八五年,当地一个称为"诺克斯维尔关切议题解决组织"的团体,在人体农场抗议的消息。她提出的问题,都和那次抗议以及其他几次抗争有关,连续问了四十五分钟。接着,那名记者要求拍摄我的上课情形。"没问题。"我说,因此她们拍了。课后,她又要我上镜头,再拷问了四十五分钟。当时我就开始了解,上六十分钟节目,面对记者盘问是什么滋味,能够体会他们如坐针毡的感受。

几周之后,我应邀在外讲课,第四频道的几位朋友尾随我进入课堂,还拍摄录像。我觉得自己被人跟踪监视,却不了解其中原因。由于在马丁分校那九十分钟采访,气氛并不友善,我开始担心他们暗中有所图谋,这让我不安。因此,当他们要求到人体农场摄影,我拒绝了。

又过了几个星期,有一天我接到校警电话:能不能请主任到研究场一趟?等我赶到,校警正押着第四频道的摄影师,因为他把车开到研究场的木门前,三脚架固定好,摄影机就摆在架上,对着围篱内部尽情拍摄。

我气极了。最早当电视台和我联络的时候,我是竭诚欢迎,知无不言,坦诚通融,公平相待。如果他们也同样相待,我就会乐意继续合作,现在我却觉得被人出卖。这时我便断定,他们这是在从事搜捕女巫一类的行动。摄影师打电话到第四频道找他的老板,电视台找他们的律师,电视台律师找上田纳西大学的一位律师。

那次摄影游击行动过后几周,第四频道终于播出报道。那则系列报道有四集,他们称为《最后的正义》,内容是在责难我们,说是人体农场对退伍军人遗体处置不当。有些镜头是他们隔着研究场的九英尺高木制围篱,从门上向内拍摄的。不过,节目中的多数片段,却是采自"田纳西执法辅助高等教育"的教学录像带,特别是泰勒·奥布赖恩拿泡水遗体做尸蜡形成研究的写实影像。

照我来看,那套系列报道似乎是在扭曲事实、危言耸听。不过,就电视人的观点,他们大概是认为这可以用来大肆吹嘘尊严和恭敬之道,而且这大概也不会压低他们的收视率。不管他们有何图谋,报道内容造成重大冲击。播出之后有好几天,我不断接到电话,退伍军人、军眷、平民百姓愤慨怒责。另有些电话则是大学行政人员打来的,他们对这种负面公关感到忧心。事后回顾,我猜这类事情是必不可免。多年以来,我们为了进行研究,难免都要实行偏离社会习俗的做法来处置死者。这么些年来,当我们的研究,有助于破获刑事案件,报刊对我们的报道都很审慎、正向。而最近,由于一部畅销谋杀推理小说出版,还把我们推上台面,成为全国的注目焦点。当时我们是热门话题,因此大概就在某处,有某人认定,有必要让我们栽个跟头,收敛一点。

我希望这次扰动会很快就消弭,这个期望却很快就破灭。到头来,最初这场喧闹,只不过是风雨前的宁静。因为田纳西州的退伍军人事务局局长也加入这场纷争。他说动州议会的几位议员发起一项法案,通过的话,我们做研究时,就不能再从法医师那里取得无人认领的遗体。由于我们的研究计划,有相当比例用上了无名尸,这种结果会让我们瘫痪。

我大感震惊,这档子事怎么会演变成重大危机?!这里是世界上独一无二的研究机构,此外绝无同类的学术设施。我们在前几年,研究人体分解的过程和时序,发表了创新成果数据,而且那批基础数据,也流通全世界在各地运用。警检单位运用了那批数据,已经把几十名谋杀犯送进监牢。我本人也几十次以专家证人身份,出席谋杀审讯庭,帮忙出力把不少凶手关进监狱。从我的学系毕业的研究生,有许多在科学界发展。他们在人体农场做了研究,凭自己的本领成为领导专家。然而,我们不过才开始入门。还有许多变量必须研究,还有那么多技术有待开发、修正……

我知道我无力单打独斗,却也不知道该找谁帮忙。我曾经涉入学术论战,却从来不曾和立法机关对阵。倘若我打输了这一仗,人体农场就要沉沦进入学术历史,成为一次大胆却注定要失败的实验,供人凭吊。

然后我想起检察官,他们说不定能帮上大忙。田纳西州有三十一位地方检察官,他们不但是负责执法的官员,还是民选的公仆,凭选票上任,也由于他们全心奉献打击犯罪,才能继续留任。我帮过几位地方检察官,是直接出力帮的忙。事实上,几年之前,我甚至还帮忙把杀害诺克斯维尔一位助理检察官的凶手关起来。

我取出田纳西州执法人员通讯簿,开始拨电话。我就退伍军人事件向他们说明我这方的观点。我寄出研究场简史,并说明倘若州议会削弱我们在人体农场的研究,可能会产生哪些影响,而且不只是影响我,也影响到警方和检察官。

第四频道播出《最后的正义》之后三个月,反人体农场法案提请讨论,由参议院一个关键的委员会投票表决。该法案有两位提案人也列名委员,情况看来是相当严峻。不过,当时有另一位参议员,要求就法案发表意见,他语调激昂驳斥那项提案。他引据说明,那项法案根本就会让人体农场关门,这样一来,就会妨碍执法,减损成果。"我们关切死者遗骸,"他说明,"更有必要逮捕罪犯,这时就应该把关切摆在一旁。"委员会表决结果,五比四搁置法案。我们避开一场浩劫,险得不能再险。

后来,我有次参加聚会,田纳西州的州长也正好在场。会后州长把我拉到一旁,贴近我的耳朵,悄悄地说,"显然我的退伍军人事务局局长,手头的工作还不够。"听了这句话,我觉得这暗示人体农场的那场骚动已经过去了,至少是暂时平息,我也希望就此不再复燃。

第十六章
烤肉——烤谁的肉

田纳西人经常在夏日到后院烤肉。我参加过好几百次这种活动。其中一次是别人都没得比的。

一九九七年七月二十一日，田纳西州调查局有位干员，叫作丹尼斯·丹尼尔斯，从本州岛联合郡乡间打电话找我，那里距离诺克斯维尔四十英里左右，他请我去那里检视一批骨头。他怀疑那是人骨。那时丹尼尔斯是在一位二十一岁男子的住宅，那位屋主叫作麦特·罗杰斯。另外，联合郡司法行政处的两位调查人员，戴维·特里普和拉瑞·戴克斯也都在那里。

我逮到两位研究生，启程前往联合郡。两人都是我的法医应变小组组员，名叫乔安妮·班奈特和萝伦·罗克荷德。我们在一九九七年已经处理了二十二宗法医案件，所以这宗的案件编号就为97–23。我们来到联合郡的梅纳德维尔，在法院大楼和警长的几位副手会面，然后就尾随他们向乡下开去。乡下可不是随便叫的。道路蜿蜒穿过树林和贫瘠农场，在屋宇和锈蚀拖车之间穿梭，最后我们来到一处荒废的小村——吉姆镇。

罗杰斯的住宅很小，是栋木造房子，很久很久以前，那栋房子(一度)有油漆粉饰，不过，油漆大半早已剥落，露出木板经受风吹雨打,如今已经泛白。干员带我绕到房子侧边,来到工具棚屋后方。我马上知道他们是想让我看什么,不必等他们指点说明。那是个满身铁锈的五十五加仑油桶,侧边有子弹射出的许多大洞。乡下人把那个叫作"烧火桶",在上面装个烟囱,搬到都市,烧火桶子就升级变成"焚化炉"。我注意到的是一根大骨头的末端,从桶口伸出。

"麦特说那些都是动物的骨头,"丹尼尔斯干员告诉我。"说是只死山羊,是他的几条狗拖到院子里的。"显然,田纳西州调查局干员并不相信麦特的说辞。

丹尼尔斯怀疑得很有道理。据报麦特二十七岁的太太派蒂在十一天前失踪。另有件事还火上浇油,更让人打上问号。派蒂失踪并不是麦特报的案,而是派蒂最要好的朋友安葛尔,她最后一次看到派蒂,是在七月七日的野炊聚会上。派蒂在那次野炊时,告诉安葛尔,她打算隔天就离开麦特。不过派蒂并不是只跟安葛尔讲,于是情节就开始变得复杂了,就像是上演一出肥皂剧。看来是派蒂和安葛尔的兄弟麦可有染。派蒂和麦可在当晚野炊的时候,告诉麦特两人有婚外情,还说他们隔天就要在一起。派蒂和麦特大吵一顿离开野炊会。

过了两天,安葛尔都没有听到派蒂的消息。她很担心,因为两人的交情很深,还有派蒂跟她讲的事情。后来麦特打电话来,安葛尔真的害怕了:他问安葛尔有没有看到派蒂。他说,派蒂在凌晨两点冲出屋子,从此他就没有再看到派蒂了。

隔天,安葛尔前往司法行政处,报告派蒂失踪了。她之前劝过麦特出面报案,他拒绝了。麦特还表示,如果她去找了警长记得要跟他讲,这样他就可以在有人过来找他谈话之前,先把房子整理干净。安葛尔并没有告诉麦特她已经报案了。于是戴克斯副警长前往罗杰斯住宅的时候，就注意到派蒂的手提包、汽车钥匙和香烟，还都摆在长桌上。他感到奇怪，怎么会有女人离家三天，却不带走那些东西？更别提她还有个小孩。

派蒂依旧没有出现。她的女儿搬去和麦特的双亲同住。七月二十一日，失踪人口报告转给特里普探员。特里普愈深入了解，就愈肯定派蒂并不是抛下丈夫、孩子那么单纯。到这时，从派蒂最后在人前现身已经过了两周。特里普探员和戴克斯副警长再次回去，质问麦特。这次，他们也把田纳西州调查局的丹尼尔干员带去。他们还带了几条尸体搜索犬。

麦特不改说辞。特里普和丹尼尔问他让不让他们搜索住宅，他答应了。尸体搜索犬指挥员向外分散到几亩范围，麦特在院子里一块石头上坐下，旁观搜寻作业。

丹尼尔干员想探看住宅底下。那栋房子离地好几英尺，角落和其他几处位置安有梁柱，不过地基开放，也没有铺设矮维修层。丹尼尔从他的车里取来一支手电筒，照亮地板下方暗处。

同时，特里普注意到屋侧院子里有处垃圾坑，还有个桶子，看得出最近里面都烧过东西。特里普本人一辈子都住在乡下，他知道，乡下人有东西不要的时候，大体上都是抛到垃圾场或者烧掉。特里普向桶内张望，并向丹尼尔喊叫："你可以叫尸体搜索犬不必找了。我想我找到那个年轻女子了。"麦特就是在这个时候，告诉他们狗啊山羊的那套说辞，同时他依旧是端坐在石块上。丹尼尔就是在这个时候打电话给我，请我带一组人员，出勤来到联合郡。

我看得出，他们为什么怀疑麦特，不相信他那套山羊骨头的说辞。我当然也不相信他：研究人类骨骼四十年了，看到烧火桶伸出一根人类股骨，我当然认得出来。这根股骨烧得很严重，我看到骨面碎裂转为灰白色的情况，就知道骨头在炽烈火中烧了很久，不过这绝对是人类的。

除了桶子之外，还有其他地方也有大火烧过。在一侧几英尺外摆了一床弹簧床垫，总之，在很久很久以前，那是床垫。现在那只剩一堆烧弯的焦黑弹簧，还混杂了烧焦的锡罐、干电池、碎盘子，还有其他的家庭垃圾。我弯腰看个仔细，在残屑堆中看到许多烧过的细小碎骨。我们眼前这项工作非常累人。那时已经接近傍晚，大概再过三个小时，天色就要变暗，我们要在天黑之前，在这片宽广范围的复杂地点挖掘并复原碎骨。

乔安妮和萝伦把工具从卡车上搬下来：几把挖掘用的铲子和泥刀、筛选残屑用的金属筛网、照相机、测径器，还有标本袋。残屑洒在很大的区域，约七英尺长、五六英尺宽。为利于记录我们的发现和找到的位置，我拿调查标旗带来标示网格线，等分为十二区，每区都呈矩形。

乔安妮和萝伦合作标示网格线，一边一人同时作业。同时我也在桶内挖掘，每隔一阵子，就暂停查问两名女生的进度。她们按照弹簧床垫的网格循序作业，很快就发现，遗体最初是摆在床垫上燃烧。因为碎骨大略都是按照人体构造分布散置。烧不化的部分，后来才转到桶中再烧。多数人并不知道，用火把人体烧光是多么困难。看起来这是杀人后毁尸灭迹的好办法，其实不然。

烧火桶中有相当多的骨骼成分，不只是我最早看到的那根股骨。尽管那根股骨(那是左腿的)烧得很彻底，却还是相当完整。桶中的其他骨头，大半就不是这样了：多数都烧成酥脆的灰色碎片，处理时必须很谨慎，才不会破损。我把桶子翻倒横躺,把头伸进去,在里面翻找骨头。我找到相当多的骨头,全都已经破成碎片:肩胛骨部分、一根胫骨、其他几根长骨、大半块荐骨,还有几块脊椎骨。有些脊椎骨落入桶底,才没有被火烧得更透彻,都只是略微烧焦,上面还有柔软组织。颅部有块很大的碎片,也是落在桶底,因此没有像其他的骨头烧得那么严重。桶底周围地面,还散落了几块骨头。另有几块长骨碎片、荐骨和胝骨关节的碎块、肋骨和脊椎骨碎片、一块趾骨,另外还有两块颅骨碎片。

　　我一边在桶中挖掘,同时乔安妮和萝伦也在弹簧床垫区工作,就那十二个网格条理进行。她们先略事观察整个表面,发现许多骨骼碎片。把看到的骨头全部取出之后,她们就开始处理其他灰烬,全面筛找,一直向下进行到裸露的地表。十二个矩形网格之中,有三个只有垃圾,没有骨头。另外九个网格当中,就有好几千块碎骨。等我们完成现场挖掘工作,天已经黑了。我们在这三个小时之中,挖出的碎骨装满了三十二个证物纸袋(每个约有午餐袋那么大)。

　　我们动身回诺克斯维尔。麦特启程前往联合郡监狱,并以一级谋杀罪嫌被起诉。

　　有些人会想尽办法要摆脱太太。我呢,我就不同了,我是竭尽心力要和安妮特厮守。

　　情况让我们完全料想不到。一九九六年元旦夜,安妮特注意到,沿着她的锁骨,有几个淋巴结肿大。一月二日天气晴朗,她在上午前往诊所。他们替她照了 X 光,从照片看到残忍骇人的景象:肺癌,已经进入第四期。照了一轮放射线,肿瘤消失了。

　　然而,才过了五个月,安妮特也走了。有天早上,她醒来时

— 237 —

呼吸困难。我叫来救护车。就在前往医院途中，她的心跳停止了。他们让她复苏，心跳却又停止。癌症大张旗鼓回师报仇。尽管救护车高速前进，来到急救处入口，安妮特却已垂危。我跟着救护车，落后不超过一两分钟，可是等我赶到时，她已经走了。

我这辈子都虔诚信仰基督。也不是说我不曾怀疑（哪个有思想的人不是如此？），不过我还是信仰有上帝慈父。我是在教堂礼拜中长大的，我在主日学校教了好多年，还几次带领青年团到墨西哥布道。但是，那次在急救处，在安妮特死去那个时候，我觉得我的信仰似乎也随她消逝。

我在往后几天、几周锥心刺骨，深入回想我的宗教信仰，断定这和《圣经》所写的完全是背道而驰。上帝大概不是按照他的形象来造人，或许是我们按照自己的形象来创造上帝。希腊哲人早在约两千五百年之前，就推出这项结论："衣索比亚人说他们的神祇鼻子扁平、皮肤是黑的，"色诺芬尼写道，"色雷斯人则说，他们的是淡蓝双眼并长红发……如果牛、马或狮子有手，或能够用手画图，还做人类能做的事，马画出的神祇，形象就会像马，而且牛神像牛，而且它们画出的神祇身形，也会是马身或牛身。"①

慈父，这是我在心中描绘的上帝形象，让我用手画，也是如此。从六十五年前开始，自从我父亲的办公室传出那发枪响开始，我想要、需要的上帝就是这样。但是，难道全能又无尽慈爱的天父，会让我这两位纯洁的女士都死于癌症？安生前专研营

---

① 作者注：引自《前苏格拉底古代哲学家》，柯克、拉文和斯考菲尔德著，剑桥大学出版社，一九八八。

养学,除了自己吃得健康之外,还指导过好几千人也注意饮食,结果癌症却找上的她的消化道。安妮特死于肺癌,她一辈子没有抽过香烟,她在医学上唯一的罪,就是嫁给抽烟抽得很凶的人,共度三十载。

追根究底,或许完全是化学和遗传的错:安和安妮特完全是由于体质或遗传不好,抵抗不了遍布周围环境的致癌物质。有些人有办法抵抗,这两位女士不能。她们大概就是死于这项冷酷的客观因素。

安死得很慢、生命点滴流失,我从情况无法挽救之前,就开始处理因应。安妮特则是猝死,霎时就倒下,而且是在我母亲去世之后,才两个月就走了,我这辈子和母亲都非常亲近。那种悲痛快把我压垮了。我害怕踏进我空荡荡的房子。我会没来由就开始抽泣,停不下来。那几个月,是我这辈子最黯淡的时期。

我只有靠我的工作活下去。就像底下这类案件:一名男子涉嫌杀妻分尸,并放火烧毁遗体。这个世界似乎是不正常透了。

隔天,我们在球场地下室里的骨头实验室开始工作,把骨头碎片拼凑成形,就像是在拼焦黑的拼图。我希望我们不只是能够拼出骨骼,还能推断这个人死前的遭遇,或许就是派蒂·罗杰斯的死亡内情。

我已经知道,这则内情就像骨骼,也是支离破碎,好不到哪里去的。我们在现场,几乎把全身上下的骨头碎片全都找齐,只缺一个重要部位:脸部骨头全都不见,只残留一小块颊骨,牙齿也都找不到了。牙齿很耐烧,即使是在营利火葬场,就算烧得很透彻,牙齿还是会保留下来。牙齿不见了,再加上脸部骨头遗失，我就知道有人很小心地把颅骨的这些部分拿走，希望这样做就无法确认受害人的身份。我可不想就这样认输，承认自己无能为力，不过这肯定不会很好办。

我们按照处理案件的一贯做法，从确定性别、年龄、种族和身长入手。不同种族的脸部构造迥异，由于这次的脸部遗失，手头又连一根完整的长骨都没有，其实是完全没有完整的骨头，所以我知道，我们不可能确认种族或身长。至于性别和年龄，那就不同了，这我们大概可以根据手头材料来推断。

所幸髋骨有块碎片带有坐骨切迹。坐骨切迹是个缺口，坐骨神经由脊柱穿过这里，延伸进入腿部，女性的缺口明显较宽，因为上方的髋骨向外伸张得较宽(髋骨上的坐骨切迹，样子就像是在头部侧边晃荡的长耳垂，旁边有个槽孔)。成年男性的坐骨切迹，宽度仅容你的指尖伸入。就本案的例子(案件编号97-23)，槽很宽，因此我们断定，这肯定是女性的遗体。解决一项问题，还有一项：这位女士生前是多少岁？

通常要精确估计年龄，最好是分析耻骨构造和质地，不过以本案来讲，这些特征都已经被火焚毁。因此，我们必须参照其他的年龄标记。所幸，尽管骨头都已经折断碎裂，骨骺(骨头末梢和骨干愈合相连的部位)还是相当完整，而从骨骺上很能够看出年龄。就拿我看到的股骨为例，也就是从麦特的烧火桶口伸出的那根。说来很怪，不过股骨实际上是由五块骨头所组成，在骨骺部位以软骨并合固定，而且最晚在十五岁就已经成形。

股骨尚未成熟的时候，在这五个部分当中，最明显的就是股骨主干。邻接骨干上端(称为近骨骺骨端)有个圆形的股骨头，也就是嵌入髋臼(髋窝)的球体。前一天，我观察麦特的烧火桶,第一眼看到的就是股骨头。股骨头之下是大转子,那是明显突出的骨质隆凸,位于大腿上段侧面(外侧),就是腿部和躯干绞合的部位。大转子正面,骨干内侧还有个小转子,这个隆凸的尺寸小得多了。最后在下方远程有髁状突,这就是构成膝关节的股骨部分。

看骨骺就可以缩小受害人的可能年龄范围,因为这个部位会在不同年龄骨化,也就是从软骨转变为硬骨。股骨骺远端(紧贴膝盖上方的部位)最后才愈合。有些人的骨骺远端要等到二十二岁才会完全骨化。我们那位被焚女士的骨骺远端已经完全骨化,她肯定至少有二十二岁。

此外还有没有东西,可以用来缩小她的年龄范围?幸好,尽管耻骨联合已经严重受损,髋骨上的其他年龄标志并没有被火焚毁。肠骨的耳状面(髋骨上部的耳状宽阔表面)质地细致,有细粒构造。根据这点,再加上肠骨和荐骨愈合处的隆脊轮廓分明,我知道她生前大概是介于二十五岁到三十五岁之间。至少到现在为止,我还没有发现任何迹象,足以显示这并非二十七岁的白人女性——派蒂·罗杰斯。

我们从一开始,就全部认定,这批骨头大概就是派蒂的遗骸,不过这么些年来,我也学到,你的假设,有可能蒙蔽你的思维,结果犯下科学错误,让自己陷入窘境。我在处理赛依中校案的时候,就得到惨痛教训,当时我误判那位南部邦联军官的死后时段,偏差几乎高达一百一十三年,顺便告诉你,这是我个人的最高不精确记录。此外,我还处理过几宗遗体身份鉴识案例,那几次,谋杀侦查人员探出真相的时候,结果令他们大感意外。就在摩根郡那边,沃特堡有位著名的地方承包商失踪。从此以后许多年,每次发现人骨,警方都以为他们终于找到他了。有一次他们特别感到吃惊，那次我通知他们，最后找到的那位，根本就不是他们要找的中年男性承包商，而是位八十岁的老太太。

因此，当我开始检视 97-23，在碎裂骨堆里寻找线索，我就尽量不去预设立场。不过却很难不让悲观情绪溜进来。没有一块骨头完整，大半颅骨都遗失，所有东西都烧得酥脆。更正：是"几乎"所有东西。少数几块脊椎骨堆在桶子底下，找出时大致都没有受损，还有一大片（颅骨右上部位的）颅顶骨也还完好。这块颅顶骨和我们采集到的其他骨头一样，也破损了，不过其他的碎骨的断裂线都烧毁了，这块颅顶骨的却没有。这处骨折并非火焰热度烧成的，也不是颅内液体蒸发积聚压力爆裂的。这是其他某种强大的力量，约在死亡时间，从外部把颅骨击碎的。

我观察颅骨的其他碎片，看出端倪，显然就是那种强大力量留下的痕迹。颅骨有三块碎片（左颅顶骨和颅骨基部的两块枕骨碎片），内外表面都带有淡灰黑物质痕迹，可能是金属材料。我直觉想到那是什么，后来 X 光照片证实我的直觉没错。用 X 光来照那种材料，在负片上是纯白色。那是由于用 X 光照相时，射线并不能透过那种材质：那是弹头留下的铅溅斑。我们的 97-23 女性受害人，头部先中枪，然后遗体才被焚毁。

不过，我们能不能证明，97-23 就是我们心中想的那个人——麦特的失踪妻子派蒂？由于缺少脸部特征，也没有牙齿，唯一能确认身份的做法，就是 DNA 检测。约从五年之前开始，就有很多地方可以做 DNA 检测，那是在一九九〇年到一九九一年的海湾战争之后开始普遍使用。不过，就本案而言，遗传检测或许行不通：高热会摧毁 DNA，这些骨头都曾经在高温下焚烧，温度足够把骨头完全烧成灰。我们只能寄望那几块颈椎骨，或右颅顶骨没有烧毁的大块碎片(就是有可能在弹头射入头颅时，被击碎撞脱的那块)，期望从这几块骨头，能够采到足够 DNA，来和派蒂血亲的样本做比对。我们把脊椎骨碎片寄交一家私营法医实验室，然后就交叉手指，祈求能有好结果。同时警方也要求派蒂的双亲，提供血液样本以供比对。

我们一边等候检测结果，同时也继续检视骨头。我希望我们还能解答一项关键问题：她是在什么时候遇害的？乔安妮是帮我解答这项疑难的理想助手。她在一年前拿到人类学硕士学位，论文主题是研究骨头经火焚烧，会产生哪些变化。

乔安妮做研究的时候，钻研了骨头在两种情境下的焚烧结果。第一，她重建考古情境：她掩埋史前遗骨，接着在埋骨处的地表堆了营火点燃，目的是要测定在久远之前埋藏的古代骨头，可能会经历哪些变化。现代考古学家有必要了解这些改变，挖掘古代遗址的时候，才会知道该如何寻找、诠释。

她的第二项实验，直接和罗杰斯案有关，她重建了逼真的法医情境：乔安妮在一栋房子底下的矮维修层里，摆了一些骨头，然后把房子完全烧毁(让我改个措辞，以免有人认为我的学生都是纵火犯：那栋房子经过鉴定是危屋，而且并不是乔安妮放火烧的，是消防队，感谢他们让乔安妮驾驭烈焰来做研究。消防队之所以愿意合作，有可能和一位队员有关，当时他在和乔安妮约会，如今是她的丈夫)。

乔安妮采用鹿的骨头来作为研究标本。田纳西州有很多鹿，鹿骨和人骨也非常雷同。她把骨头安置在矮维修层内，部分摆在泥地上，部分埋在地下约一英寸左右，另有些则是埋在两英寸深度。然后就任意泼洒汽油助燃，房子开始起火燃烧。

房子烧得很快，才过了两个半小时，那栋木造房子就只残留闷烧余烬。乔安妮让残烬冷却一夜，隔天再回去取出她埋藏的骨头，拿回温度测定器，那是用来测量骨头受火焚烧的最高温度。矮维修层空间的温度蹿高到华氏一千七百度上下，地下一英寸深处的温度达到华氏一千两百六十度上下，而两英寸深处则受火烤炙高达华氏一千零八十度。骨头经受这种高热，会产生多处骨折，特别是摆在地表的骨头。那组标本的表面满布纵横裂纹，有些是顺着骨头纵长，也有些是横断或环绕圆周。

　　乔安妮做论文研究时所采用的骨头标本，都已经去肉、干燥。不过，她在拿到学位之后，又做了其他实验，用的是"嫩骨"，也就是带肉的新鲜骨头。由这些实验看出，焚烧新鲜遗体，烧出的断口明显不同：嫩骨受火焚烧会有弯曲倾向，有些横断骨折还呈曲线，甚至于螺旋形，并非单纯环绕骨干分布。

　　当乔安妮和我研究从罗杰斯后院采来的火焚碎骨的时候，我们还拿了碎骨和她的实验标本做比较，也和她后来做的嫩骨燃烧实验的骨头照片做比对。结果让我们吓一跳，因为从罗杰斯后院取来的骨头都没有弯曲，而且横断骨折也都看不出有弯曲或螺旋纹路。事实上，个案 97–23 的骨折样式，和乔安妮的论文样本像得惊人，也就是和事先去肉、干燥之后，才被火焚烧的骨头雷同。乔安妮和我推出的结论，都既令人意外，却又必不可免：遗体是先分解了，然后才被火焚毁。但是，尸体怎么会分解得那么快，还有地点呢？这些问题让我伤透脑筋。

　　我按照我们的发现写好报告，复制后分寄给田纳西州调查局的丹尼尔斯干员、司法行政处的诸位侦查员，也寄给地方检察官。不久之后，我就得到答案，解决了那几道难题。麦特被捕之后，隔天丹尼尔斯询问麦特和派蒂夫妻的一位朋友，取得证词。那位朋友叫作克里斯·沃克尔，他告诉丹尼尔斯，派蒂失踪之后一周左右，他有次搭麦特的便车。那辆车发出恶臭，沃克尔说，闻起来就像是有东西死了。他问起那种臭味，麦特告诉他，派蒂有只宠物陆龟不见了，结果死在车里。沃克尔说，那种臭味实在难闻，他只好把头伸出车窗外，才能呼吸。一只小陆龟竟然发出这么强烈的恶臭，令人不敢相信。

沃克尔向田纳西州调查局的干员透露，他搭了这趟恶臭便车之后，过了几天，他就看到那辆车被拖走，朝诺克斯维尔方向离去。后来他回到家里，便打了几通电话到诺克斯维尔，询问了几家拖吊服务厂，想问出那辆车是被拖到哪里去，结果运气不好，他问不出来。

按照沃克尔的说法，我们的发现就完全说得通了。倘若我早知道，遗体是被锁在汽车行李箱，在七月暑热气候中，摆了一两个星期，那么那批骨头就完全不出我所料，正是应该烧出那种骨折样式。如果是辆深色的汽车（这辆是蓝色的别克尊爵车款），在夏季日间高温时段，行李箱内的温度就可以高达华氏一百度。放在这种高温下一周左右，分解速率会大大提高，而且车内也会染上严重的恶臭，正是沃克尔闻到的气味。

想要找到那辆失踪汽车的人，不只是沃克尔一个。取得他的证词之后，田纳西州调查局和联合郡司法行政处的调查人员，都设法要找出汽车去向，结果是白费工夫。传闻那辆车是被运到诺克斯维尔的一家废料厂，只卖了几块钱，而且很快就被切碎。我一直很遗憾，没有机会检视那辆车。我心中毫不怀疑，只要让我从前的学生，出类拔萃的法医化学家阿帕德·伐斯采得一摊挥发性脂肪酸样本,他就绝对能够证实,遗体是在那辆汽车的行李箱内分解的。

那具有可能是在汽车内分解的遗体（绝对是在院子里焚毁的那具遗体）,正是派蒂·罗杰斯的遗骸。我们送去做检测的骨头样本,含有充分的 DNA,足够和派蒂双亲的样本做还原比对,结果吻合。

麦特杀死妻子派蒂,应以一级谋杀罪嫌起诉,他在预审升庭时辩称无罪。不过,他在受审前夕,仔细端详对他不利的法医证据。我们的报告详细列出头部枪伤、分解时段、脸部和牙齿都被拿走,还有除了这两项之外就很完整的骨骸重建结果。如果他在受审时被判有罪,他很可能要终生坐牢不得假释。

一九九七年十二月十九日,抢救派蒂焦黑骸骨五个月之后,麦特·罗杰斯承认犯下二级谋杀罪,他把派蒂的遗体肢解,摆在自家院子里的烧火桶和垃圾坑中,烧成焦炭。他被判入狱服刑二十五年。

派蒂女士生前并不快乐,日子过得不顺。她一度嗜吸可卡因,不过她自称已经改掉吸毒习惯。她想过要自杀,而且是当真的。不过,她在失踪之前仅两周,还写过信给她的朋友,信中写道,她的体重略有增加,过去实在是太瘦了,而且她还去补缀牙齿。"我有一天要让很多人吓一跳,"她继续写道,"我要让你们都刮目相看。"信中还提出以下请求,令人不寒而栗:"如果有一天上帝带我走,我希望你一定要关照我那几个孩子。"据说派蒂有几个女儿,由她们的父亲,派蒂的第一任丈夫抚养,住在佛罗里达州。

在此同时,麦特则是在牢中服刑,我料想他的日子并不好过。他是被关在布拉希山的州立监狱,那是一百年前完工的石造监狱,就像座阴森古堡,建在一处险峻的悬崖上方。布拉希山以铜墙铁壁著称。只有一名囚犯差点逃脱,他叫作詹姆斯·雷伊,就是杀死小马丁·路德·金被判有罪的那个人。结果,当成群猎犬和监狱看守,在环伺布拉希监狱周围的寒冷、严苛山区逮到雷伊的时候,看来他还挺高兴被人找着。

我可不想造次,在派蒂被丈夫谋害焚烧之后,还说什么她在身后,因遗骸被人找到而心怀感念。不过,身为法医学者,能参与处理这宗案件令人欣喜,我高兴能帮忙找到她、确定她的身份,也多少算是帮她伸张正义。最后并没有出现我担心的结局,她的故事并没有那么支离破碎。结局并不快乐,不管怎么想,那都不算是快乐的结局。大概可以说是令人满意,却带了点惊悚,不过就谋杀案件来讲,恐怕那就是你能得到的最好结局了。

第十七章
跨国焦尸疑云

死亡和犯罪没有疆界分野，死者的骨头都讲共通语言，不管是在诺克斯维尔、纽约或在老墨西哥找到的都一样。

得克萨斯州圣安东尼奥市往南一百英里，就是墨西哥的蒙特瑞市，人口三百万左右。蒙特瑞是墨西哥新莱昂州的首府，也是繁忙的工业中心，和美国都市极为类似，只除了那里有众多拉丁裔人士，很少见到白人。

一九九九年一月十七日，我这个"白佬"(我很不喜欢飞行，每次搭机旅行都很紧张)抵达蒙特瑞国际机场。我来到墨西哥，目的是要和保险调查人员见面，他叫约翰·吉布森，运气好的话，还要解答一则价值七百万美金的问题。

蒙特瑞市东缘郊区称为瓜达罗普，那里有处警方羁押场，锁链围栏墙内有辆雪佛兰萨伯本车的车身残骸。六个月前，在一九九八年七月间，那辆萨伯本被火焚毁，燃烧高热把一名男子的遗体烧得只剩几把焦黑碎骨。

这宗案子和其他众多案例一样，也是从一通电话开始，那是一位束手无策的侦查员打来的。吉布森在圣安东尼奥市工作，一家大型保险公司——肯普尔人寿，雇他调查一位被保险

墨西哥蒙特瑞市的这辆雪佛兰萨伯本车烧得焦黑，里面有焚毁的人体遗骸。其中有项问题价值七百万美金：那是不是麦迪逊·拉瑟福德的遗骸？这辆车的右后角车顶凹陷，可见那里泼了汽油或是别种助燃剂。

人死亡的案件。吉布森已经看过那辆汽车，还有内部残存的少量人体骸骨。这时，他和肯普尔人寿公司要我帮忙鉴识遗骸。

吉布森到机场接我，开车一起前往谢拉顿大使饭店，那是栋黑色玻璃的高耸建筑，闪耀生辉，就算摆在洛杉矶或土桑市看来也很搭调。吉布森和我提前共进晚餐，他边吃边对我说明案情细节。

那位被保险人是美国人，叫麦迪逊·拉瑟福德，三十四岁，是康涅狄格州的金融顾问。拉瑟福德的妻子叫雷妮，夫妻在丹伯里城外拥有一片殖民式农庄产业，占地五亩。他们的产业林木茂密，养了许多狗、猫和鸡。雷妮是他寿险的唯一受益人。

我做这行常会接触到生命所值几何的问题，不同人的生、死价值,金额差距是如此悬殊。有些人死了,他们很穷、孤苦无依,身无长物,遗体摆在停尸间无人认领,最后便由郡县法医师或法医验尸人员葬在贫民墓园。其他幸运的人,或有温馨家人,或有崇高社会地位,或有高额保险金,则是死后哀荣,豪奢下葬走完人生旅途。我们多数人都介于两者之间。上回有人问我寿险的事,我甚至都不记得自己有没有买。还要我的太太卡萝提醒我有。不过,保额实在不高,我身后的价值不高,也肯定不值得下手谋财害命。

麦迪逊·拉瑟福德就不同了,他的死亡值得大笔财富:计达七百万美金,令人咋舌。其中四百万是由肯普尔人寿公司支付,另外三百万是由另一家公司(大陆全美集团CNA)负担,有些人肯定会认为,这值得谋财害命。

拉瑟福德和一位朋友在七月十日左右来到蒙特瑞市,据报途中还在东边一百英里处的雷诺萨市暂停,前往一家养狗场。拉瑟福德在那里拿定主意,要买只稀罕的巴西狗,那是种叫作菲拉的獒犬。之后,拉瑟福德在蒙特瑞买了一辆脚踏车放进车内,说是要送给那家养狗场。

七月十一日晚上,拉瑟福德离开他和朋友住的那家饭店(就是吉布森和我当时住的那家谢拉顿饭店),独自启程前往雷诺萨。七月十二日,他开着租来的那辆萨伯本赶回蒙特瑞,在黎明之前开下高速公路,撞上路堤起火燃烧。警方和消防队赶到现场,面对炽烈火焰却无能为力。等到大火终于熄灭,他们查看车内,什么都没有,里面也没有人。

后来在当天上午,警方联络租车代理。然后那家代理商联络上拉瑟福德的朋友,他是康涅狄格州的退休州警,叫托马斯·彼特里尼。彼特里尼因应所请,随同那家租车代理的职员来到瓜达罗普，前往警方扣押场，那辆焚毁的萨伯本就是被运到那里。

彼特里尼一到那里，就弯腰探入乘客车厢，在地板上的焦黑碎屑中翻找，起身时手里拿着一支烧黑的手表。手表底面有熏黑的刻字："给麦迪逊——爱，雷妮"。又找了一会儿，寻获一个紧急医疗手镯，文字说明佩戴的人是麦迪逊·拉瑟福德，他对盘尼西林过敏。彼特里尼还找到一些骨头，讲明白点儿是焚烧成灰的碎骨。我怀疑自己在那辆车里还能找到什么东西。

星期一，我抵达之后隔了一天，吉布森开车载我出城，到瓜达罗普的扣押场。我在过去三十年间处理过几十辆焚毁的汽车，挖了这么多次，我还没有见过被火烧得这么彻底的。玻璃都不见了。烤漆全都起泡剥落，我猜那原本是深蓝色的，只剩生锈的钢铁。车顶一角部分融解塌陷。车内几乎什么都没有，只残余金属，包括座椅框和弹簧圈，还有那辆车本身的焦黑骨架。看到这样的损坏状态，证实我原先的揣测。我听吉布森描述骨头的状态，就猜到这场火是异常猛烈。

必须有极高热量，才能点燃遗体：毕竟，以重量计算，人体大半是水，因此，要让遗体起火燃烧，就像是用湿透的木材来点火。不过，一旦起火，人体就会烧得很旺，让人料想不到。一项原因是我们的体内含碳，另一项则是我们身上的脂肪。

几年前，我们有位法医研究生，以"自发燃烧"案例为研究对象，探讨其中的影响因素。"自发燃烧"是指人体点燃起火。当然，这种燃烧现象，绝对不是自行起火。必须同时有起火源头（例如闷烧香烟）和外部燃料（好比床垫或沙发），才能燃起人体营火。不过，有些案例在烧着之后，就会燃起大火，温度很高，满布油烟，特别是当受害人极为肥胖的时候。我猜想，从这位学生的研究可以学到惊悚教训（如果研究真的能含有道德教训），道理非常简单：注意你的体重，还有别在床上抽烟（我偶尔也会注意体重，床上抽烟呢，我绝对不干）。

田纳西大学人类学系的研究生，还真的曾经拿捐尸和截肢来焚烧，搜集学术资料，研究遗体燃烧时，究竟会发生哪些现象。这群研究人员，观察燃烧过程，并拍照取得一手数据，累积"常态"燃烧步骤的基础数据。有了这套数据，我们的知识能力强化不少，能够帮警方找出异常、可疑模式。例如，遗体受火焚烧的时候，通常会摆出我们所说的"拳击姿势"：肌肉和肌腱温度提高，所含水分逐渐蒸发，这时组织就会收缩，双手便会握拳。双臂屈肌则会把双拳拉向双肩，就像是拳击手摆出防卫姿势。双腿略为弯曲，背部也稍微弓起。尸首开始活动，转变为拳击手姿势，看来令人毛骨悚然——似乎遗体是孤注一掷，和死神做最后一搏。把惊悚摆在一旁，就可以从这里看出学理真相。实际做法医调查的时候，如果烧过的遗体并没有摆出拳击姿势，这就可能是条线索，显示受害人死亡的时候是被绑起来的，说不定双臂是被缚在背后。

不过，就本案而言，我们不可能找到那种线索。一则是，遗骸已经被蒙特瑞的医事检验专员从那辆萨伯本移走；另一项原因是，当初燃烧温度相当高，骨头大半都烧成碎片。已经不可能看出，双臂粉碎之前，究竟是屈曲或伸直，有没有被绑起来。

我来到汽车残骸旁边，弯身跪下从驾驶车门探入，开始筛选地板上的焦黑余烬，寻找残留的骨头或牙齿。我在余烬深层，几乎是马上就找到一小块灰色的弯曲骨头。尽管长宽约只有三四英寸，我还是看出那是颅部顶盖。平滑内表面已经烧

— 252 —

光,露出内层的海绵状骨。

我一直反复思索一项问题,在余烬层中找到那块骨头时,问题就有了答案:那具遗体是真的在萨伯本车中烧毁的,还是那堆骨头是预先烧过的,只是在燃烧期间,或起火之前才被抛进车中?根据其他烧毁的材料残块,斟酌骨头分布的情况,我看出遗体的确就是在这辆萨伯本车中烧毁的。

不过,找到颅部碎片,才刚解答了一项重要的问题,同时又浮现了一项同等重大的问题:那块颅骨的顶部,怎么会埋在那堆灰烬的底层?还有,为什么是上下倒置?当然了,理论上来讲,那块骨头有可能是从较高位置坠落,或者是受力推撞跌下;这或许是发生在燃烧期间,也可能是后来医事检验专员挖掘时碰到的。然而,按照这种解释,碎片的位置和状态又说不通了。颅腔内侧的凹面烧光了,而外表面(也就是头顶部位)的损坏却比较轻微。这只有一种情况才说得通:遗体在焚烧期间是倒栽葱,头部顶在驾驶座的地板上。

下次你坐上驾驶座,做个实验试试看:你倒栽葱头部向下顶住油门。这很不简单吧?我很清楚,因为我试过了。你能不能想象,汽车偏离道路冲入壕沟,不过车子并没有翻滚,这时有没有任何情况,可以让你转身变成那种姿态?按照埋葬学原理,根本是不可能出现这种状况。

埋葬学是研究人类遗骸、人工制品和自然元素(好比土、叶片和昆虫蛹壳)的排列或相对位置的学问,这是法医人类学家来到刑案现场采证时,最重要的资料来源之一。遗体或骨骼周围,是否有一摊油腻黑斑,显示死亡和分解都是发生在同一地点,或者是地面干净,植物看来欣欣向荣,暗示遗体是从其他地方搬来或拖过来的?骨头是包覆在衣物里面,或是摆在旁边？颅骨腔内是否有黄蜂窝，或有没有树苗穿过胸廓长出来？这一切事项，还有其他许多现象，都是埋葬学谜题的重要线索。从这些可以探出，一个人是在何时、怎样死去的。

就麦迪逊·拉瑟福德案来看，案情是完全违反埋葬学原理的。如果拉瑟福德偏离高速公路，冲进壕沟，撞车死亡或丧失意识，他就应该会坐在驾驶座上，以正常坐姿烧死。结果，遗体却是头下脚上焚毁。就算他没有扣上安全带，只要冲击力量足以致死或令人丧失意识，也应该能触动安全气囊，于是气囊就会限制他移动。埋葬学清楚显示一项征兆，指出这里有疑点。

我把颅部碎片装袋标示好，接着就在汽车的其他部分搜寻，结果并没有找到别的骨头或牙齿。除了错过那块颅骨碎片之外，那组医事检验专员在那辆萨伯本车内挖得很透彻。

我们在车内找到的东西固然重要，没有找到的也几乎同等重要。拉瑟福德买的那辆脚踏车不见了。从另一方面来看，找不到脚踏车，或许就表示拉瑟福德已经去过养狗场，而且也把脚踏车送走了，他原本就是打算这样做的。不过，从另一方面来看，萨伯本车内却也没有狗骨头。那么，除非那条狗逃脱火场的本领超过那个人，否则照理是应该找得到的，这和实际发现有所出入。那是另一条线索。

汽车的损坏情况也有出入。除了油箱所装的燃料之外，汽车内部并没有那么多可燃物质：小片地毯、若干装潢衬垫、一片布质车顶棚。这辆萨伯本车却烧出惊人烈焰，炽烈得连消防队都灭不了火。我并不是纵火调查人员，不过我挖过的烧毁车辆够多了，也和许多纵火调查专家谈过，这些经验足够让我学到基本知识。根据汽车严重毁损情况，那辆萨伯本的"燃料装荷"（纵火调查人员的说法）远超过常态。这让人想到燃烧时有东西助燃,而且还施用了大量助燃剂,大半集中在车辆的右后角,那里的车顶受到高热塌陷。

那辆报废的萨伯本车上头,还有另一面红旗警示飘扬招展。假定拉瑟福德偏离了高速公路,冲入壕沟,还撞上路堤,力道强得让汽车着火。结果汽车前端却几乎没有受损,而且吉布森(前往车祸地点勘查之后)还说,路堤碰撞地点只是略为刮损,只有小片凹陷。简言之,看来不管是谁在那里"撞车",都可以生还走开——或可以脚踩油门把车开走。

然而,就在蒙特瑞市中心区的法医中心,却有那样一堆骨头,显然就证明有某人(假定那就是麦迪逊·拉瑟福德)并没有活着逃脱那处四轮炼狱。

蒙特瑞的法医中心是光鲜亮丽的崭新设施,规模宏大、气派雄伟,甚至超过我们田纳西大学医学中心最近才增建的区域法医中心。当吉布森和我抵达那处机构,蒙特瑞和墨西哥政府还派了一小群官员代表,等在那里要和我们见面。他们全都讲西班牙语,所以我并不十分清楚他们是谁,幸亏吉布森讲西语很流利,我很快就进入实验室,着手要开始工作。其中一位医事检察专员,荷西·加尔萨医师把从萨伯本车内挖出的那批骨头、牙齿和另一些物品交给我。生前壮硕的一位男子,就只剩下这点残骸,用铲子铲起来,封装在六七个小塑料袋中。

一如预期,袋中的骨头大半都烧成灰烬,也就是说,所含的有机物质全都烧光了。碎骨灰烬重量很轻,灰色易碎,材质像白垩,经过大火烈焰就是该烧成这种样子。然而,在车内找到的紧急医疗手镯,不锈钢材质,上面有红色珐琅质的墨丘利节杖,看来却明显没有受损。而且显然也没有挂好:手镯搭扣是开着的。

能够把骨头烧成灰烬的火焰,温度也够把遗传物质烧毁,因此从骨灰里,是不可能抽出 DNA 样本来做鉴识的。然而,尽管其中多数骨头都烧成了灰,却有漏网之鱼。比如我找到的那片颅骨,就肯定含有足够的 DNA 来做检测。法医师找到的四颗牙齿当中, 也至少有一颗能做检测。拿骨头、牙齿所含的 DNA,来和拉瑟福德父母的样本做比较(他的双亲都健在,从一位或两位身上采样都可以),我们就几乎毫无疑问,可以判断这堆烧毁的骨头是不是拉瑟福德的。不过我们碰上了麻烦,吉布森说,拉瑟福德的双亲迟迟没有提供样本。

我有三个儿子,如果其中一人疑已死亡,我会想要知道,而且希望确认,身份不明的可疑遗体是否真的就是他的。我实在无法想象,当父母的,不管是谁,会不想要知道真相,就算确认身份会令人悲痛也是一样。采不到 DNA 比对样本,又亮出了一面红旗警示。这时,本案已经是插满红旗到处飘扬,比阅兵游行行列中的还多。

如果不能驾驭现代的 DNA 检测来确认焚毁尸体的身份,那么我们就必须仰赖传统的体质人类学:我就必须从那批骨头来看出内情。我开始重建颅骨,很快就愈加相信其中另有隐情。照说我应该会看到几道骨缝合,颅骨缝合应该才开始愈合,特别是在内侧表面,骨化现象就是从那里开始。应该还很容易看到曲折的深色骨缝线。结果, 骨缝合却几乎完全骨化了,只看得到平滑骨面并带有低平棱线,几乎无从辨识,就好像清水墙缝隙已用填缝涂料填好的样子。观察其他碎片,也确定那批骨头原本粗短,肌肉附着点也都发育得非常健全,还带有明显的关节炎征兆。

"你说拉瑟福德是三十四岁?"我问吉布森。他点点头。

从那辆萨伯本车地板上找到四颗牙齿：三颗门牙和一颗第二臼齿。其中没有一颗有补缀物。至少这些全都和拉瑟福德的牙科记录吻合。不过，两颗上门牙有不带补缀物的蛀孔，没有人会料想到，有钱的金融顾问牙齿竟然会有这种情况。臼齿磨损极为严重，几乎就像是我在史前墓穴中看到的那种，那些人一辈子吃的谷粒，全都是用石块碾磨的，牙齿也不断研磨耗损。门牙都另外带有两项显眼特征。门牙呈铲状，方正扁平，内侧边缘呈 U 形，磨损齿缘显现一种典型的咬合型式。

我把吉布森叫过来，给他看那批牙齿。"你看到那种磨损型式了吗？那个叫作'啮合磨损'。"我说明，"那是牙齿相碰、彼此研磨造成的。就这个例子来讲，这两颗上门牙的边缘，和下门牙几乎完全对正。那种咬合型式叫作齿缘对齿缘咬合。欧洲后裔并没有那种咬合型式。"

"谁有？"他问。

"蒙古人种的后裔有，就是亚洲人、爱斯基摩人和美洲原住民。"

吉布森瞪着我看。"所以你是说，这是……？"

谜团线索——磨损的牙齿、看不到的骨缝合，全都导向一个结论，结果浮现的形影，在我看来并不是麦迪逊·拉瑟福德。"这并不是三十四岁的康涅狄格州股票经纪人。"我告诉吉布森，"这是名五六十岁的墨西哥劳工。"

这批烧毁的骨头的鉴识结果，会决定大笔金钱流向。肯普尔人寿公司是在发生"意外事故"六个月之前才卖出那张保单，拉瑟福德购买保险的时候，告诉肯普尔的人，他正在和大陆全美集团办理退保。结果他是重复加保，接着还多买了若干金额。

这时情况已经明朗,拉瑟福德并没有意外身亡,也不是惨遭谋害。他是精心策划诈死。他煞费苦心编织这起惨死骗局,价值七百万美金的阴谋。肯普尔人寿根据我的发现拒绝理赔,不肯支付四百万美金给拉瑟福德的"遗孀"雷妮。他们按照保险业的正式讲法,委婉说明"死者并非被保险人"。

雷妮控诉肯普尔公司。她也控告大陆全美集团,那家公司也依样画葫芦中止理赔,不愿付出他们的三百万额度。法医证据显然是站在保险公司这边。不过,这宗案件的另一方,却拿到了墨西哥官方发给的死亡证明书,她把部分遗骸火化,骨灰撒在各处,然后让大家都知道她守寡独居。尽管科学证据确凿,却还是有风险,说不定陪审团会采信雷妮有关于本案的说辞:心碎寡妇被无情保险公司糟蹋。两家公司都和她达成庭外协议,肯普尔支付的金额只占保险金额的很小部分,大陆全美集团支付的比例较高,不过总额还不算多。同时,拉瑟福德(活生生的拉瑟福德)则是从人间蒸发,就算他真的是被烧成酥脆碎骨,也不会消失得这么彻底。而且看来,结局就是这样了。暂时如此。

我把那份诈死卷宗摆在一旁,回到我的现实生活。安妮特猝死之后,我的日子一片凄恻,从这丝愁绪,我又找回快乐。生活出现转机,可真是多亏了我的幺子吉姆。安妮特死后那几个月的凄惨日子里,他有天从亚特兰大来探望,我告诉他我是多么寂寞。吉姆没头没脑地就说(因为他只是提个建议,并不是真的在问我),"你为什么不和卡萝·李结婚?"有些念头一讲出来,就会让人灵光一现,事情显然很清楚,这个想法也是如此,让你要脱口说出,"我怎么没有想到那点?"

卡萝·李·希克斯和我在弗吉尼亚州一起长大。她比我小九岁，不过我们是住在小镇，两家往来很密切，因此我们常在一起玩。事实上，我还记得在一九四四年七月，有天我和她在她的祖母家玩，当时我们是玩躲猫猫，后来就是精彩的追鸡游戏(一九四四年在维吉尼亚州南部，你要就地取材自己取乐)。快到午餐时间，我们沿路向卡萝爸爸的面粉厂跑去，她抱怨说体侧和腿部很痛。"哎呀，快到了啦，不要停在这里。"我说。接着我看着她，看出有点儿不对，所以我说，"好啦，那我们就在路边这里坐一下子。"

那天下午，卡萝开始发烧。隔天就加重开始发寒战。她的医师才刚读过一篇期刊报道，提到脊髓灰质炎(小儿麻痹症)，于是很快就断定卡萝染上这种疾病，不过还在早期阶段。他马上把卡萝送到林奇堡入院，说不定就是因为这样才救了她的命。

卡萝是自己走进医院的，三天之后，她的热度达到高峰，腰部以下都瘫痪了。后来她住院住了七八个月，直到一九四五年年初，她都不能走路。结果她还算是幸运的。

如今几乎没有人记得脊髓灰质炎，不过，在二十世纪前半时期，那种疫病的罹患率，几乎达到《圣经》上的记录。成千上万名无辜儿童和青年人丧命、残废或瘫痪。脊髓灰质炎是种威力强大的病毒型脑膜炎，整整一代美国人饱受无情摧残。

卡萝很快就击败病魔，但是病毒却造成严重伤害，必须经过冗长岁月和残酷处置，机能才会恢复，在这许多年间，她必须接受物理治疗和十二项复杂的外科手术。卡萝在弗吉尼亚州和亚特兰大市接受治疗，还前往乔治亚州温泉市的脊髓灰质炎专科医疗机构就诊（美国第三十二任总统罗斯福本人也曾罹患脊髓灰质炎，这处医疗机构是他为协助病友而创办的),各个医师团队努力治疗卡萝,移植健康肌肉来补强萎缩的肢体,伸展或切除缩小的肌腱,并愈合松弛的踝骨。我在弗吉尼亚大学读大三、大四期间,经常去弗吉尼亚大学医院看卡萝。她从十三岁开始,就在那里接受重建手术。

这若干年来,我们都密切保持联络。她十六岁时,我和安结婚,卡萝是我婚礼上的伴娘。卡萝长大,和当地青年结婚,生了一个儿子杰夫。后来有年暑期,她和丈夫、杰夫来到南达科他州,挖印第安人墓穴挖了两周。最后,她和丈夫离异,卡萝找到工作,工作的地方有许多医师。她在办公场合,态度积极乐观,还有调皮的幽默感,让那处院所维持高昂士气。我们每次北上前往弗吉尼亚州时都会去看她。

接着卡萝也开始南下田纳西州:当我母亲的身体开始不行,卡萝南下来帮忙看顾,后来安妮特罹患癌症,卡萝也来帮忙照料。现在,轮到我需要关照。然后是我的儿子吉姆(保佑他的好心肠)对我提出了那项明智的问题:"你为什么不和卡萝·李结婚?"我就这样和她结婚了。生命有她相伴,我又觉得值得活下去。

卡萝听我说了,不管怎样,她都不准比我早死。她双眼炯炯有神,向我保证,我一定会先死。也不知道为什么,我猜想她讲得对。我只希望,她并没有私下替我买了七百万的寿险,藏在我不知道的地方。

波士顿的北端,是该市的高科技时髦创意区,那里到处都有高档顶层公寓,满街的艺术家和达康网络公司。二〇〇〇年秋天,波士顿最热门的网站设计公司,是"双层甲板工作室",他们有不少客户,从波士顿的大众运输局,到媒体巨擘"美国在线"都是。公司声望如日中天,现金流也猛增暴涨。

托马斯·汉米尔顿当时在这家刚蹿红的年轻公司负责财务成长管理。他约在一年前加入双层甲板工作室,担任财务主计长。他的绩效一直很优异,适才大幅升迁为财务总管。新任职位薪水丰厚,责任也相对重大。

　　肯普尔人寿公司在康涅狄格州聘请了一位叫法兰克·鲁德威克的私家侦探,设法在东北六州新英格兰区寻访拉瑟福德的下落。同时,马萨诸塞州也有一位探员,麦克·加里根,负责调查汉米尔顿。所有事项经过查核都无异状,只除了一件小小的怪现象:汉米尔顿开的车是登记在雷妮·拉瑟福德名下。两名侦探偶然相逢,彼此交换心得。他们发现,拉瑟福德和汉米尔顿的行事举止,有诸般诡异纠结巧合。后来他们交换照片,这才找出原因:汉米尔顿就是拉瑟福德。拉瑟福德在墨西哥装死之后,便溜过边境回到新英格兰区,还在金融业界的另一家公司,用另一个名字找到工作。

　　他们挖出的真相还不仅于此。"托马斯·汉米尔顿"并不是拉瑟福德用过的第一个化名。事实上,"麦迪逊·拉瑟福德"本身就是个化名,或说是他过去几年来所用的化名。这名刁钻的骗子,出生时取名为"约翰·帕特里克·桑基",他早在一九八六年就开始用麦迪逊·拉瑟福德这个化名来谎填纳税申报单、取得抵押契据来买他的五亩产业,并买了人寿保险。他是在出发前往墨西哥之前五个月才申请改名获准,从桑基正式改姓拉瑟福德,而且他申请护照还一度被退件。尽管表面上看来,他和雷妮的生活富裕,其实他们债台高筑,拉瑟福德申请破产,那场寿险骗局则是他被逼到墙角,为了摆脱财务惨况的最后一搏。

　　加里根探员还另外发现有利的花边消息:拉瑟福德在波

士顿展开新生活,期间至少交了两名新女友。雷妮听到这则绯闻,不再扮演遗孀苦旦,这下她变成弃妇,她发怒了。

联邦调查局接到两名侦探通报,很快采取行动。二〇〇〇年十一月七日下午,"汉米尔顿"走出双层甲板工作室,联邦调查局干员蜂拥上前把他逮住。美国政府控告他不当运用电子通信设备诈死,还有意图诈骗两家保险公司。对他不利的证据相当充分,包括雷妮的怨怒证词,拉瑟福德坦承诈欺罪状,并获判最高的五年刑期。"这是本庭平生仅见的最重大罪行之一,"联邦法官告诉他,"由于这起罪行,许多人要忍受深刻痛苦。"

拉瑟福德在波士顿被人找到,还被发现他活得好好的,这下拉瑟福德的命运和行踪之谜就有了解答。不过,另外还有一个谜团,依旧令人百思不解:一九九八年七月十二日黎明之前,在蒙特瑞市郊的那辆萨伯本车内,焚烧成灰的那具遗体是谁?有件事情肯定无疑:拉瑟福德并不是单纯从路边墓园,就近随便挖出一具老骨骼——从烧化骨头的骨折模式,可以看出遗体焚烧的时候还很新鲜。所以下一道问题就是:拉瑟福德是从哪里拿到新鲜遗体的?从雷妮一开始合作,她就告诉政府官员,拉瑟福德说过,他闯入一处陵墓,偷了一具尸体。如果他就是这样取得尸体,我想这真是侥幸,那处地下陵墓里面并没有三十几岁的白种男性遗骸。如果有的话,说不定他早就得手脱身了,"托马斯·汉米尔顿"手头就多了七百万美金,说不定他就会住在波士顿哪一户顶层豪华公寓,奢侈挥霍生活,也不会在联邦监狱里数日子了。

第十八章
太过血腥的谋杀

如果遇上极刑谋杀案，犯人生死取决于法医人类学，那时压力就会异常庞大。就一方面来说，万一冤枉了好人，那就变成帮凶，把无辜的人送入毒气室；就另一方面而言，稍有不慎，残暴杀手就非常有可能逍遥法外。我深深体会到这种影响重大、进退两难的处境。最近一位地方检察官找我，要我帮忙起诉一名谋杀犯，那名嫌犯是我平生仅见最冷酷无情的。

我在一九九九年五月接到那通电话，打电话的是密西西比州帕克郡政府所在地木兰市的地方检察署人员。邻近有处小镇，名叫森美，镇上有对年轻夫妇和女儿惨遭杀害。二十六岁男子和他的二十三岁妻子身中多刀而死，他们的幼女则被绞杀，还可能惨遭猥亵。他们在一九九三年十二月十六日被人发现，遗体位于镇外的一间小木屋，死者全身浴血，严重分解。打电话给我的检察官是助理检察官，名叫比尔·古德温，他知道那家人早在秋天就被谋害，不过问题是，遇害时间是在多久之前？他们被发现时已经死了多久？那个问题价值二十五万美金。

精确估计出死后时段，或许可以让谋杀案成立，或也可能

— 263 —

驳回该案。野兽男案就是这种范例，而且过程也让我永难忘怀，或许永远抚平不了那种懊丧。四名受害人当中，有三名肯定是在嫌犯"野兽男"赫斯基被捕之前遇害，第四名死者的遇害时机却引发激烈争辩。那名死者是派翠西亚·约翰逊，也就是我宣布遗体"太新鲜，不该由我来做"，并转交给法医师检视的那位。赫斯基是因为派蒂·安德森谋杀案被捕，倘若约翰逊是在这之后才遇害，那么野兽男显然就有不在场的铁证，发生在卡哈巴道的四宗谋杀案，有一宗并不是他干的。就算他的供状白纸黑字，也尽管尼尔·哈斯克尔所做的昆虫分析结果确凿，对他也依旧无可奈何。

一九九九年五月，我处理法医案件已经有四十多年，而且从我开始做分解研究迄今，为期也将近这段法医生涯之半。一九八一年，在我创办人体农场之初，第一项研究就是比尔·罗德里格兹的先驱昆虫学研究，此后我们在各种不同条件之下，总共做了几十项分解研究。我们把尸体藏在树林间。我们把遗骸锁在汽车行李箱和后座车厢中。我们把人体埋在浅穴里。我们把遗体浸在水中。接着我们研究、记录遗体的一切变化，从死亡时刻开始，接连观测几周或几个月，直到肉体消失，只剩枯骨为止。我们做的是开创工作，详细记载人体的分解步骤和时间进程，建立全世界绝无仅有的死后时段数据库。我搜集数据的目标很单纯：不论何时，只要发生了谋杀案，发现了真实的被害人，那么不管环境条件为何，也不论分解到了哪个阶段，我都希望能够告诉警方，那个人是在什么时候遇害的，而且要有确凿的学理根据。

当时，我的研究生和我，已经在人体农场逐步观测了三百多具尸体。因此，后来古德温打电话来，提到一宗案件，并说死后时段是个中关键,问我能不能帮忙,那时我觉得很有把握。于是我回答:"我相信我能效劳。"

不过,这下我的自信就要受损,我的信用就要面对挑战,而且在法庭发生的事情,就连我也要感到惊讶。

这宗案件的遇害成人是佩里夫妇,他们名叫达瑞尔和安妮。他们的女儿才四岁,叫克莉丝托。由于这宗谋杀案件在事发之后将近六年才开始审讯,因此我知道这起案子肯定很难办。

警方已经找出嫌犯,并予以起诉:这并不是问题。有间接证据指出是他犯案,他甚至还有明确动机。不过却没有确凿铁证,可以指出人就是他杀的:没有染血的杀人凶刀,没有血污指纹,没有人目击作证。更何况他还有不在场证明,显示在遗体被发现之前整整两周,他都不在现场。因此,死后时段就是审讯关键:如果被告能够让陪审团信服,证实在那两周期间的任何时刻,那家人是还活着的,那么嫌犯就可以获释。

所有的人都认定,除了杀手之外,唯一目睹凶杀过程的,就只有那几名死者。这下我就必须从佩里一家人身上来探询真相。不过该怎么做呢?我接到电话的时候,遗体早就下葬了,而且那间小木屋,他们被发现的地点,也已经打扫干净出售了。就只剩下照片和笔记,可以用来探察这个年轻家庭是怎样惨遭灭门,还有更重要的是,他们是何时遇害的。于是我要古德温把犯罪现场的所有照片寄给我,特别是受害人遗体的所有细部照片。我挂断电话,心中期望自己能够从这些照片中找出充分法医证据,做好我的工作。

两天之后,联邦快递把照片送来了,于是我撕开信封。我很快就发现有点不对劲。而且如果我能注意到这点,那么我也相当肯定,被告律师,或至少他本人的法医顾问,也会注意到的。

那批法医照片,有半数很清楚,画面分明。那些照片中有达瑞尔、安妮和克莉丝托的遗体,都肿胀得不成人形。我很熟悉这种景象,之前看过几百次了。遗体被发现的时候,内部器官受细菌侵袭,期间不断液化,腹部和肠道最早开始。细菌消化柔软组织,同时释出气体,就像吹气球一般把腹部撑胀。每具遗体的底下和周围,都有摊深色的油腻污斑,那是组织崩解的时候,释出挥发性脂肪酸所造成的。头发都开始坏死脱落,那种典型发团的外观都一样,我们称之为"发簇"。

看克莉丝托的几幅照片,那是我平生仅见最凄惨的景象之一。克莉丝托赤身裸体,强烈点出她是多么幼小,又是多么无力自卫。她的生殖器部位分解严重。不清楚她是否曾经遭受性猥亵,根据尸体解剖报告,那处柔软组织腐败太过严重,无法判定。不论如何,这肯定是幅残酷的犯罪影像。

一般人看到这类照片都要想,天啊,怎么会有这么恐怖的景象,接着就尽快掉头他顾。对我来讲,那就是完全不同的体验。可不要误解我的意思:我对死亡是深恶痛绝。我的两位前妻都死于癌症,经过那两次折磨,我痛恨死亡,还厌恶葬礼。不过,当我在研究犯罪现场的时候,我从来不把凶案看成死亡事件,就我来讲,那纯粹就是起案子。我看到的、嗅到的一切,都是资料来源,都是可能发现真相的关键。有次我处理一宗住宅失火案件,里面有几位幼童被烧死。倒不是他们的焦黑遗体让我心烦意乱,而是我瞥见的那辆三轮车,还有散落屋外院子中的其他几件玩具,这些让我想起被大火夺去的生命。

我研究佩里谋杀案现场拍下的照片,同时也检视皮肤裂痕和暴露的骨头、掉发情形，还有昆虫活动，来分析这家人死了有多久。这就像一般案件，等于是组科学拼图，这时我也开始设法要把碎片拼凑成形。我把那组拼图的每个碎片逐一放大检视，这样讲有时只是做个比喻，有时也真的是放大来看，然后我就能够拼凑出事件发生的经过。同时，我也封闭心灵，不让自己受到那整个恐怖画面的影响。

我在人体农场做研究几十年来，已经知道分解状态会顺序出现，非常一致而且可以精确预测。发生在世界各地、任何月份的谋杀案都是如此。分解现象并不会改变，就顺序而言是一致的。会改变的是出现时间，而且差异极大。影响出现时间的主要变量就是温度。

当然，就一定程度而言，这只是种生活常识：温暖的遗体分解较快，寒冷时就比较慢。从前我对学生讲过，"因此你才把肉品放在冰箱里，并不是放在橱柜中。"温度较高会让细菌加速活动，同时遗体也会熟化。高温也会让昆虫活动加剧。虫子就像人类，也比较喜欢在夏日野餐。不过，把这种情况从常识程度提升，抬高到科学精确水平，这就让我们花了多年时间，钻研分解速率，还有分解速率是如何随着气温和湿度而改变。最后，我们导出一套数学公式，把我们的观测结果用数值来表示。那项公式要参照刑案现场的气候数据，我们就可以算出死后时段，不管气温如何变化都可以求得。

公式关键是个测量单位，称为"日均温累积值"，简称为积温值：简单来讲，就是每日平均温度的累积总计。例如：夏季连续十天气温都为华氏七十度，那么总计积温值便等于七百，若是冬季连续二十天日均温华氏三十五度，也依样可以求得。在夏冬两季，如果日均温累积值都为七百，遗体所表现的分解迹象就很类似：肿胀、"浮现大理石纹"(血管扩张并呈现猩红色泽)、皮肤滑脱和流出挥发性脂肪酸。我们在人体农场做实验时，从死亡时刻往前推，测定积温值，并记载当积温值累加到指定数值的时候，分解是达到哪个阶段。实际处理法医案件的时候，我们也进行相同步骤，不过方向相反。这时就按照刑案现场的气候资料，参照在现场发现的遗体的实际分解状态，逆向计算积温值，直到我们求出相符的数值为止。

就本案而言，我从刑案现场照片看出，佩里一家的遗体，都分解进入最后阶段。这时肿胀消退，组织也经历了大半崩解和液化进程。经过周延考虑，我判断佩里一家的遗体分解进程，已经达到八百积温值左右。下一步是要查出，遗体被发现前几周，密西西比州那个区域的气候如何。

我要古德温提供木兰市的十一月和十二月气温读数。从温度值看出，深秋那段时间的气候非常寒冷。从十一月中到十二月中，有八个晚上的气温降到冰点或零下温度。我回溯时间和气温，推出结论，认为那家人的遇害日期，是在遗体被发现之前二十五到三十五天。

不过，有个现象和那个结论却不尽相符：蛆。遗体长满了蛆，就是丽蝇的幼虫。细菌是从体内向外蔓延，丽蝇同样也吃尸体，不过是从外部向内推进。大自然的微生物和肉眼可见的虫子通力合作，以极高效率取回我们的身体：田纳西州酷暑期间，新鲜遗体只需要两周就会变成一堆枯骨。达瑞尔和安妮的脸上都有大团的蛆。脸肉大半消失，露出底下的颅骨。其他几处部位也长了许多蛆，这和尸体解剖找到的刀伤(还有伤口血迹)吻合。

丽蝇喜欢血。它们在几英里外就闻得到血。如果流血很多,气候又很温暖,聚集数量可达几千只并布满遗体。它们取食、产卵,然后卵经过几个小时就孵化成蛆。

达瑞尔的双手都有自卫伤痕,胸部和腹部还都有致命伤。安妮的全身各处部位共有八处刀痕。所有伤口的蛆,都有密集活动现象。克莉丝托的生殖器部位也是如此,昆虫就是喜欢那种阴暗的潮湿开孔。她身体的其他部位,分解状态没有她的父母那么严重,这有两项理由:她比双亲瘦小得多,自然会分解得较慢,我们在人体农场做研究时,已经多次看到这种现象。同时,也由于她并不是被刺死,而是被勒死的,因此身上没有血,因此遗体比较不会引来丽蝇和蛆。

我从刑案现场照片中看出,有些蛆的体长为半英寸,昆虫学家称这个阶段为"三龄"——用白话来讲,就是指那些蛆已经完全成熟,就快要变态化蛹,然后蜕变为成蝇。我从这点看出,孵出蛆的蝇卵,是在约两周之前产下的。我是在一九八〇年代知道这点,当时我们在人体农场做过几项相关研究。我有一位博士班研究生,罗德里格兹花了好几个月,研究昆虫在人类尸体内部的活动,观察出现顺序和时间长度。

不过,不管我怎样仔细检视,用肉眼观察,还用放大镜查看,我在照片中都看不到一样东西,那就是中空的蛹壳。这下情况就复杂了。根据分解状态,我知道佩里一家在十一月中就已经遇害。不过从蛆来看(还有找不到蛹壳来看),谋杀是发生在十二月二日左右。而且嫌犯(被告)还有从十二月二日起的不在场证明。检察当局到这里就办不下去了。我也是。

古德温在五月十八日第一次打电话找我。两周之后,我开车开了十个小时,前往密西西比州,出席佩里灭门案的嫌犯审讯庭。

佩里一家(达瑞尔、安妮和克莉丝托)住在纽奥良市郊一个叫马瑞罗的地方,达瑞尔的母亲朵莉丝,嫁给了开出租车的麦可·鲁本斯坦,两夫妻也住在那个地区。一九九〇年代初期,麦可买下一间小木屋,坐落于北方一百二十英里处的森美(海拔四百三十一英尺),周末时就可以到那里安静度假。一九九三年十一月,佩里一家上山住在那里。

一九九三年十一月五日,麦可开车送他们到那间小木屋,接着他就离开了。小两口告诉亲人,他们的婚姻出现问题,需要私下处理。他们到森美是十分隐秘的:除了主要高速公路从小镇穿过之外,那个地方就只有少数几条有铺面的道路,而且太阳下山之后,人行道也都一片黑暗。小木屋连电话都没有。

麦可在十一月间,两次开车回到森美,看他们是不是打算回家了。结果他两次都发现,小木屋没有点灯,房门上锁,而且他忘了带备份钥匙。他说,当他第二次前往探视的时候,邻居说佩里一家踏入一辆褐色生锈厢型车,和两名可疑人物一起离开,那两人看来像是毒枭。从此再也没有人见过他们。最后,他在十二月十六日又回去一次,这次他带了备份钥匙。他进入小木屋,发现达瑞尔和安妮倒在起居室地板上,已经断气,克莉丝托则是四肢伸展摊在床上。

麦可到最近的地点打电话,那是在四分之一英里外的一家便利商店,他打电话到帕克郡的司法行政处报案。副警长抵达现场,发现麦可已经回到外面,在小木屋后面。"他们都在里面,"他告诉那位副警长,"他们都死了。他们的眼睛都不见了。"

副警长抵达之后,密西西比州有位高速公路巡警也随之赶到,他叫艾伦·阿波怀特,后来他成为侦办本案的项目组长。

阿波怀特看到小木屋里的情景,大感震惊。遗体都严重分解,腐败肉体的恶臭令人无法忍受。达瑞尔和安妮的尸体肿胀、周身染血,克莉丝托的遗体赤裸仰躺,脸部和生殖器部位都被蛆吃掉。阿波怀特自己有两个女儿,他看到这名幼龄女童的惨状,那种影像萦绕心中挥之不去,凶手根本没有理由这样残杀女童。

不过,不久他就找到可能的理由,而且嫌犯的身份令人震惊。就在鲁本斯坦拨打报案专线电话之后二十四小时,他就申请寿险理赔,要领取二十五万元保险金。被保险人是克莉丝托,鲁本斯坦本人的四岁孙女。

阿波怀特听说有那份保险契约之后,他即刻设法取得副本。麦可和朵莉丝是在一九九一年九月买了那份二十五万美金的寿险,当时克莉丝托两岁。阿波怀特浏览契约,阅读以小号字体印出的条款,内容让他的心都凉了。那份契约的给付条款有两年等候期规定。那份契约的申请死亡给付的条款才刚生效,几乎还没等到三个月之后,克莉丝托就死了。好侦探都会告诉你,如果犯罪案件牵涉到钱,你就跟着金钱流向追下去。那条路线简短明白,指向鲁本斯坦夫妇,麦可和朵莉丝。

女人看来并不太可能参与杀害自己的儿子和孙女。不过警方必须考虑这种可能情况。阿波怀特针对朵莉丝搜证,结果发现她并不像是名冷血杀手。朵莉丝并不是母亲的典范,她算不上慈母,也不会特别照顾孙女。看来她最爱的是酒精和迷幻药。她通常都是迷迷糊糊、酒醉醺醺,不然就是嗑药神志不清。她是个无能的女人,甚至称得上是可悲,不过,她除了危害自己之外,大概不可能去威胁别人。

不过,当那位州警调查了朵莉丝的丈夫麦可,却浮现一幅完全不同的形象：那个人很精明能干，还会要人命。鲁本斯坦很早就开始诈骗保险金，包括几次可疑的火险求偿、编造的假车祸，还有牵涉到许多人物的伪装受伤事件。几年之前，有一宗惊悚的案件，就在一名十二岁男孩眼前发展，那名男孩叫达瑞尔·佩里，也就是鲁本斯坦当时的女友朵莉丝的儿子。那时朵莉丝还冠了前夫的姓氏佩里。

那是在一九七九年，鲁本斯坦才刚找到事业新伙伴，他叫哈罗德·康纳。鲁本斯坦向当地就业服务处询问，希望对方提供找寻工作者的名单，因为他需要帮手协助制作和发送印有当地电视节目表的小报。于是两人第一次见面。由于他要教康纳做这行的诀窍，也因为他要雇用的人过去没有经验，其中有风险，因此他要求康纳购买寿险，并指定鲁本斯坦为受益人。康纳的生命，定价为二十四万美元。

那份保险是在一九七九年八月签下来。三个月后，鲁本斯坦邀请康纳猎鹿。康纳婉拒了：他从来不曾打猎，甚至他还对亲戚讲过，想到杀死动物，他就深恶痛绝。鲁本斯坦却坚持要他去。最后，康纳为了和新伙伴和睦相处，只好答应去了。十一月的寒冷清晨，他们开车到路易斯安那州的福音郡，把车停在孤松路，然后健行进入森林。这趟出游打猎还有其他的同伴，包括朵莉丝的另一个儿子戴维·佩里，一名刚从联邦监狱假释出来的男子，名叫麦可·佛莫耳，此外还有小达瑞尔。

康纳的第一次，也是最后一次出游打猎，是躺在运尸袋中回来的。鲁本斯坦和其他人透露的内情，就是典型的打猎意外悲剧情节。佛莫耳爬过一段倒木的时候，他的十二号口径霰弹枪从手中滑脱，枪托碰撞地面，枪支走火。康纳就在佛莫耳正前方，正中他的后背，子弹射穿他的胸膛，把心脏击碎。

鲁本斯坦对狩猎监督官员这样讲，然后向警方这样讲，接着就向承保二十四万寿险的纽约共同人寿申请理赔，他对索赔代表也同样讲了这段情节。结果保险公司却告诉鲁本斯坦几个坏消息：死亡受益条款还没有生效。许多寿险合约都有两年等候期，这份契约也是如此。看来康纳中的这一枪是过早走火，差了二十一个月。

　　鲁本斯坦闻此就着手对纽约共同人寿提起诉讼，宣称从来没有人告诉他有等候期。诉讼进入审讯程序，保险公司找来专家证人朗诺·辛格博士出庭作证，他是德州法医病理学家，专精弹道学。辛格博士指出射入和射出伤口，他说那把霰弹枪，绝对不会因为枪托撞击地面就击发。按照辛格的证词，那把枪肯定是水平摆在肩膀高度，才能造成那种致命伤口。换句话说，那把枪并不是意外坠地，是有人仔细瞄准，扣起扳机才击发的。

　　当阿波怀特发现康纳死亡内情，还有那份寿险契约，他骇然发现这和克莉丝托·佩里的死因有若干雷同之处。他对两者的重大差别也感到惊讶：就克莉丝托的情况，她是在两年等候期才刚过去，马上就遇害惨死，而且保险受益人也立刻索赔。鲁本斯坦在一九七九年犯了错误，阿波怀特认为，显然他是学到了教训，于是他第二次谋杀就谨慎从事，妥善为之。值得注意的是，我在法医报告当中指出，三起谋杀案是发生在十一月十五日左右，这个日期，正好就是嫌犯供承两次前往小木屋的其中一天。

　　阿波怀特花了一年，对鲁本斯坦提出诉讼立案。不过，当他把侦查发现拿到帕克郡，给地方检察官看，并力劝逮捕鲁本斯坦时，检察官的反应却令他失望。地方检察官邓·兰普顿告诉阿波怀特,他还需要确凿证据,才能就佩里案起诉,阿波怀特的搜证结果全部都是间接证据。好吧,就算二十五万美金显然是个强烈动机。确实,鲁本斯坦做过若干见不得人的生意勾当,保险索赔欺诈,甚至还可能犯下谋杀罪。而且鲁本斯坦要杀佩里一家,也确实有很多机会:毕竟,那间小木屋是他的,而且他还亲自开车载那家人到那里去。甚至他还坦承,后来他也两次回到那间小木屋。不过却没有铁证来断定鲁本斯坦有罪。

阿波怀特大吃一惊,感到挫败。后来他告诉达瑞尔的生父马克·佩里,案子不成立,没办法对鲁本斯坦起诉,马克哭了。不过,阿波怀特保证,他不会就此罢手。他继续循线查出鲁本斯坦诈骗保险金和其他诈欺骗局,于是证据排山倒海不断出现。一九九五年九月,他查出惊人结果,发现鲁本斯坦这辈子还让另一个人遭殃——他的事业新伙伴拉朗·罗森,罗森在一个星期六和鲁本斯坦一起进入汽车,从此就消失得无影无踪。就在罗森失踪之前,才刚运了一卡车的昂贵古董给鲁本斯坦,那是用空头支票买的。

一九九八年七月,阿波怀特终于看到一线曙光。当月,密西西比州陪审团裁定一名男子有罪,他把自己四岁的儿子淹死,而且那次裁决,完全根据间接证据。那名男子的动机是十万元寿险理赔。阿波怀特去找兰普顿的助理检察官比尔·古德温(当时他刚拿到那个案子)并恳求帮忙:"比尔,我们手里有个案子,比那个更好。这宗案子不只十万元,而是二十五万;也不只是一个人遇害,而是有三名受害人。"

两个月后,检察署把阿波怀特的证据呈交给大陪审团。鲁本斯坦因佩里灭门谋杀案,以及诈欺案被起诉,同时也从路易斯安那州被引渡到密西西比州。案子在一九九九年六月呈堂审讯。

检察官并没有确凿证据，此外他们还要面对其他问题。本案的死后时段事关重大，其中一项原因是，鲁本斯坦找到目击证人，名叫坦雅·鲁本斯坦，是他的侄女，这完全是自家现成的。坦雅作证指出，她在纽奥良一家酒吧见到安妮·佩里，还活得好好的。那是在十二月二日，她说明——也就是遗体被发现前十四天。而且鲁本斯坦还有无懈可击的证明，显示他在十二月二日到十六日之间并不在现场。如果在十二月二日，达瑞尔、安妮和克莉丝托都还活着，那么他们就不可能是鲁本斯坦杀的。不过，如果法医科学能够证明，他们在那天早就死了，那么侄女坦雅的证词就不可靠，还有鲁本斯坦的不在场证明，也要连带破产。

不过，被告可不打算束手就擒。接着这场辩论就要围绕着蛆交锋。

从一开始研究本案的刑案现场照片，我就一直为找不到蛹壳而伤透脑筋。只要看到蛹壳，我就能断定，早在十二月二日之前许久，蛆就开始活动。结果我却找不到。于是我就只能说，三具遗体是约在两周之前开始长蛆。显然，丽蝇和蛆是由于气温较低，活动才变得缓慢。当温度低于华氏五十二度，丽蝇就会休眠，而让双方争议不休的那段期间，多数日子气温都远低于此。因此，我很有自信，我估计的二十五到三十五天并没有错。不过，陪审团是否也同样信赖我的估计值？我担心的就是那点，特别是被告还咬定我不是昆虫学家，猛烈抨击。

陪审团才研议了几个小时，就告知法官，他们以十一比一相持不下，无法裁定有罪。法官宣布失审，检方回头重新开始，预备再审。古德温和兰普顿谋求补强证据，招来昆虫学家生力军:我从前的学生,比尔·罗德里格兹,当时他已是声名远播,列名世界顶级学者,专研人类尸体内部的昆虫活动。

重审自二〇〇〇年一月二十一日展开。几天之后,古德温打电话找我出庭作证。我们在法庭重温我的资历和证照,包括在人体农场的研究专论,于是我这次也获认可,确实具备法医人类学专长。接着,我仿照第一次审讯的做法,向新的陪审人士解释,我是怎样求出死后时段估计值。

到了交互诘问阶段,轮到被告律师对我盘问,他一开始动手就试图打击我的估计值。首先,料想得到,他提出赛依中校案,当时我误判死后时段,差了将近一百一十三年。我说明,我就是因为那个案子,才创办人体农场,展开我们的研究计划。接着如我所料,他集中诘问关于蛆的问题,还有它们都发育到两周阶段的现象。我指出,寒冷气候会延缓蛆的发育,然而他依旧反复强调"十四"这个天数。

我答辩说明还需要考虑另一个因素,当时我对那处刑案现场已经了解得更详细,对这种情况也更为清楚。没错,蛆是成长到十四天阶段。不过遗体却都摆在室内,锁在小木屋中。而且这间小木屋可不是会通风透气的那种建筑物,并不是以圆木粗材建造,再用泥巴堵住缝隙。事实上,这间"小木屋"是用厚实木料建造的,用二乘四英寸的木料平摆,逐一堆栈起造。建造这间小木屋的人,是在木材厂工作,显然他可以免费(或几乎免费)取得二乘四建材,因此他就完全用那种木料来建造这间木屋。就连屋内四壁也完全是用二乘四木材钉的,建材层层叠架不留空隙。小屋的开孔不多,昆虫很难钻进去。

我解释,分解证据和昆虫证据明显并不相符,却不尽然就是完全矛盾。丽蝇要经过一段时间,才会探知屋内有死亡气

这间小木屋位于密西西比州的森美镇,里面发生了一场家庭悲剧。麦可·鲁本斯坦在这里杀害佩里全家(达瑞尔、安妮和克莉丝托)。鲁本斯坦犯案是为了二十五万元美金保险金,那份寿险是鲁本斯坦为克莉丝托买的。注意小木屋是以二乘四英寸的木料层叠建造,非常结实。

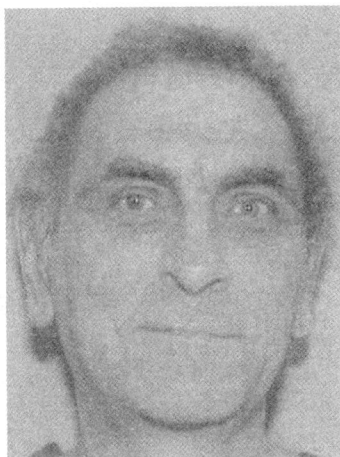

麦可·鲁本斯坦杀害他太太的儿子、媳妇和孙女,罪名确立。他把三人遗体留在小木屋里,任其腐败一个月。

息,然后还要花更久的时间,才找得到入口,钻过密实叠架的木板。因此,丽蝇活动的两周时段,只是指出了死后时段的下限,而且是绝对最短下限。实际的死后时段或许还要长得多,从其他的分解指标,可以明显看出这点。

我提出证词之后,罗德里格兹也出庭作证。他是我从前的学生,和我分头独立作业,他估计的死后时段是一个月左右,同样是根据气候有多冷,还有遗体有多难以接近来计算的。古德温希望,我们两人的证词,可以"终结病虫害"。检方在两天之后完成举证,那时我已经回到诺克斯维尔。这时就轮到被告一方了。

古德温事前并不知道,被告找来临时证人:昆虫学家尼尔·哈斯克尔。哈斯克尔最近才(和我一起)在诺克斯维尔出庭,担任野兽男案的检方证人,他在一九九八年还回到人体农场,更深入比较昆虫在人尸和猪尸内部的活动。这时,尼尔为这宗谋杀案的另一方作证。这并没有错,法医专业圈子很小,和你合作办过案子的人,迟早会在另一宗案件和你对垒。不过,古德温在电话中讲的话,却完全让我措手不及。他告诉我,他在庭讯期间提出抗议,反对被告找哈斯克尔出席当临时证人,接下来他们就进入法官办公室,古德温转述了当时的对话内容。被告律师说明,哈斯克尔不只是要佐证辩方的说辞,支持受害人是在十二月二日左右死亡,他还随时乐意举证,说是我本人曾经为检方作伪证,在野兽男一案上撒谎。

学术见解相左是一回事,指控作伪证就完全是另一回事了。这不啻是一记耳光,完全违背了我的一切信念,不管是私生活或专业领域全都错了。四十年前,威尔顿·克鲁格曼博士已经把基本道德规范深深植入我的心中。我在案件中扮演的角色,不是要为检方或被告服务,我的角色(我唯一不变的角色),就是要替受害人讲话,要揭露真相。因此,当初古德温请我为佩里谋杀案估计死后时段,我马上要他保留检方的推测,事件日期也都别讲,于是他并没有透露。如果我认为佩里一家是在十二月二日当天或之后遇害,那么我早就会那样讲,让真相和盘托出。这下却听说哈斯克尔提出责难,说我做人不诚实,我实在是气极了。

不过除了我的个人怨怒和专业义愤,更令人忧心的却是哈斯克尔的证词,对检方的论据会有何危害。如果陪审团听信哈斯克尔的指控,他们或许就会驳回法医证据,不肯相信如山铁证。古德温在电话那端听我发泄怒气,接着他要我搭机回到密西西比州,去揭穿伪证指控。这时不必费事派马来拖,我自己就会去。

我回到木兰市法庭,静候答辩机会来维护我的名誉。结果哈斯克尔出席作证时,并没有指控我作伪证或撒谎,他只是表明我处理派翠西亚·约翰逊案时,误判死后时段。或许当时被告律师是在唬人,也可能是古德温听错了。不论原因为何,我还是热切说明当时的情况:后来我就重述那天在卡哈巴道发生的事情,说明我确实说过她的遗体太新鲜,不该由我处理,还讲述当时警官一定要我估计时间,于是我大胆猜测,她死在那里才过了一两天。后来我还强调,我确实没有检视她的遗体,连碰都没有碰过,而是直接转给法医师来鉴识,当初我在哈斯基案审讯时,也强调了这点。我说我后悔那么武断猜测,连这次至少讲了一百次,自此那次失言就对我纠缠不休。

接着我就空等、发愁,然后就出现惊人发展。鲁本斯坦的律师要木兰市医事检验署的病理学家出庭作证。那位女病理学家作证时,提出了尸体解剖时拍下的几幅放大照片。我从来没有看过那批照片,直到那时,我才知道有那些照片。

突然之间,那就出现了。克莉丝托的头、脸特写,就贴在她的发根处,我看到了:褐色细小物体,大小就如一粒菰米。再仔细点儿瞧,我还看到其他的。我从审讯室内我的座位上,探身向前越过栏杆,小声对古德温讲,"你一定要暂停审讯。你一定要让我回到证人席上。"

古德温很快就要求休庭, 好让我们商量。我激动地告诉他,我在照片上看到的东西:中空的蛹壳。我一直在找的东西,那是蛆完成生命周期, 变态为成蝇时抛下的东西。毛虫会织茧, 然后就在茧中羽化为蝴蝶, 蛆也一样, 它们会分泌鞘壳,窝在里面直到长出翅膀。真是讽刺,我们认为毛虫很可爱,蝴蝶很美丽,却认为蛆很可憎,苍蝇则很讨厌。不过就我而言,蛆和苍蝇本身,都带有一种美,而且在本案更是如此。它们就像祈祷引来的响应,就在那处审讯室内应验。

那批蛹壳(从学理上)证明,丽蝇在那几具尸体上进食、产卵,已经超过两周。就算你假设,它们在几分钟之内,就进入那间建造密实的冷飕飕小木屋并马上开始产卵,那依旧说明,安妮·佩里不可能在十二月二日在纽奥良的酒吧现身。安妮在十二月二日那天早就死了,达瑞尔和克莉丝托也死了,都在那间小木屋里分解腐烂。到头来,我们还是得到了昆虫学证据。这下,整个法医情节就完全合理了。

二〇〇〇年二月三日, 陪审团休庭研议。才过了五个小时,他们就回来了,也有了裁决。他们认为鲁本斯坦有罪,犯了三起一级谋杀。他谋杀了达瑞尔和安妮·佩里,陪审团处以两次终身监禁。另外他还谋杀克莉丝托(古德温和阿波怀特把她叫做"保险金童"），陪审团处他死刑。这看来很公正，大概是吧。陪审团确信，鲁本斯坦不顾亲人情分，把三名熟识、信任他的家人杀死了。这下轮到他被处死了。

凡是谋杀都有罪过残忍之处，这宗案件却是冷酷算计没有人性，还特别骇人。鲁本斯坦刺死自己妻子的儿子，刺死继子的媳妇。他勒死四岁幼童。他说不定还杀了两名事业伙伴。如果我的专业能够帮忙把这类恶徒关起来，就算只有一个，那么我这些年来的用功研究，就非常值得了。

在那次审讯期间，卡萝和我住在一家提供早餐的旅馆，佩里的父亲和继母也住在那里。失去了达瑞尔、安妮和克莉丝托，显然让他们心力交瘁。有一早我出门去法院，佩里先生在餐厅向卡萝走去，那位腼腆寡言的男士，眼望地面对卡萝说，"请告诉你先生，感谢他南下来帮我们的忙。"卡萝抬眼，看到两行泪水流过他的两颊。

朵莉丝在麦可被判定谋杀她的儿子、媳妇和孙女之后便诉请离婚。我不确定她是否获准，不过我知道她并没有安享离婚生活：她最近因心脏病死亡。

目前鲁本斯坦正在就死刑上诉，这些程序和答辩要拖上许多年。我不禁要沉思，达瑞尔、安妮和克莉丝托完全没有机会上诉恳求活命。把鲁本斯坦处死，被他杀的人还是活不过来，不过这或许可以保护其他人，不至于遭受相同的命运。

如果这次有办案英雄的话，除了举证确立对鲁本斯坦不利的法医科学之外，那就是密西西比州的高速公路巡警艾伦·阿波怀特了。他不让这宗案件无疾而终。他投入数年埋头办案，即使在一段绝望的时期，案件看似无法成立，他也拒不罢手。他挖出的证据堆积如山，掐住鲁本斯坦，后来他对我说，他认定了那是个"彻底邪恶"的人。阿波怀特揭露鲁本斯坦的堕落黑暗本性，程度之深令他惊骇。因此他随身携带那人的照片，摆在警车里，要提醒自己，搜证追捕杀手的过程当中，有可能面临多大的风险。当第一组陪审团陷入僵局，法官裁定失审，阿波怀特哭了。后来第二组陪审团判定鲁本斯坦有罪，阿波怀特回到家中，把自己四岁的女儿紧紧拥在怀中。

第十九章
灰飞湮不灭的黑心葬仪社

劳依·哈登的亲友称他为"奇格"，他务农，住在田纳西州东部。他和哈登众亲族同样是在伯奇坞的哈登路出生、长大。伯奇坞泛指几处农舍，四散分布在田纳西河流域的一段辽阔富饶谷地，位于诺克斯维尔到查塔努加市百英里路程的半途。

奇格有八名手足，分居河谷各处，就像一把种子随风四散，不过奇格留在哈登路生根。他的生活可并不顺遂，他没读完七年级就中辍学业。他十七岁时遇上惨痛遭遇，结局跟了他一辈子。他和他十九岁的哥哥打扑克，为一手牌争吵，奇格输了，胸部中了亲哥哥击发的一枚点二二口径子弹。他活下来了，弹头却太接近心脏，手术太危险，无法取出。他体内带着那颗子弹，又活了二十七年，让他忘不了打牌有多危险，生命的无常，还有一旦涉及子弹和心脏，偏了一英寸距离，会有多大的差别。

二〇〇〇年春季，奇格从事农务劳动，已然养成魁梧体格，不只是肌肉，骨骼也愈来愈粗壮，才担得起年复一年的工作重荷。他的体格想必是壮硕过人，夸张得几乎要让人发笑。他植苗种草莓，用健壮脏污食指和粗阔拇指捏着幼苗种下。当年奇格四十四岁，他已经不再年轻。他有背痛的毛病，还有其他更深切的伤痛。二〇〇〇年四月十七日晚,奇格服了止痛药。我不知道他服下了多少,不过肯定不只是少数几颗,药丸没有止痛,却要了他的命。

奇格有次告诉手足,他希望死后火葬,就像在二十五年前开枪打他的那位哥哥(家人说那是意外)死时的葬法。他的姊妹苏西吩咐附近一家殡仪馆安排后事,还买了一具高档黄铜容器来装他的骨灰。奇格的女友有孕,苏西希望将来能把骨灰交给奇格的孩子。

哈登家人参加丧礼哀悼奇格过世。一辆灵车在旁等候,随后遗体就被搬上灵车运往火葬场。殡仪馆的服务和火化作业花了三千一百一十点五九美金,包括一具布面可燃灵柩,这部分就花了将近八百美金。几周之后,殡仪馆把装在塑料袋中,烧成灰烬的残屑(殡葬业称之为骨灰)送回家里,并由员工把骨灰转置于黄铜匣中。苏西把那匣残屑摆在壁炉架上一阵子,然后就转交给奇格的女友。

二十二个月后,一家全国性电视台揭发恐怖情节,奇格的家人看到节目大为震惊。乔治亚州诺伯的三州火葬场发现多具遗体,没有烧过的人类腐败尸骸。将近两年之前,奇格的遗体就是被送往三州火葬场火化的。

三州的麻烦最早是在二〇〇二年二月十五日曝光。环境保护局接到电话检举,派了一组检查员到三州产业做勘查,并看到土地上有人类颅骨。环保局检查员召唤救兵,司法行政处和乔治亚州调查局很快就派人前往,几十名副警长和干员在那片产业上分散执勤。他们在几个小时之内就找到几十具遗体。随后几天阴森的日子,他们又发现了几百具遗体。总共有三百三十九具,或埋藏在浅洼,或塞进金属外椁,或像是堆木材一般,堆置在周围林间,甚至任遗体在损坏的灵车内腐败。

当局接到线报,过程绕了个弯,那是负责替三州填充丙烷槽的卡车司机告的密。那位司机在一趟例行运送过程中,看到场内地面有人类遗体。显然他抑制不了好奇心(或忍不住惊骇),因为下次他送货时,有人要他专心办自己的事,不准进入场内。

三州是个家族企业。马许夫妇(雷伊和克蕾拉)在一九八二年创办了那处火葬场,随后很快就从乔治亚、阿拉巴马和田纳西州引来生意,这三个州在诺伯西北边二十英里左右交壤。三州的收费一向低于其他的火葬场,而且服务还包括前往签约殡仪馆接运遗体,然后一两天之后,把骨灰送回交给遗族。

一九九六年,雷伊和克蕾拉把企业转给儿子,雷伊·布兰特·马许接管。生意依旧兴旺,到了二〇〇二年年初,三州已经火化了三千两百具左右的遗体。至少大家都认定是火化了。然后,到了二月十五日,吓人真相开始浮现。

环保局检查员抵达还不到几个小时,就找到好几十具遗体,各自分解到不同的阶段。隔天,乔治亚州政府宣布,沃克尔郡进入紧急情况,各有关单位冷峻预测,遗体总数有可能达到数百。案情进入繁复的法律诉讼,首先是雷伊被捕,并以五项"诈欺不当得利"重罪起诉,因为他收受火化费用,实际上却没有提供该项服务。隔周的星期日,遗体数量已经接近一百,马许面对其他几项刑事罪责。几百人遍布三州火葬场进行调查,从环保局和乔治亚卫生局的检查员,到沃克尔郡警长、乔治亚州和联邦调查局的干员,还有联邦和州级机关派来的几位灾变处理专家。

有个紧急应变计划很少有人知道,那是由美国公共卫生局赞助运作的阴森组织，称为"灾变死亡作业应变小组"。这个应变小组广纳各行的志愿专家成员，包括法医师、法医齿科学家、搜索犬指挥员、法医人类学家、殡葬业者，还有其他处理死亡相关事宜的专业人士。每当有大量人员死亡，好比民航机失事，灾变死亡应变组就会因应前往现场(几年前，我在诺克斯维尔警察局的朋友阿瑟·波哈南，就协助灾变死亡应变组，在人体农场做了一项研究，那是防漏运尸袋发展计划的部分研究。至今那项计划还没有完全成功)。

一九九五年四月，俄克拉荷马市的摩拉联邦大楼被卡车炸弹摧毁，灾变死亡应变组面临极度艰困的使命。我有三名研究生出动，加入志愿工作应变小组，协助鉴识从大楼残瓦中拖出的遗体。不过，应变小组在二〇〇一年，还要面对更重大的挑战，而且还更为艰困、凄惨。当年九月十一日，纽约世界贸易大楼遭恐怖攻击倾圮，事后几百名志愿人员来到灾区现场，甘冒风险在废墟中缜密搜寻。另有应变小组成员，在五角大楼协助辨识死者。

从 9·11 之后五个月，灾变死亡应变组封锁三州后方的松林。应变组东南区分部的成员，看着自己找到的东西咋舌不已。二月十七日星期日，有位我的研究生立克·斯诺接到一通电话，要他马上赶往乔治亚州。立克在几个月前，就登记为灾变死亡应变组志愿者，他有非常特别的相关经验。他经分配前往海外，最近才回国。那次他是前往波斯尼亚，在联合国的战争犯罪行政法庭工作。立克在波斯尼亚那八个月间，挖出多处集体墓穴，还协助鉴识了几千名百姓的身份，那批平民是"种族净化"口实下被谋害的牺牲者。乔治亚州事件没有那种政治权谋，动机也不同，唯一能合理解释的理由，似乎就是混杂了怠惰、马虎和小气,舍不得消耗丙烷。然而遗体数量和作业范围,和立克在巴尔干半岛的经历雷同。

立克在二月十八日星期一抵达, 协助取回遗体并确定身份。当立克来到诺伯,踏入围篱内侧,想必会觉得自己是被传送到巴尔干半岛和幽明交界之间某处。遗体散置场内,遍布整片林地。有些已经掩埋,有些是被塞进锈蚀车辆和钢铁外椁,另有些则只是被弃置在树下,还有的是抛在废弃设备旁边,腐败尸骸只用破烂硬纸板、叶堆和松针堆覆盖。立克抵达那天,遗体数量达到一百三十九, 其中有二十九具已经由心烦意乱的亲属认出。立克是现场唯一有集体墓地处理经验的人,他肩负起重大角色,指导搜寻和取回工作。由于那片产业,大半茂生林木和矮树丛,工作严重受阻,因此他们接受立克建议,派一组人员携带链锯,驾驶推土机,开始砍除林木清理地面,向下铲到乔治亚红黏土层。

立克加入合作的隔天,乔治亚州调查局人员进入布兰特的住宅,在火葬场入口处的这栋建筑内搜寻文件记录,看能不能借此查出,可能有多少具遗体藏在这片土地上,还有他们的身份为何。当他们在住宅搜索的时候,又发现后院还有更多的遗体。

同时, 民众忧心忡忡,纷纷打电话到东南部各处的殡仪馆。他们挚爱的人是不是送往三州火化? 如果是的话,那么壁炉架上或墓地里的骨灰是真的吗,或者他们挚爱的死者,实际上竟是在三州的土地上化脓溃烂?

星期三,事情爆发之后才五天,调查成本已经蹿高到五百万美金,遗体数量达到了二百四十二具。往后六天,搜寻人员借助链锯和推土机,又找到了将近一百具遗体。第十二天,终于不再有惊人发现。

最后总计在三州找到三百三十九具遗体，还有遗族所承受的无法量度的悲痛，他们知道，或深恐在遗体之中，有他们的父亲、母亲、手足、孩子。总计三百三十九具遗体，其中有七十五具的身份在前两个星期确定。这些大半都是比较新鲜、最近才去世的遗体，很容易辨认，看着也很难过。尽管要从三州取出的大批遗体当中认出挚爱的人，肯定是令人痛苦，不过至少这些遗族很快就能平复，或有机会开始设法抚平创痛。另外还有几百人，却要面对不确定情况和痛苦，而且还是永不止息。

从环保局检查人员发现一颗颅骨之后，过了不到几天，就有多宗诉讼开始进行，有些是控诉三州，另有些则是控告和那家火葬场签约的殡仪馆。我就是在那时，才听到律师提起这件事。

二月二十一日，我收到田纳西州克利夫兰的一位律师，威廉·布朗发来的电子邮件，请我分析三州送回给奇格家属的骨灰。可以想见，他的遗族担心，说不定骨灰并不是奇格的。

三周之后，布朗把骨灰带来给我。双层塑料袋里装了若干深黑色灰烬物质。那份样品，包含那两个塑料袋，总重为一千六百五十克。似乎是太少了，根据最近发表的火化研究结果，男性的骨灰平均重量是二千八百九十五克，女性的则为一千八百四十克（我对这个课题感到好奇，自行展开一项研究。往后五个月期间，每星期有几次，我都前往附近一家愿意合作的火葬场，在骨灰被送回给家属或殡仪馆之前，先让我称量重量。量过了五十组男性的骨灰，和五十组女性的，我发现男性的骨灰平均重量为三千四百五十二克，女性的则为二千七百七十克)。

布朗在旁观看,我小心地把塑料袋倒空,把骨灰倒在干净的金属托盘上。接着用四毫米筛网筛选材料,除了最小的碎屑之外,全都留在网上。两个袋子装的东西,显然是人类骨头烧化的。尽管碎片很小,我从其中几块碎骨的平滑弯曲表面,还是看得出那是股骨(大腿骨)或肱骨(上臂骨)的头端。里面还有一片是头骨,一片是脚部骨头,还有些细小碎片是跖骨(足骨)、肋骨、一片股骨和一片胫骨(小腿骨)。

不过,筛网筛出的东西,大半都不是人类遗骸。里面有一根金属订书针,不是用来装订纸张的那种,而是很大、很粗的装订针,或许是用来固定波浪硬纸板箱,供殡仪馆运送遗体到火葬场用的那种(通常,遗体是连同搬运纸箱一起火化,整个纸箱就这样被推入焚化炉。这样比较容易处理,也解决了一个问题,不用把纸箱当作有生物危险的废弃物来处置。火化之后再用强大磁体来移除装订针这类钢铁物品)。筛网还另外筛出一些碎片,看来是烧毁的木料,还有些黑色碎布。找到布料让我惊讶,因为只要华氏几百度,布料就会开始燃烧,火化炉的焚烧温度通常要高得多,约达华氏一千六到一千八百度。不过,最令人不解的是,里面有许多弹珠大小的圆形蓬松白色物质。要形容这种球体,我能想出的最好名称是"蓬绒球"。那堆蓬绒球几乎都秤不出重量,却占了样本体积的相当比例。那是不小心掺入的污染物品,还是刻意添加的东西?我从来没有看过那种东西,我也这样对布朗讲。我提议在田纳西大学做些实验测试,他赞成,认为这样做应该很好。然后他向我致谢离去。

我拿起电话打给一位熟人,那位纺织学家表示愿意看看那堆蓬绒球。田纳西大学林业制品中心的一位教授,同意分析看来像是木料的碎片。我安排把样本分送给两位。

经过这几项测试，就可以确定四毫米筛网所筛出的非人类碎片，究竟是什么东西。不过，那组样本还有一部分能通过筛网孔眼，是重量不到三磅的粉末和细屑。肉眼观察那堆东西，颜色看来比较深，比我在过去四十年来，偶尔会看到的人类的骨灰都深。不过我知道，我在法庭上还必须更肯定地讲出那是什么，或那不是什么。

布朗第一次和我联络的时候已经提到，有迹象显示三州烧出的骨灰，有可能包含水泥粉，因为管理当局搜查那处火葬场的时候，发现了许多袋水泥。水泥看起来和人骨烧成的灰烬很像，因此如果火葬场没有真正的骨灰，就有可能是采用水泥粉装袋送交遗族。我查考学术文献，看能不能找到简单的试验法，来检测是否含有水泥。

水泥大半是研磨石灰岩(或碳酸钙)取得的粉末。地质学家采用一种简便试验，来断定岩石是否为石灰岩质。把一到两滴盐酸滴在岩石上，如果盐酸液体触及岩石嘶嘶作响，他们就知道那是石灰岩。

我取得少量稀盐酸，封装在医药罐中，还附带了一支点眼药滴管。我把少量粉末摆在金属托盘上，接着就挤压点眼药滴管的橡皮球，小心吸了几滴，然后把稀盐酸挤在粉末上。盐酸滴触及粉末，马上嘶嘶冒泡。我想，这看来有可能是水泥，或也可以说是粉末状石灰岩。

最后我打了通电话给认识多年的阿尔·哈萨里博士，我很景仰这位田纳西大学的化学教授。阿尔同意对这种粉末物质做化学分析，取得更详细的结果。我根据他的指示，又拿骨灰筛滤了五次，确定完全没有较大碎屑，然后搅拌均匀。接着我舀起四十二克，封装在小玻璃瓶里，然后就拿着前往化学系。

但愿我们很快就能向哈登家族提供更多数据。

过不了多久，我在林业制品中心的同事就回话。他说，我拿给他们的样本，是烧化的夹板。那并不意外，也不会带来困扰。常用来装遗体的硬纸板箱，底部都有薄层夹板，这样抬起纸箱的时候，才撑得住尸体的重量。如果没有夹板，纸箱就可能变形或被压破，尤其是遗体渗出液体的时候，还会更严重。

根据纺织专家给我的蓬绒球报告，那些都是合成物质，他说那有可能是聚丙烯。聚丙烯是种塑料，用途千变万化，可以用模子塑造浇铸制成坚硬的物品。聚丙烯可用来制造各种东西，从耐洗碗机洗涤的食物容器，到汽车保险杆都有。聚丙烯可以纺成纤维来制造室外地毯料、浮水型船用绳索，还有耐撕的联邦快递信封。

聚丙烯质轻坚韧，用途极广，不过并不耐热。这种材质的熔点不高，高出华氏三百度没几度，还比烤巧克力薄饼干的温度低了几度，更别提焚烧遗体必须达到的炽烈高温。显然，奇格·哈登的遗体火化之后，有人意外或故意摆入蓬绒球。

这意思是说，假定奇格的遗体是火化了。显然，样本里含有烧毁的人类碎骨。不过，碎骨是奇格的还是其他人的？如果DNA在火化过程保存下来，我们就可以明确回答那项问题。不幸的是，如果火化作业正确，就会把骨头所含的有机材料完全烧毁。骨头在这个过程(称为煅烧)会被烧成主要矿物质成分，也就是骨头的基础材料——钙。碳基DNA分子和硬纸板灵柩或棉质衬衫同样也都完全烧光。人类的生命和身份完全化为轻烟，不留丝毫化学残迹。因此，从我们这组样本，筛除生锈的装订针和焦黑布料与蓬绒球，剩下重约一千三百二十克的灰烬材料,我们看不出这是否就是奇格。我们只能看出,其中大半是不是人类的遗骸。

四月三十日,我收到化学分析结果。我的化学家同仁哈萨里想出一种巧妙的简单试验,可以透露那堆物质是不是人类的。人类遗体的化学成分相当固定。我们多数人在学校就读的某个时间,都学过身体大半是水,约占体重之百分之六十。另外百分之四十,分别为其他多种元素的重量,其中主要是钙和碳(如果人类和杂货店的包装食品同样也有成分标签,那么我们的成分表就可能条列如下:水、钙、碳……)。

名列人体成分表最后一项的是硅。平均而言,人体只含有十五克的硅。如果你把人体放入火化炉,让水分完全蒸发,碳质完全烧光,最后煅烧完成,重量大概就只有两千三百到两千七百克左右,其中只有不到百分之一是硅的重量。

哈萨里把我那四十二克的样本,寄给了诺克斯维尔一家有证照的商业实验室,称为加百列斯实验室(号称"又准又快——自一九五〇年迄今")。他大可以在大学的化学实验室自己做测试,不过,有证照实验室的准确表现,更能接受考验,也有翔实记录,而且我们也希望确定法庭会采信分析结果。加百列斯的技术人员采用摄谱仪测试法(称为"感应耦合电浆发射光谱仪")来检验样本。其中的"感应耦合电浆"部分程序,是把不明物质置于氩气中加温燃烧,温度达到华氏一万八千度,烧出明亮光辉。接下来就以"发射光谱仪"来显现样本的"指纹",基本上就是在样本燃烧时,读取释出的光波波长。最后步骤就是拿样本的光学指纹,来和已知元素的波长来做比较。分析化学家的这种比对方式,就相当于联邦调查局的指纹分析师,拿刑案现场采得的指纹,来和指纹数据库中已知罪犯的指纹做比较。

根据加百列斯实验室的分析报告，三州狡称是奇格遗骸的骨灰，所含硅质超过百分之十五。除非奇格在临终之际吞了大堆泥土，否则那种读数比常态是高出了许多。看来比较可能的原因是，骨灰含有某种补充物，或许是水泥、粉状石灰岩，甚至只是沙子。

不管原因为何，这都不对。三州送回的骨灰应该要符合三项条件，和上法庭作证的人都要发誓的三段证词没有两样：哈登家族拿回的黄铜匣，应该是装了奇格、完整的奇格、而且除了奇格别无他物。

南方乔治亚州的奇格，还有其他的遗体，到底是发生了什么事？二○○二年六月二十日，我还会碰上另一次机会，可以设法查出真相，而且是亲自检视探知内情。

田纳西州查塔努加市位于诺克斯维尔西南方一百英里处，从那座城市向东南方二十英里左右就是文化迥异、遗世孤立的乔治亚小区诺伯(Noble)。诺伯意为"高尚"，这可真是讽刺。

没过多久，美国二十七号公路就延伸穿过诺伯。那条四线道路有一处交通信号灯，两三家加油站，还有其他设施零星散布，提供基本饮食等服务项目：汽油和杂货、五金和理发厅，还有各种救赎机构。

要不是刻意寻找，你大概不会注意到"核心路"。那条柏油窄路并没有划出分向线，从二十七号公路向东延伸。一幅标志引领信徒沿路向右几百码，来到浸信会核心教堂（"我们奉耶稣为主"）。向左通往罗伊马许巷，接着是克蕾拉马许巷。道路正对面有条蜿蜒车道，通往雷伊·布兰特·马许的住宅，再过去略向下坡，就是三州的几栋建筑。

那栋住宅的格局很小，是长方形平房建筑，或许有三间卧房。前面立了一台古老的埃索加油泵。房子在过去就是木制的隐私围篱。从这点来看，还有后来发现的许多特点，三州和人体农场像得惊人。主要的差别是在目的：我们之所以把遗体摆在人体农场任其分解，唯一的理由是，没有其他方法可以推动这门科学迈向新领域。看来好像很矛盾，不过我们对分解的遗体，抱持最高度敬意，因为他们对法医研究作出独特贡献，还协助缉捕杀手。

三州的围篱圈住两栋类似谷仓的大型建筑，一栋是马口铁制的办公处所，另一栋是车库模样的建筑物，有根锈蚀的金属排气管从一端向上伸出，火葬场就设在里面。这两栋较大的建筑，里面都有水泥和金属外椁。在我抵达的四个月前，外椁里面全都塞满腐败的遗体。现在里面全是空的。

来到建筑室外一侧，我注意到树林边缘有辆坏掉的灵车，四个轮胎都瘪了，停在阴暗处任其生锈。打开车门，我闻到一股腐败恶臭。后来我才知道，有具遗体在后座搭了好几个月的车，最后是在二月间突击检查火葬场时才被移走。附近有间移动式小屋，前面也停了一辆灵车。拖车小屋后方有一台商业型号的烤肉架，这引发几个有趣的问题，或只是奚落嘲笑火葬场，点出他们不务正业。

火葬场建筑中只有一座火化炉，此外几乎没有其他东西。那座庞大的火化炉，看来就像是工业用设备，大部分是以漆黑耐火砖建造。火化炉后方是备份燃烧室，用来焚烧主燃炉没有烧掉的有机物质，备份炉有几处地方看来已经锈穿，上方的排烟管也是如此。

我把炉门向上拉开，拿手电筒照射并端详主燃炉内部。里面没有遗体，我松了一口气，只看到四壁、炉顶，还有耐火砖和水泥铺设的炉底，底面大半破损，到处都有裂痕。炉底表面烧黑，沾有油脂，并散落泥土、碎石，还有至少一块没有烧毁的人类脊椎骨，那是个孩子的，乔治亚州调查局和灾变死亡应变组的扫荡作业都遗漏了。

在那个暑热日子，不只是我去检视了三州。所有的诉讼原告，针对三州、马许家族和多家殡仪馆提起诉讼的所有各方，全都选定那天为"发现日"。涉入本案的所有律师，包括原告和被告各方代表，全都带领他们的专家证人，来检视那处设施。我教过的几名学生过来打招呼。其中一人是汤姆·巴德金，他在查塔努加市医事检验部做事，另一位是东尼·福塞帝，他在佛罗里达大学教法医病理学。我还看到纽约市的杰出法医病理学家麦可·巴登，还有位纽约法医齿科学家随行。集结在诺伯的法医队伍火力惊人。

我那趟行程却由于汤姆的发现而缩短。汤姆从查塔努加市来此，他在车道区弯腰俯视，然后就指出那里有人类骨头，土中有没有烧过的人类骨头。有位当地的副警长负责站岗，照管所有的律师和科学家，他用无线电联络总部听取指示。无线电传来响应，要他封锁现场。他把我们全都赶离火葬场范围，然后不到几分钟，警方巡逻车就列队赶来，乔治亚州调查局的黑色轿车也抵达现场，看来完全像是种法医送葬行列。反正到那个时候，我也已经看够了三州现场和里面的火化炉。我看得出那套设备的状况如何，也看得出设备肯定并没有由制造厂做定期保养。

火葬产业的通用汽车等级公司位于佛罗里达州，名称特别隐讳,叫作"工业设备和工程公司"。二○○一年夏季,大概在诺伯的内情曝光之前九个月,我前往该公司位于阿勃卡的工厂参观,那处小镇是位于奥兰多市外。

"工设工程强火型"火化炉是该公司的重量级产品。殡仪馆的灵柩主要是要求典雅美观,火化炉就不同了,这显然是属于重工业机具制品,不是造来让民众观看的。强火型火化炉的前端炉门为下开式,看来就像《糖果屋》童话里,汉瑟与葛瑞桃差点儿在里面被烤成姜饼的那个火炉,不过是三倍深的重量级型号。炉底平坦,炉顶拱起,炉室从炉门到后壁延伸八英尺,看来是充满凶兆,里面用耐火砖或耐火水泥拼排铺设。

遗体通常是用灵车运来,就多数火葬场而言,灵车是倒车从库门进入,遗体装在硬纸板运尸箱里,被拉上轮床,推到火化炉门。接着就把箱子从轮床推入炉中,这项作业很简单,一个人就可以办到,然后就关门、点燃气炉。

第一步是启动一部强力风扇,推动气流稳定吹过炉子(称为"主燃烧室"),接着就从排气管吹出。风扇开始运转之后,作业员就设定定时器,来控制燃烧时间。定时器也控制一道气阀,还有一具放电花点火装置,和家用瓦斯炉的点火装置很像。

首先点燃的燃烧器称为"后燃器",装在火化炉后侧。那个燃烧器很小,具有双重功能。首先是预热,慢慢提高炉内温度,这样可以尽量降低热压力,以免烧裂耐火砖。然后在火化期间,这个小型燃烧器会把未燃烧的气体完全烧光,才不会从排气管排出。

等到火化炉预热完成,装在炉顶的低强度燃烧器就会点燃,那个燃烧器称为"点火燃烧器",火焰向下喷烧。点火燃烧器的唯一功能,是要把装了尸体的硬纸板箱或运尸袋烧掉。硬纸板在华氏五百度上下就会起火燃烧,火焰向下喷在纸箱上,不到几秒钟,纸箱就开始燃烧被火吞噬。

几分钟之后,硬纸板箱已经化为灰烬,接着遗体本身也开始火化。这时,威力更大的另一个燃烧器,也向下朝遗体喷发烈焰。就多数情况,火化炉的温度,大致上都维持在华氏一千六百度至一千八百度之间。不过,极胖的遗体却可以烧得炽热,远超过这个范围,高达华氏三千度。

工设工程公司的火化炉造得很坚固,能够撑过这类状况。那家公司还应顾客要求,提供年度检查、清洁、恒温器校准和修复服务。多数设施每年至少都有一次要求做检查、校准。听说三州在二十年间,从来没有要求检查或清洁,连一次都没有。据报,工设工程公司的技术人员,只来过三州一次,那次是应乔治亚州调查局所请,要该公司证实或驳斥布兰特的说辞——他说火化炉坏了,所以工作进度才会落后。工设工程公司的技术人员说,火化炉一点火就开始燃烧。

二○○二年九月三日,劳动节隔天,奇格有位亲属接到电话,那是乔治亚州调查局负责侦办三州案的项目组长格雷格·雷米干员打来的。马里兰州的空军 DNA 实验室,负责分析从三州场找回的三百三十九具尸体的 DNA 样本,这时已经完工。那家实验室拿乔治亚州调查局提供的样本,和亲属捐赠或医疗院所提供的已知基因物质做比对。奇格有些亲戚已经捐出血液样本,结果却发现大可不必,奇格的尸体当初是由一家地区医院解剖检验,取得的组织样本还存盘保藏。

雷米干员打电话通知,有项 DNA 检测结果吻合,显示当初二月在火葬场土地找到的那三百三十九具尸体当中,有一具是奇格的。乔治亚州调查局为遗体编码,他是第二百一十八号,躺在乔治亚树林间,腐败分解将近两年。从二月开始,他就一直被安置在诺伯附近,摆在由乔治亚州调查局安装的冷藏设备里。这时雷米是想知道,遗族打算怎样处理那具遗体。

哈登家族还是希望按照奇格的心愿,把遗体火化。不过,他们首先希望百分之百确定,那就是奇格。他们的律师,比尔·布朗请我检视遗体,并安排将遗骸运到一处方便做检查,接着可以很快火化的场所。

我在十月间前往诺克斯维尔机场附近的工业园区,那天午后天气凉爽,我来到园区边缘一栋整洁的小型建筑,"东田纳西火葬公司"就设在那里。布朗在几分钟之后抵达,他的儿子安迪,还有助理莉萨·斯科金斯也随同前往。安迪负责遗体照相、摄影,也要拍摄我的检查作业,这样他们就可以为诉讼案留下影视记录。

火葬场经理海伦·泰勒陪同我走进车库区,里面安装了两组工设工程公司的火化炉,全都一尘不染。其中一组前面有台轮床,床上是个白色运尸袋。我拉开拉链,看到遗体大半都化为骨骼,不过到处都残留了小块组织。颅骨和身体已经不相连,旁边有发簇,头发很长、很粗,呈褐色。莉萨带了奇格的照片,影像中的人长发及肩,也是呈褐色。

遗体裸身,衣物都已经被乔治亚州调查局脱除,摆在另一个塑料袋中。遗骸和衣物各处都是落叶和松针,看得出遗体摆在户外已经过了很长时间。由于鼻通道和双耳内并没有泥土,因此我知道,遗体从来没有入土掩埋。我在各处都找到破烂硬纸板碎屑,还有少数死掉的鲣节虫(有时候也叫皮革虫或地毯虫),它们喜欢啃食骨头上面的干燥尸肉。

骨骼大致上还完整,不过,下颌骨和右小腿骨还有右足骨都不见了,大概是被腐食型动物捡走了。我研究颅骨,颅骨很大、很阔,眉骨厚重,颅骨底部的隆起部位(也就是枕外粗隆)异常凸显。我的骨学班学生每个人都能断定这是位男性,不会有问题。牙齿正直,并没有向外突伸,因此颅骨显然是高加索人种的,从颅骨缝合的愈合程度,也看得出那是四十多岁男性的典型状态。从骨骼材料来看,完全没有和乔治亚州调查局鉴识结果相左的部分。

原本那份 DNA 样本,是从左股骨中段的碎片取得。布朗要我取下另一段骨头样本,好让独立营运的 DNA 实验室再检测一次,来核对政府得到的结果。我把从人类学系拿来的斯特赖克尔牌尸体解剖锯取出来,打开包装并接上电源。

斯特赖克尔锯也是种巧妙的工具。这种锯能够在几秒钟之内,就把股骨截断,却也能贴着孩童的前臂嗡嗡运转,连皮肤都不会锯破。秘诀就在纤细锯齿(大小约如钢锯上的锯齿)会以细小幅度前后振荡,振幅只达十六分之一英寸。如果是压住刚硬材料,好比尸体的骨头或孩子的石膏绷带,锯齿就会很快地点滴锯开。不过,如果是紧压在皮肤上,锯齿就只会前后扭动皮肤,或许会让人发痒,引人咯咯发笑。

乔治亚州调查局原本就用了斯特赖克尔锯,锯出一道凹槽,我就紧贴着那处锯入股骨。花了还不到一分钟,就锯下四分之一柱体,长约两英寸,宽约一英寸。我把骨片递给布朗,由他运给那家独立营运的 DNA 实验室。最后,我还未雨绸缪,又拿了一根指骨,装袋交给他,以备将来不时之需,或者有必要做第三次测试时也可以派上用场。

接着,我把塞在运尸袋脚部旁边,装衣物的塑料袋打开。

遗体本身并不太臭，不过衣物却散发腐败恶臭和阿摩尼亚的味道。里面有条牛仔裤，尽管布料脏污破损，却很容易认出。衬衫也已经破烂，不过看来是红绿彩格呢缝制的。按照莉萨的讲法，哈登家族曾经要求殡仪馆，为奇格穿上他最爱的装扮，牛仔裤和彩格呢衬衫。

运气好的话，我们就会在奇格身边，找到最后一件物品，并可以确定他的身份：奇格在超过二十五年之前，被哥哥射入胸膛的那颗弹头。这时如果要在遗骸里搜找，会很费时费事。我断定，最好是在火化之后，再来筛滤灰烬仔细寻找，那样说不定还比较可能找到。

户外太阳西沉，低悬在赤红金黄秋叶的田纳西山丘，我把白色运尸袋翻折回去，盖住霉腐骨骼，利落一推，运尸袋滑入火化炉深处。泰勒把炉门拉下关好，扣上门闩，接着就启动风扇。几秒钟之后，我听到轻柔轰声，那是瓦斯点燃的声音。

隔天清晨寒冷有雾。我再次回到东田纳西火葬公司，进入车库区，我就感到火化炉的石材构造还在散发热量。火化只费了几个小时，不过遗体还留在火化炉中过夜，好让我检查骨头烧毁当时的摆放位置。我把炉门拉开，用手电筒照射黑暗的燃烧室并向内凝望。里面的骨头，依旧清楚排出人类骨骼的轮廓。双臂和双腿的长骨都断裂，不过还完整无缺，骨盆构造也是如此。胸廓崩塌，残存材料仍然勾勒出胸部的构造。人体最好辨识的部位是颅骨。我一碰到颅骨，它就破成细小碎片。

泰勒用长柄扫把和大型簸箕，把骨头碎片和灰烬扫舀出来，接着就把残烬散置在工作台上，顶上还有个通风排气罩，好让我在那里筛滤碎骨。那堆骨头碎片和柔软灰烬物质当中，还藏了几十根生锈的装订针，两年之前，遗体就是装在硬纸板容器里送抵三州，那个箱子就是用这些装订针来固定外形。泰勒把一个又大又重的磁体递给我，还教我该如何拉着磁体碾过骨灰，把装订针吸起来。

　　磁体很重，除了最大块的骨头之外，其他的都被压碎。碎骨质轻脆弱，就像是拿蛋白拌糖打好，送进烤箱烤得蓬松酥脆的那种调和蛋白饼。骨灰到处都有一团团形状不定，看似禾草的物质，或许是衣物上的纽扣或其他人工制品，随遗体燃烧熔成的，我继续在那堆材料中筛滤翻搅，挑出明显并非人类骨灰的碎片。我睁大眼睛，希望看到子弹的踪影，或讲清楚一点，熔融的铅团，或有可能是子弹残留的东西。我完全找不到，连模样类似的东西都没有。火化的最后阶段，是把残存的碎骨研磨成粉。我分析过三州处理的骨灰，其中有些含有大块碎骨，曾有新闻报道指出，马许家的人用过碎木机，或干脆就用大块板子来压碎大块骨片。因此，我就自己做了一项火化处理实验，当时用的是布朗给我的另一组骨灰。我把烧过的一些骨头，摆进卡萝的食品搅拌机，那是汉密顿沙滩牌的老旧机型，接着就启动机器。随后便传来一阵恐怖的哗啦嘎巴声响，部分是搅拌机发出的，也间杂了卡萝的唠叨（你大概会觉得，我早该学到了教训，两次替安买了新炉子之后，就不再使用家居器具来做研究。不消说，厨房料理台上很快就出现新的搅拌机，被污染的那台，就闲置在车库里）。

　　东田纳西火葬公司采用的是更为先进的做法，来把烧过的骨头研磨成粉。那是台工设工程公司的处理机，看来很像是个汤锅，安置在废物碾碎装置上方，不过价格高达四千美金。泰勒把骨灰放进锅里，再盖上沉重的锅盖，然后就扳动开关。碎骨六十秒钟就不见了，变成粒状粉末。接着她把处理过的骨灰倒入塑料袋中,袋子摆在搭配的长方形塑料匣里,不过两者并不是十分吻合。她用塑料系索绑牢,把匣子递给我。哈登家族在两年多前收到的,还以为是奇格的骨灰,这时就拿在我的手中

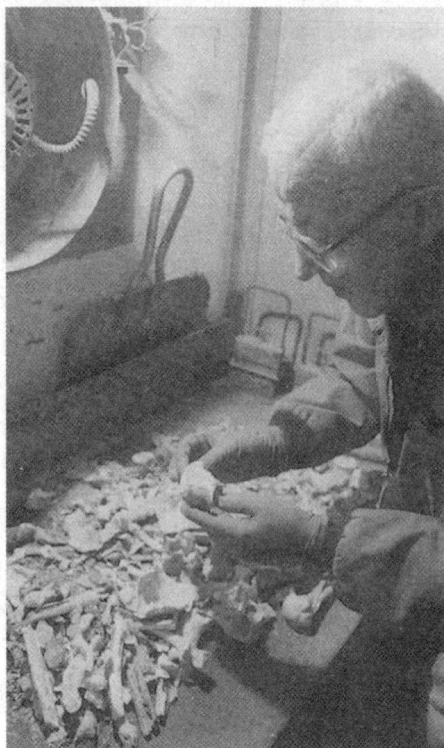

劳侬·哈登(绰号"奇格")死后,遗体被送往乔治亚州诺伯的三州火葬场火化。三州把骨灰归还遗族,过了两年,却在火葬场发现奇格的遗体,已经分解。后来残骸才进行火葬。图为奇格火葬烧化的骨灰。

了。我把容器摆在我的卡车后座,启程回家。

最初那份假的奇格骨灰,重量为一千六百克左右,和我求出的测量值相比还不到一半,我是称量了一百份的男性骨灰,才求得那个平均重量。就另一方面,这时在我手中的骨灰,是名魁梧农夫的骨架遗物,把袋子计算在内(不含塑料匣),指针

显示总重将近三千七百克，大概和他当初来到这个世界时的体重相当接近。我秤好骨灰重量，接着就打开袋子，拿个装底片的塑料罐，在里面装了一份样本，然后就把袋子封好。我把这份样本，寄给加百列斯实验室，和前面几次相同。

传回的结果让我惊讶。骨灰含有百分之五的硅，大约是十倍于我的预期值。或许硅质全是来自粘在遗体或衣物上的土壤，也或许有些是来自火化炉内衬剥落的碎片。加百列斯同时还分析了另一份骨灰样本，那份只含百分之零点五的硅，和人类遗体的正常比例接近得多。一如既往，研究所引发的疑难和解答的问题一样多。不过到这个时候，主要的问题已经解答，而且还相当肯定。我们掌握了乔治亚州调查局和空军的 DNA 鉴识数据，结果确认，我们有骨骼遗骸的人类学检查结果，年龄、种族、性别和发长、发色都和奇格的相符，我们有相符的衣物，而且我们还有商业 DNA 实验室独立确认的结果，他们用来测试的骨片，就是我用斯特赖克尔锯从股骨上锯下来的。

还有一项条件不明，依旧让我苦思。我还有一个未解问题，无法终结本案。我爬上我的卡车，开到田纳西大学。掏出田纳西州调查局警徽，摆在仪表板上的显眼位置，然后把车停在不准停的位置(我只能找到那个停车位)，接着我就走进田纳西大学的学生门诊室，进入位于地下室的放射学系。这些年来，那里的技术人员和医师，对我的偶尔来访，始终都亲切相待，也乐于帮我拍摄古怪物品的 X 光照片。他们似乎对这档子事情很感兴趣，我并没有把腐败分解的遗体拿给他们拍 X 光照片，就这点，他们也似乎都感怀于心。我要拍那种东西的时候，都是用携带式装备，在田纳西大学医学中心的卸货区扫描的。

当时我带了一个硬纸板箱，从里面取出了两个扁平的塑料袋,长宽各约为一英尺,里面分装了奇格的骨灰。骨灰散开铺成均匀厚度,袋子摊平,分别装了长宽各一英寸,厚一英寸的骨灰层。

放射科女技术人员走向铅质护板后方, 接着就打开快门。她把第一张负片拿给我,几乎完全透明,显示曝光严重不足。显然她补偿样本厚度做得过火。她第二次曝光就丝毫不差。磨碎的骨头呈现多层深浅灰阶,影像中有几十个细小的白色齿状物四处散布,那是从运尸袋拉链掉落的,遗体从乔治亚州运来火化的时候,就是装在那个袋子里。

从放射线负片,可以看到另一个不透明的东西。那是个盘状物,几乎呈正圆,大小约如便士硬币,厚则为两倍。我把它捞出来,那个圆盘很重,重得就像铅。我处理骨灰时,看不到也摸不到它,不过它始终都在那里。我找到奇格的弹头了。

哈登家族处在地狱边缘的漫长折腾结束了。找到子弹不尽然是个好消息,不过,他们依旧感谢有这项发现。我面对失踪人口家属和死者遗族的时候,都一再遇上这种反应。真相未明和忧心畏惧,几乎总是比失去亲人的结局更难忍受。

我没办法让他们的挚爱复生。我无法让他们找回快乐或纯真烂漫,不能让他们的生活恢复旧时的模样。不过,我可以告诉他们真相。然后,他们就可以放开桎梏去哀悼死者,也可以摆脱过往,重新开始生活。这样的真相,就是科学家献出的赠礼,或许很卑微,却是神圣赐予。

第二十章
死神暂不收我，所以……

我成为法医人类学家之后，前四十年看过了几百具尸体，还有几千件骨骼。我从所有角度仔细端详死亡。不过还遗漏一个角度。接着就有一天，我仰躺在一家餐厅的地板，和死亡直接面对面。死亡也回眼盯着我看。

当时我是和妻子卡萝离开纳许维尔，开车要回诺克斯维尔。那趟要开三个小时左右，我们大概开了一半路程，决定在库克维尔停车用餐。我们开下四十号州际公路，开向那里我特别喜欢的一家餐厅，叫作劳根公路食堂，他们供应我爱吃的烤甘薯。

我那趟去纳许维尔，是对器官捐赠专业团体发表演讲。前一晚我的身体不舒服，如果我有警觉，当时就该取消演讲。结果我还是去纳许维尔讲学了，天知道，我是要去演讲啊。巴斯家向来都有种特性，我们经常称之为坚定不移。据说，其他人经常说我们是带有骡子脾气。

我放幻灯片，对那个团体讲了一场法医人类学入门课。刚开始就提到德州的一宗案件，有位男子放火烧自己的车，还把自己烧死，然后继续讲到拉瑟福德案，他借汽车失火事件诈死。

这个题材我讲过几十次了，结果当天早上，我却差点就讲不完。通常，我在群众面前都是活力充沛，我觉得精力旺盛、神采飞扬，而且我的脑子里满是故事和笑料。结果这次却是完全不顺。最后是上苍慈悲，终于结束了。我接受南方式礼貌恭维，感谢我的枯燥演讲，简短几声道别之后，就催促卡萝走向车子，然后就满心期望，半路去吃份烤甘薯，可以让我振作起来。我们走进劳根公路食堂，几分钟后烤甘薯就端上来了，抹了奶油，热腾腾的。

我记得吃了两口甘薯。突然之间，眼前一黑。我把餐盘推到一边，告诉卡萝："我快昏倒了。"边说着就伏倒，头搁在桌上。往后的事情我都不记得了，这里只是转述卡萝和其他人告诉我的情况。

救护车紧急救护小组很快就抵达，该郡的法医师苏利文·史密斯也火速抵达。911 中心呼叫时，他刚好开车到附近。他车上装有警方无线电，听到紧急调派呼唤，火速开往劳根公路食堂。倘若他晚到一分钟，或许他就有必要写报告证实我死亡。结果是那天他也投入奋斗逆转局势。

我认识史密斯医师很多年了，从他在田纳西大学的诺克斯维尔医学中心住院实习开始，我就认识他。我认为他是该州最好的法医师，这些年来，我六次应邀到他的急诊室人员研讨会上发表演讲。奇妙的是，史密斯医师一看到我的后脑勺，立刻就认出是我（我不知道那是代表他的心思细密，或者更应该说是我的脑袋样子很怪？）。

"巴斯博士？巴斯博士，你听不听得到我说话？"他问，接着就看着紧急救护人员，那人还在检查我的脉搏。紧急救护人员摇摇头。"巴斯博士，我们现在必须把你移到地板上。"史密斯说明,就好像我听得到。

他们打开包装,取出携带式心脏电击复苏器,把两个电极板摆在我的胸膛,打算对我施以电击,这是最后一招,孤注一掷,设法要让我恢复正常心跳。就在那一瞬间,我的心脏颤动恢复生机。意识和视觉都恢复了,我发现自己躺在地板上,身边都是脚,几十只脚。

"巴斯博士,你听不听得到我说话?"那个声音似乎有点儿熟悉,跪在旁边俯视我的那个人,那张脸也好像很熟。"……苏利文·史密斯。"他似乎是在讲话。

"苏利文·史密斯?啊,对,我认识他,"我虚弱地喃喃说道,"我替他演讲过。"

"不、不,巴斯博士,我就是苏利文·史密斯。"他说。最后,浓雾散去,我认出了他,衷心感激是由这种高手来施救。苏利文说,再过个一两分钟,说不定他们就没办法把我救活。

不到几个小时,史密斯就安排了救护车,让我转入诺克斯维尔的田纳西大学医院。那趟车花了两个小时,途中急救技术员和我大半都在闲谈,聊到各种话题,从法医案到田纳西大学橄榄球队。我们没有谈到一点,那就是我和死亡擦身而过。

我的心脏专科医师,约翰·亚克尔说,我的心肌本身没有问题,问题是出在控制心脏收缩的电系统。所幸弥补方法很简单,装个节律器就好了。节律器是种精密的心跳监视器,也是个微型心脏电击复苏器,纳入一个小圆盘,比银币大不了多少。如果我的心脏运作顺畅,节律器就不做任何动作。不过,一旦我的心跳速率降到每分钟低于五十下,节律器就会启动。

进入田纳西大学医院当个病人,感觉很怪。自从我在一九七一年,搬到诺克斯维尔以来,我在那所医院里已经待过几千个小时，诺克斯郡停尸间和地区法医中心，全都是设在那家医院，我还在那里检查过几百具遗体和骨骼。结果我自己却在这时一脚踏进坟墓，这让我不由得要想起，自己离地下室的验尸解剖室有多近。几天之后，我就接受手术植入节律器。

很久以前，我一度深信有来世。我在父亲开枪自尽之后，整整六十年间都深信这点。然而后来安死了，接着安妮特也死了。突然之间，我一辈子的信仰，上帝和天堂种种，对我来讲，这一切都不再有任何意义了。我们是有机组织，我们诞生、我们活着、我们死去、我们腐败。不过当我们分解，我们喂养世上的生物：植物、虫子和细菌。

认识我父亲的人都说我很像他，像那个我没有机会认识的人，那个在我三岁就脱离我身边的人。他们说我在许多地方都像他，我的好奇心和智慧，我的亲切、和善，还有当我专心致志的时候，会吐出舌尖。我看到我成年的儿子也都具有这些特质，我心中感到自豪。我还注意到我的一个孙女，在着色时，还有在练习卡萝教她的刺绣时，也会吐出舌头，露出那种巴斯家的独特表情，让我看了就高兴。那么，我们的确有些东西，以某种方式延续下去，寄托在我们的身后传承：我们的基因、我们的癖性、我们的共有经验和口述历史。

是不是只有这些会延续，此外就几乎没有了？我想是吧，不过也不尽然。斯诺博士，他带我同行，让我第一次见识到法医案，那次我们在列克星敦市外掘墓、鉴识一具焚烧后泡水潮透的女尸。每当我抵达刑案现场，开始设法理解我所见到和所嗅到的，这时也可以说，他依旧是活在我的心中。还有"骨头学人界"的"苏格拉底"——克鲁格曼博士也是如此。我心灵的一部分始终是和他一道搭车，永远在上班，前往宾州大学。我在心中，和他一起重温我上一宗案件，勾勒出我的结论，罗列我的论据和参考文献，来回答那位伟人可能提出的一切问题，并反驳他的一切异议。过了这么些年，每当我看到克鲁格曼有可能要忽略的事项(倘若是由他来办案)，我依旧是容光焕发，得意扬扬。

那么，或许我的学生也都会如此。我希望，在其中一些学生心目中，我始终都会关照他们，监督他们检查破碎的颅骨、烧毁的骨头、透露真相的昆虫，也始终都在质问他们、始终要对他们提出异议，甚至偶尔还会激励他们。我的一部分也会在人体农场延续下去，那是我最感到自豪的学术创作。回顾过去二十五年来，从草创时期的简陋规模，竟然会绽放出那么丰硕的尖端研究，想起来就感到惊奇。那处设施是从一处废弃猪舍起步，而且直到今天，人类学研究场依旧只是间简单的金属棚舍，加上一小片乔木和忍冬藤林地，全都挤在一堵高大木制围篱后面(最近靠康薇尔帮忙，扩大重建了)。就是那样，再加上一整个时代，聪明、热切，想破解死亡秘密的好奇心灵。当然，当初我并不是想创办个什么成名机构。我只是动手想解答问题，找出我百思不得的答案。科学就像生活，一件事会引出另一件，无意之间，你就来到了事前想都没有想过的地方。

常有人问我一个问题，特别是记者，那个问题是："当你死时，你的遗体会不会来到人体农场？"我会不会实现我鼓吹的目标：透彻钻研推出合理结论。有阵子我相当肯定我会的。我和我的第一任太太安讨论过，她也是位科学家。她全心支持。我的第二任太太安妮特，原本担任我的助理多年，对那处研究场和那里的功能，实在是了解太透彻了，她说"绝对不要"。至于卡萝，她似乎比较希望替巴斯博士安排比较传统，同时(至少就她的想法而言）也比较庄严的最后归属。我就把这最后的决定，留给卡萝和我那几个儿子去裁定。我心中的科学家部分，希望能签下捐献文件。我其余的部分，却忘不了自己是多么痛恨苍蝇。

不管怎样，在我死后，你还是可以在人体农场找到我。不过，可不是在短期之内。我不希望现在就死。我有太多事情要做。要写书。要含饴弄孙。要追捕杀手。

安妮特·布莱克伯恩·巴斯，我的第二任妻子和我搭游轮游阿拉斯加，摄于一九九五年左右。

我在一九九八年和卡萝·希克斯结婚。我从童年在弗吉尼亚州开始就和她非常要好。

玛丽·安·欧文中尉是陆军营养官，我们结婚四十载，也是事业伙伴。这幅照片摄于一九五一年，当时她在华盛顿特区的沃尔特里德陆军医院实习。

致谢词

  本书能够完成要感谢好几千人。首先,我要谢谢先母,珍妮·巴斯,她是指引方向的明灯,特别是从我父亲死后,直到她在一九九七年以九十五岁高龄去世为止。其次,我有幸能娶到三位贤妻(提醒你,我可没有同时和她们三位结婚):安·欧文和我育有三个儿子;安妮特·布莱克伯恩,她是工作上的明智顾问,而且在一九九三年安死后,她还大大抚慰我的心灵;还有卡萝·希克斯,她从孩提时代就认识我。卡萝认识安和安妮特,她在一九九七年安妮特过世之后,来到诺克斯维尔照顾我,谢天谢地,从此她就待在这里至今。

  我教过的学生惠我良多,总共达好几千人——不对,有好几万人,他们在宾州、内布拉斯加、堪萨斯和田纳西各大学修我开的课,还让我荣获许多教学奖项。我经常说,我有两个家庭:一个是我生养三个儿子的生物学家庭,还有我和门下研究生共同建立的学术家庭,有了他们,才可能创建这门研究领域,其中有许多人都出现在本书各个章节,和各位见过面。我也要感谢唐娜·格里芬,她是田纳西大学人类学系的许多能干秘书之一,我在本大学多年期间,就靠她缮打报告,她还帮我管理几百宗法医案的档案。若非田纳西大学的管理当局持续支持,恐怕人体农场就不可能实现。从人类学系所属的艺术和科学学院的院长,到诺克斯维尔分校校长,再到田纳西大学体系遍布全州的各个校区的校长,所有各单位的主管,全都对我毫无保留地大力扶持。能够在你敬重、赞佩的各层长官底下做事,这种工作环境实在是很棒。电视犯罪系列节目几乎都演出办案人员的不和情节,描述法医学家和合作办案的警方、地方检察官、法医师或验尸官之间的摩擦和冲突。不过,根据我五十年的经验,各地方、各州、全国,还有国际层级的执法机构,没有任何合作单位曾经和我有过恶劣冲突。我感谢他们所有人,他们教导我许多事情,包括火警调查、弹道学、刑事正义,还有我必须边做边学的其他领域。

我要特别感谢我们巴斯家的三个儿子,查理、比利和吉姆。他们始终给我力量,特别是在安和安妮特分别死亡之后的时期。我的三个儿子都非常有成就,显然,投入教育他们的经费,毕竟还是花得非常值得!

最后要感谢的人同样重要,我要谢谢乔恩·杰佛逊,他的文笔为本书增色,让内容更能吸引人阅读。乔纳是巴斯家真正的朋友,而且也成为我们的家人。

——威廉·巴斯三世

歌德曾经（用比较文雅的措词）说过，当你把桥梁烧掉，背水一搏，这时就会发生奇迹：天地动容、柳暗花明、巧合连连彰显天意。本书就有这种状况。很久以前，当我还没有认识辛迪·鲁宾逊，她就有远见在一位显赫的教授门下受教。二十年后，她告诉我巴斯博士和他的人体农场的故事。而我呢，则是有远见和运气，在此之前先娶她为妻。她是我所见过的最佳读者和最热心的书评人，帮我把这本书做了大幅度改进。

许多人陪伴、鼓励我，帮我在死者国度艰苦跋涉，包括把我带进生者国度的人。杰佛逊夫妻，比尔和葛萝莉雅从来没有想到，他们的儿子最后竟然要落得如此下场。不过，他们在我的曲折事业进程中，始终是不断关注并激励鼓舞。我的孩子也是一样，班和安娜似乎也都偏爱冷门领域。

我很要好的朋友，也是我的记者同行史帝芬·基伐，帮我刊出第一篇关于巴斯博士和他帮忙破获的谋杀案报道。小史还引我入门，最后我还找上国家地理学会，帮他们做法医纪录片工作。当我失去自信、丧失希望的时候，小史还一次又一次地给我信心和指望。我的好朋友，约翰·胡佛也是如此，他极乐意倾听，还能提出明智忠告。我还有其他靠山，我的啤酒酒友，周三晚祷会的约翰·克雷格、J. J.罗契尔、温迪·史密斯和戴维·布里尔。戴维是位优秀的作家、宽宏的朋友，介绍我认识杰出的经纪人，贾尔斯·安德森，他对这项计划所展现的活力和热情，始终给我带来鼓舞还能感染旁人。后来贾尔斯又延揽丹尼·巴洛加入，成为我们的国际经纪人，表现一流。

我们的编辑是戴维·海菲尔。原本我们还兴高采烈地告诉他，一定会把这本书写出来，到头来却完全要靠他孤军奋斗来促成。罗伯特·柔普对我提出明智建言，领我避开许多陷阱。南西·杨慷慨地把她的舒适小屋借给我使用，连同卡罗来纳的山景一并出借，让我得以避开千百疏懒借口，到那里专心写作。

派翠西亚·康薇尔让整个法医科学，特别是人体农场成为众人瞩目的焦点，她的贡献无法细数。她掀起的浪涛让我们水涨船高，就好像她在那个阴天唤来直升机，载着我们在人体农场树梢盘旋，同样也让我们的精神振奋。

我最感谢的是比尔·巴斯和他的可爱妻子卡萝，她是位和蔼可亲的女主人，更能在聚餐时带来活泼生气。比尔最初是在三年前提到要写这本书，我很幸运能成为他的协力作者。能和他合作，不但是一项殊荣，还始终充满欣喜。他是世界上数一数二的杰出科学家，他也是最谦虚、诚恳，最值得尊敬的人。他永远是兴高采烈，满怀热情，永葆支持态度。巴斯博士是位先驱人物，尽管如此，在这个充满生命的美丽星球上，却找不到比他更好心肠的人了。

——乔恩·杰佛逊

附 录
人类骨骼图示

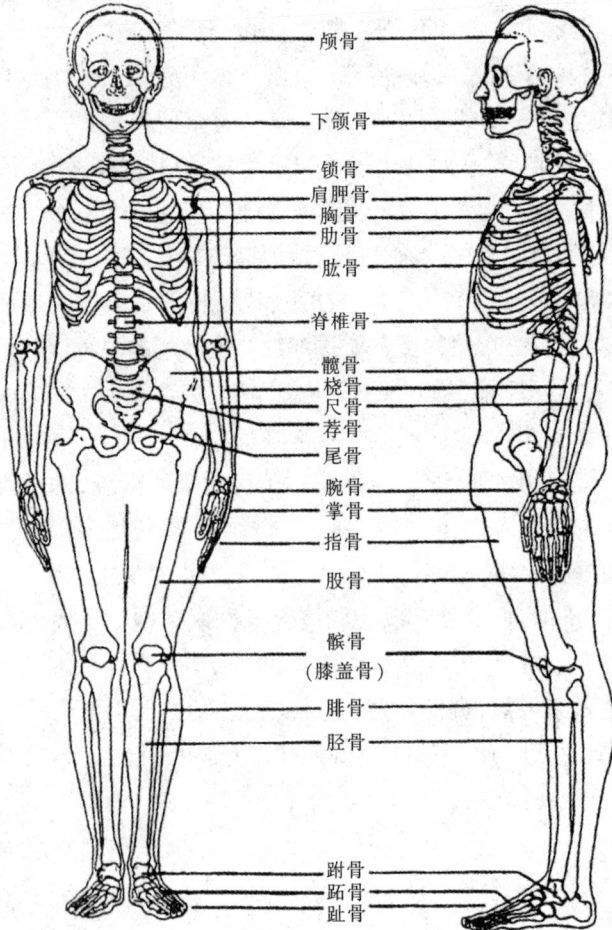

颅骨

下颌骨

锁骨
肩胛骨
胸骨
肋骨
肱骨

脊椎骨

髋骨
桡骨
尺骨
荐骨
尾骨
腕骨
掌骨
指骨

股骨

髌骨
（膝盖骨）

腓骨
胫骨

跗骨
跖骨
趾骨

颅骨正面图

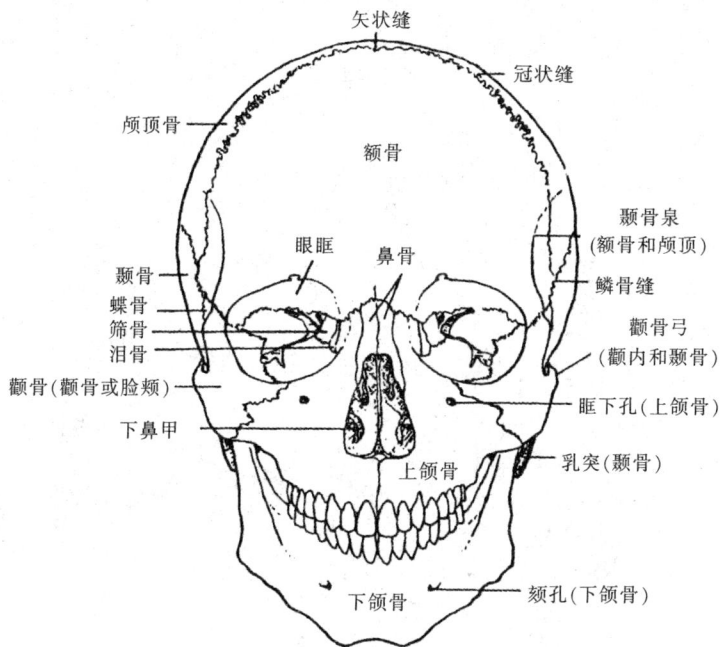

矢状缝

冠状缝

颅顶骨

额骨

颞骨泉
（额骨和颅顶）

鳞骨缝

眼眶　鼻骨

颞骨

蝶骨

筛骨

泪骨

颧骨弓
（颧内和颞骨）

颧骨（颧骨或脸颊）

眶下孔（上颌骨）

下鼻甲

上颌骨

乳突（颞骨）

下颌骨

颏孔（下颌骨）

颅骨侧面图

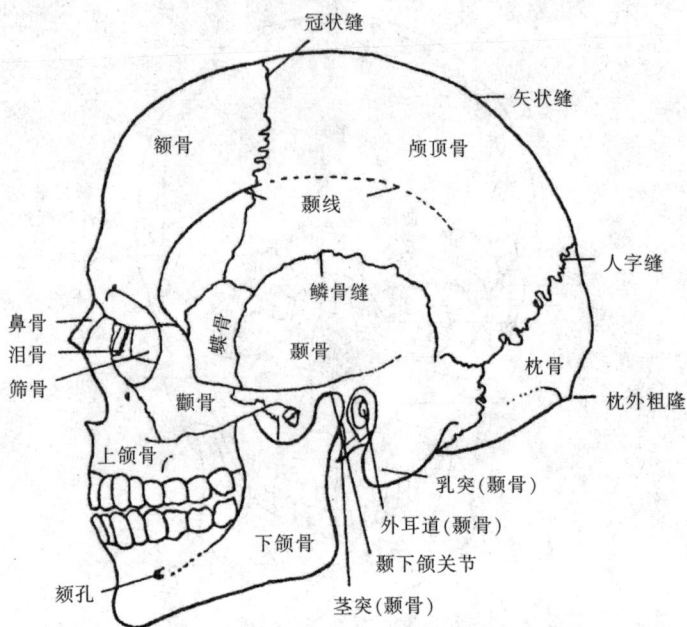

冠状缝

矢状缝

额骨

颅顶骨

颞线

人字缝

鳞骨缝

鼻骨

鳞骨

颞骨

枕骨

泪骨

枕外粗隆

筛骨

颧骨

乳突(颞骨)

上颌骨

外耳道(颞骨)

下颌骨

颞下颌关节

颏孔

茎突(颞骨)

本附录各图均转载自《人类骨学：实验室和实务手册》第四版，作者即本书作者比尔·巴斯。版权所有：密苏里考古学会法人组织，一九九五年，有转载许可。